Six contes moraux

여섯 개의 도덕 이야기

Original title : Six contes moraux, Éric Rohmer

Copyright © Éditions de l'Herne 1974, 2003
All rights reserved.

Korean editions published by arrangement with Éditions de l'Herne
through Sibylle books Literary Agency, Seoul.

이 책의 한국어판 저작권은 시빌에이전시를 통해 l'Herne사와 독점 계약한 북포레스트에 있습니다.
저작권법에 의해 한국 내에서 보호를 받는 저작물이므로 무단 전재와 복제를 금합니다.

Six contes moraux

여섯 개의 도덕 이야기

에릭 로메르 지음 | 이세진 옮김

북포레스트

〈차례〉

서문 ✦ 7

몽소 빵집 아가씨 ✦ 15

쉬잔의 이력 ✦ 37

모드 집에서의 하룻밤 ✦ 83

수집가 ✦ 173

클레르의 무릎 ✦ 225

오후의 연정 ✦ 281

옮긴이의 말 ✦ 340

〈서문〉

  어떤 이야기를 글로 쓸 수 있는데 영화로 찍는 이유는 뭘까? 영화를 찍으면서 글로 쓰는 이유는 뭘까? 이 이중의 질문은 일견 쓸데없어 보이지만 그렇지 않다. 나는 바로 이 질문을 나 자신에게 던졌다. 이 이야기들의 아이디어는 내가 아직 시네아스트[1]가 될 줄 몰랐던 때 떠올랐다. 영화로 만들었던 이유는 내가 그 이야기들을 글로 잘 써낼 수 없었기 때문이다. 그리고 어떤 식으로든 내가 그 이야기들을 – 여기서 읽게 될 형식대로 – 글로 쓴 이유는 단지 영화를 만들기 위해서였다.

  그러므로 이 텍스트들은 내 영화에서 '끌어낸' 것이 아니다. 시간적으로 앞서 있거니와 애초에 내가 '시나리오'와는 다른 것이기를 바랐기 때문이다. 그래서 영화의 미장센을 참조해서 쓰거나 하진 않았다. 이 텍스트들은 초안부터 완전히 문학의 모양새를 취했다. 비록 미장센만이 텍스트 자체와 그것이 전달하는 인물, 상황, 대사를 온전히 존재하게 하는 효과가 있지만

---

[1] 1920년에 루이 들뤽이 처음 사용한 용어로 (상업영화 종사자와 구분되는) 영화예술인을 뜻한다.

그것들은 미장센에 앞서 존재할 필요가 있었다. 영화는 무無에서 나오지 않는다. 영화는 늘 어떤 것을, 허구든 현실이든, 찍는 것이다. 현실이 불안정할수록 허구의 기반을 다져야 한다. 그런데 나는 '시네마베리테 cinéma-vérité[2]' 방법에 매혹되긴 했어도 사이코드라마나 일기 같은 형식은 나와 안 맞는다는 점을 숨기지 않았다. 이 이야기 conte 들은 현실에서 일부 요소를 빌려오거나 훔쳐오긴 했지만 그 명칭이 나타내듯 허구의 무게만으로 존립할 수 있어야 했다.

현대 시네아스트의 야망이자 나 자신의 야망은, 전통적으로 시나리오 작가에게 귀속된 작업까지 감당함으로써 자기 작품의 온전한 작가가 되는 것이다. 하지만 이 전능함은 장점이나 자극이 되지 못하고 종종 불편하게 느껴진다. 자신의 주제를 완전히 휘어잡고 아무에게도 설명할 필요 없이 그때그때 영감 혹은 필요에 따라 쳐내기도 하고 추가하는 작업은 사람을 취하게도 하지만 마비시키기도 한다. 이 편의가 함정이다. 자기가 쓴 텍스트라도 자기가 침범할 수 없게 되는 것이 중요하다. 이게 안 되면 갈피를 못 잡게 되고 배우들도 감독을 따라 헤맨다. 혹은, 즉석에서 상황과 대사를 찍기로 했어도 '편집'에서는 새

---

[2] 편집을 최소화하고 최대한 자연광을 사용해 인물과 상황을 있는 그대로 관객에게 전달하는 영화운동.

로운 것과의 거리가 있어야 하고 글로 쓴 것의 독재는 영상으로 찍은 것의 독재로 대체되어야 할 것이다. 무작정 그때그때 찍은 영상들로 이야기를 만드는 것보다는 어떤 이야기에 맞게 영상을 구성하는 편이 쉽다.

희한하게도 나는 처음부터 이 마지막 단계에 마음을 빼앗겼다. 나는 텍스트가 중요한 몫을 하는 영화를 만들 때 텍스트를 미리 써놓으면 촬영 중에는 창작의 즐거움이 없어지는 것처럼 생각했다. 시나리오를 내가 쓰든 다른 사람이 쓰든 감독은 시나리오 작가의 시종 노릇이나 하는 것 같았고 그럴 바에는 나보다 아예 다른 사람의 입장을 드러내는 데 몰두하는 편이 좋았다. 그러나 차츰 그러한 방법이 요구하는 우연에 대한 믿음이 내 계획에서 미리 엄정하게 생각해놓은 면과 잘 맞지 않는다는 것을 알게 됐다. 모든 요소가 딱 떨어지게 맞물리려면 기적이 필요했는데 내가 기적을 믿지 않은 것이 잘못이라고 책망할 이는 없으리라. 빈약한 예산 때문에 시행착오를 줄여야 했음은 말할 것도 없다. 연기자들이 어떤 경우에는 - 특히 네 번째와 다섯 번째 이야기에서[3] - 대사 작성에 참여하긴 했지만 자기들이 그 대사를 제안했다는 생각 없이 남이 쓴 대사 외우듯

---

[3] (원주) 「수집가」에 출연한 모든 배우, 「클레르의 무릎」에서 오로라 코르뉘와 베아트리스 로망, 그리고 「모드 집에서의 하룻밤」의 앙투안 비테즈도 여러 군데서 본인의 대사를 제안했다. 그러므로 어떤 면에서 그들은 이 책의 공동 저자들이다.

완벽하게 암기해서 연기했다.

완전히 즉흥적인 대목은 드물다. 그런 대목은 이야기의 영화적 형식에만 영향을 미쳤다. 엄밀히 말해 그런 것은 텍스트가 아니라 연출에 해당하기 때문에 이 책에 포함하지 않았다. 가령 배우가 단지 자연스럽게 연기하기 위해서 치는 대사, "안녕!", "또 봐!", "잘 지내?"는 넣지 않았다. 「몽소 빵집 아가씨」에서처럼 영화에 안 나오지만 이야기에는 있는 "안녕!", "또 봐!"라면 모를까. 또한 글에서는 간접적으로 표현되지만 화면에서는 직접적으로 표현되는 정보성 문장도 넣지 않았다. 마지막으로, 영화의 맥락과 따로 노는 즉흥적 장면들도 굳이 추가하지 않았다. 「모드 집에서의 하룻밤」에서 미슐랭 사 엔지니어들끼리 나누는 대화 장면, 「클레르의 무릎」에서 뱅상의 고백 장면이 그렇다.

이러한 누락 외에도 영화에서 배우가 실제로 친 대사와 다른 부분이 여기저기 보일 것이다. 그 이유는 어쩌다 생긴 오류, 실수, 기억 안 나는 부분은 그냥 다 나의 권리를 행사하여 바로잡았기 때문이다. 나는 텍스트가 존중받기를 바랐고 그건 사실보다는 원칙에 대한 요구다. 무엇보다, 텍스트에 얽매여 연기의 사실성을 포기해서는 안 되었다. 그래서 나는 이미 많은 속박에 갇혀 있는 배우들이 경미한 실수를 하더라도 그들이 좀 편하게 연기하기만 하면 만족하고 넘어갔다.

이 이야기들을 완연한 문학의 모양새로 내놓을 수밖에 없었던 또 다른 이유가 있다. 문학은 여기서 – 이게 내 변명의 골자인데 – 형식보다 내용에 속한다. 내 의도는 날것 그대로의 사건을 찍는 게 아니라 누군가가 그 사건들로 만든 이야기를 찍는 것이었다. 스토리, 사실들에 대한 선택, 그것들의 구성과 이해 방식은 주체 자체 '쪽'에 속하지, 내가 주제에 가하는 처리에 속하지 않는다. 이 이야기들이 '도덕moral[4]' 이야기들로 통하게 된 이유 중 하나는 물리적 행위가 거의 드러나지 않아서다. 모든 것이 화자의 머릿속에서 일어난다. 화자가 다른 사람이면 스토리가 달라지든가 아예 존재하지 않을 것이다. 나의 인물들은 마치 돈키호테처럼 자기가 소설 속 인물인 양 착각하지만 사실 소설적인 비현실성이라고는 없다. 일인칭 해설은 영상이나 대사로 옮길 수 없는 속내를 드러내기 위해서라기보다는 주인공의 시각을 오해의 여지 없이 보여주려고 넣었다. 바로 그 시각이 내가 작가이자 시네아스트로서 겨냥한 목표대상이었다.

실제로 나는 대화 비중이 크지 않은 이야기의 형태로 초안을 작성했고 한동안은 첫 장면부터 마지막 장면까지 계속 내레이션을 넣을까 생각해보기도 했다. 그러다 원래 보이스오프voice off로 내보내려 했던 말이 차츰 배우들의 대사로 넘어왔다. 심지

---

4 'moral'은 '정신적인, 도덕의, 도덕에 관한'이라는 뜻이다.

어 「클레르의 무릎」은 내레이션이 아예 없다. 이 영화는 주로 대화가 포함하는 다양한 이야기로 이루어져 있다. 사건이 진행되는 동안 내레이션이 나오는 게 아니라 사건이 벌어진 후에 명목상 내레이터인 제롬이 실질적 내레이터인 오로라에게 이야기를 한다. 영화 「모드 집에서의 하룻밤」에서 내적 독백은 단 두 문장으로 줄었지만 여기서는 독서의 편의를 위해 시나리오 원안대로 돌려놓았다. 영화에서 보이지 않았던 인물의 어떤 면을 더 보여주고 싶어서가 아니다. 원안의 독백은 일종의 연결재 역할을 한다. 영상에는 그런 연결재가 필요 없었지만 인쇄되는 글에는 다시 필요해 보였다.

끝으로 논쟁을 조금 확장해보고 싶다. 스토리를 찾아가는 내 여섯 인물의 불안은 자신의 창조적 무능을 마주하는 작가의 불안과 다르지 않다. 여기서 거의 기계적으로 사용한 절차 – 동일한 주제의 변주 – 는 그러한 불안을 잘 감추지 못했다. 그것은 어쩌면 영화 전체의 불안일지도 모른다. 시대가 바뀌는 동안 영화는 주제들을 무시무시하게 집어삼켰고 연극, 소설, 신문 기사에서 레퍼토리를 약탈하되 그 대가로 뭘 내놓지는 못했다. 전리품은 엄청난데 영화가 자기 밑천에서 내놓은 것은 질적으로나 양적으로나 보잘것없다. 조금만 파보면 오리지널 시나리오라는 것은 존재하지 않는다는 것을 알 수 있다. 오리지널을 자처하는 시나리오들도 다소 어떤 희곡이나 소설을 모방하며 상황이나 문제의식을 명백하게 빌려온다. 영화의 문학은 연극의 문학이 존재하는 것처럼 존재하지 않는다. 어떤 작품, 다수의 가능한 연출의 영감을 주고 도전하게 만드는 '희곡', 작품을 위해 연출을 동원하게 하는 그런 것이 여기에는 없다. 영화에서는 힘의 관계가 거꾸로다. 연출은 여왕, 텍스트는 하인이다. 영화의 텍스트는 그 자체로는 가치가 없고 내가 쓴 텍스트도 예외는 아니다. 글쓰기에는 시늉밖에 없다. 혹은, 이 표현이 별로라면, 노스탤지어밖에 없다고 하겠다. 텍스트는 백 년도 더 된 내레이션의 수사학을 모델로 제시하고 마치 문학에서는 실용성보다 환상을 선호한다는 듯 거기에 머무는 데 만족한다. 오직 스크린에서만 이 이야기들의 형식은 완전해진다. 형식에 새로운 관점, 바로 카메라의 관점이 더해지기 때문에라도 그렇다. 카메라의 관점은 내레이터의 관점이 일치하지 않는다. 글쓰기가 – 인물, 행위, 배경을 다소간 생기 있고 시각적이며 서정적으로 묘사함으로써 – 부여할 수도 있었을 관점은 여기서 결여되어 있다. 나는 그 작업을 하고 싶지 않았다. 정확히 말하자면, 할 수가 없었다. 만약 내가 할 수 있는 작업이었고 끝까지 해냈더라면 그 완성된 형태에 만족했을 것이고 영화로 찍지 않았을 것이다. 내기 서두에서 말했듯이 소설가가 될 수 있다면 무엇하러 시네아스트가 된단 말인가?

La Boulangère De Monceau
✦
몽소 빵집 아가씨

파리, 빌리에르 교차로. 동쪽은 바티뇰 대로, 배경에는 몽마르트르의 사크레쾨르 성당의 인파. 북쪽은 레비 거리와 시장, 빌리에르 대로로 꺾어지는 모퉁이의 르 돔 카페, 그리고 맞은편 보도에는 빌리에르 지하철 역 입구가 대형 시계 밑, 지금은 다 밀어버린 나무들 아래서 입을 벌리고 있었다.

서쪽은 쿠르셀 대로. 이 대로는 몽소 공원으로 이어지고 공원 가장자리에는 대학생 기숙사인 구舊 시테클럽이 1960년에 철거된 나폴레옹 3세 호텔 자리를 차지하고 있었다. 나는 법과대학에 다닐 때 매일 저녁 그곳으로 저녁을 먹으러 갔다. 거기서 별로 멀지 않은 로마 거리에 살고 있었기 때문이다. 몽소 거리의 화랑에서 일하는 실비는 그 시각에 공원을 가로질러 집으로 돌아가곤 했다.

나는 그녀의 얼굴만 아는 정도였다. 우리는 기숙사에서 교차로 사이 300미터 남짓한 거리에서 가끔 마주쳤다. 스치듯 눈빛이 몇 번 오가긴 했지만 거기까지였다.

친구 슈미트가 과감하게 내 등을 밀었다.

"안타깝지만 나한테는 너무 키가 큰 여자네. 하지만 너는 운을 걸어봐."

"뭐? 난 안 할 거야!"

"왜? 혹시 또 모르잖아?"

그랬다, 그녀는 길에서 그렇게 접근할 만한 여자가 아니었다. 그리고 '그런 식으로' 다가가서 말을 붙이는 것은 나하고 안 맞았다. 그렇지만 그녀가 나에게만큼은 예외를 둘 준비가 되어 있고 나도 내 식으로 예외를 둘 수 있으리라 생각했다. 그래도 섣부른 수작질로 기회를 망치고 싶지는 않았다. 나는 극도의 신중을 기하기로 했다. 때로는 눈길을 주는 것마저 삼가고 그녀를 뜯어보는 수고는 슈미트에게 맡겼다.

"이쪽을 봤어?"

"응."

"오래 봤어?"

"제법. 평소보다는 확실히 오래 봤어."

"들어봐, 나 저 여자를 따라가서 어디 사는지만이라도 알고 싶어."

"솔직하게 가서 말을 붙여봐. 따라가지는 마. 그랬다가는 아웃이야."

"말을 붙이라니!"

내가 얼마나 그녀에게 마음이 있는지 깨달았다. 그때는 5월이었고 학년말을 앞두고 있었다. 그녀가 그 동네에 사는 것만은 틀림없었다. 그 여자가 장을 보러 바구니를 들고 가는 모습을 보았다. 저녁을 먹고 르 돔 카페 테라스에서 우리가 커피를 마시고 있을 때였다. 저녁 여덟 시가 15분 남았고 가게들도 아직 열려 있었다.

"저 여자가 큰길 모퉁이로 돌아갔었으니까 아마 이쪽에 살겠지." 내가 말했다.

"잠깐 있어봐, 내가 가서 볼게." 슈미트가 말했다.

잠시 후, 그가 돌아왔다.

"가게로 들어갔어. 어느 방향으로 나올지는 모르겠다. 계속 보고 있긴 너무 위험해서."

잠시 후 그녀가 다시 지나가는 모습을 보았다. 슈미트는 그녀가 "우리에게 자극받지 않으려고" "지나치게 앞만 보고" 가는 것 같다고 했다.

"몰라, 난 따라간다!" 나는 그렇게 말하면서 일어났다.

나는 조심성이고 뭐고 잊고는 그녀의 뒤를 바짝 따라가다시피 하며 레비 거리로 들어섰다. 그러나 금세 후퇴해야만 했다. 그녀가 이쪽 진열대에서 저쪽 진열대로 왔다갔다 했으므로 나는 어느 때라도 그녀의 시야에 걸릴 위험이 있었다. 나는 그냥 카페로 돌아왔고 그날 저녁은 그녀를 다시 보지 못했다. 하지만 만약 내가 그녀를 집 앞까지 따라갔다 해도 뭔가 진전이 있었을까? 슈미트 말이 맞았다. 소규모 전초전을 한없이 끌고 갈

수는 없었다. 이판사판으로 부딪칠 결심, 대로 한복판에서 그녀에게 당당하게 다가갈 결심을 했고 그때 결국 행운의 여신이 미소를 보였다.

 우리는 대형 시계가 일곱 시를 가리킬 때 저녁을 먹으러 가곤 했다. 나는 신문을 사려고 발길을 멈추었다. 슈미트는 나를 기다리지 않고 먼저 맞은편 보도로 건너가서는 내가 고개를 숙이고 뛰어가는 모습을 보고 있었다. 횡단보도를 건너려는 순간, 슈미트가 나에게 미친 듯이 손짓을 해댔다. 나는 처음에는 무슨 뜻인지 몰랐다. 자꾸 차도를 가리키는 것 같아서 뭔가 위험하다는 뜻인가 싶었다. 실은 내 뒤 보도의 오른쪽을 가리킨 것이었는데 말이다. 고개를 돌렸지만 지평선 가까이 저무는 해 때문에 눈이 부셨다. 나는 시야를 확보하려고 약간 뒷걸음질했다. 그러다가 슈미트가 가리켰던 바로 그 대상, 다시 말해 바쁘게 대로를 따라 걸어오고 있던 실비와 거의 정통으로 부딪혔다. 나는 사과를 연신 되풀이했다.
 "아, 죄송합니다!"
 "괜찮아요!"
 "정말 괜찮아요?"
 "몸은 부딪치지도 않았어요!"
 "다행이에요……. 내가 오늘 왜 이러는지 모르겠네요. 조금

전엔 저기다 얼굴을 박을 뻔했거든요." 나는 보도를 따라 널브러진 쇄석 무더기를 가리키며 말했다.

그녀는 웃음을 터뜨렸다.

"봤으면 좋았을걸."

"아니, 그럴 뻔했다고요."

"네?"

차량 통행이 많은 시각이다 보니 너무 시끄러워서 서로 무슨 말을 하는지 알아듣기가 힘들었다. 나는 고함을 지르다시피 했다.

"그럴 뻔했다고요. 실제론 아무 일도 없었어요……. 아, 이놈의 차들! 무슨 말인지 하나도 안 들리네!"

대화가 가능한 상황은 분명 아니었다. 실비는 가려고 했고 나는 감히 붙잡지 못했다.

"저는 이쪽으로 가요." 그녀가 말했다.

"저는 이쪽으로요." 내가 말했다.

그러고는 얼른 이 말을 덧붙였다.

"제가 보상을 해야죠! 한 시간 후에 우리랑 커피 한잔 할래요?"

그렇게 말했던 이유는, 그 자리에서 초대를 받아들일 것 같지 않았기 때문이다.

"오늘 저녁은 시간이 없어요. 다음에요, 우리 자주 마주치잖아요! 안녕히 가세요!"

"안녕히 가세요!"

나는 그녀가 가는 모습을 보지도 않고 의기양양하게 슈미트에게 달려갔다.

그녀와 잠깐 대화를 나누는 동안 내 머릿속에는 한 가지 생각뿐이었다. 내가 어떤 인상을 줄 수 있을까, 그리 좋게 보이지 않는 게 아닐까 생각하지 말고 아무 말이나 하자, 무슨 수를 써서라도 좀 붙잡고 보자. 하지만 의심할 바 없는 나의 승리였다. 조금 전 충돌에서 나는 아주 약간 접근하는 태도를 보였다. 그녀는 내 태도에 불쾌해하기는커녕 오히려 잽싸게 기회를 잡았다. 나는 당장의 거절에는 마음이 상하지 않았다. 어차피 금방 또 마주칠 텐데 그때는 말을 걸어도 좋다고 허락한 셈 아닌가. 뭘 더 바라겠는가?

그런데 내가 정말 생각지 못했던 일이 일어났다. 예기치 않은 행운 다음에 역시 범상치 않은 불운이 따라왔던 것이다. 사흘이 지나고, 여드레가 지났지만 실비와 마주치는 일은 없었다. 슈미트는 필기시험 준비에 전념하려고 본가에 돌아가 있었다. 나는 이미 사랑에 푹 빠져 있었지만 공부 시간을 조금이라도 쪼개서 실비를 찾아볼 생각은 아예 들지 않았다. 나한테 자유 시간은 식사 시간뿐이었다. 그래서 나는 저녁을 먹으러 가지 않았다.

저녁 시간은 30분이고 대로를 세 번 왕복하면 실비와 마주칠 확률은 10배로 늘어날 것이다. 하지만 그 대로는 망보기에 좋은 장소가 아닌 듯했다. 사실 그녀는 다른 길로 지나갈 수도 있고 - 나야 그녀가 어디서 오는지 몰랐지만 - 버스나 지하철을 탈 수도 있었다. 하지만 장보기는 늘 하던 대로 할 수밖에 없지 않을까. 그래서 나는 수사 범위를 레비 거리까지 넓혔다.

솔직히 말해 무더운 오후 끝자락에 대로를 감시하고 있기란 무척 지루하고 피곤했다. 시장은 다채롭고 신선한 구경거리, 거부할 수 없는 먹거리라도 있지. 위장이 꼬르륵 소리를 내며 나를 괴롭혔다. 구내식당 밥에 질린 위장은 여름방학의 첫맛을, 버찌가 열리는 계절[1]만이 허락하는 막간의 식도락을 콕 집어 요구하고 있었다. 달로즈[2] 법전과 '프린트'를 장시간 붙들고 난 터, 기숙사의 소란과 구내식당 밥 냄새보다는 떠들썩한 시장 거리의 채소 냄새가 확실히 더 좋았다.

그렇지만 나의 탐색은 성과가 없었다. 그 동네에 사는 사람만 해도 수천 명이었다. 파리에서 가장 인구 밀도가 높은 동네 중 하나였을 것이다. 한 자리를 지켜야 했나? 돌아다녔어야 했

---

[1] 6월을 뜻한다.
[2] 프랑스의 법전 전문 출판사.

나? 나는 젊었고 그냥 갑자기 실비가 자기 집 창에서 얼굴을 내밀거나, 어떤 가게에서 나오거나, 전처럼 나하고 딱 마주칠 거라는 바보 같은 희망을 품고 있었다. 그래서 나는 유유자적하니 발길 닿는 대로 걸었다.

그러다가 르부퇴 거리 모퉁이에서 작은 빵집을 발견했고 거기서 저녁을 때울 과자 따위를 사곤 했다. 빵집에는 여자 둘이 있었다. 빵집 주인 여자는 그 시각에 으레 주방에 붙들려 있었고 갈색 머리 아가씨가 가게를 지켰다. 예쁘장한 아가씨는 눈이 초롱초롱하고 입술이 도톰했으며 싹싹한 얼굴을 하고 있었다. 내 기억이 맞는다면, 처음 며칠은 그 아가씨가 바보 같은 수작을 부리러 온 동네 불량배들과 실랑이하는 모습을 보았던 것 같다. 그들이 귀찮게 달라붙으니까 그녀는 나를 상대하면서 일부러 시간을 끌었지 싶다. 나는 얼마든지 느긋하게 골라도 됐지만 늘 사블레[3]밖에 사지 않았다. 그 사블레는 다른 빵집에서 파는 것보다 맛이 더하거나 덜하지 않았다. 공장에서 만드는, 아무 데서나 살 수 있는 과자였다. 하지만 나의 일주가 끝나는 그 한산한 거리는 실비의 눈에 띌 염려 없이 마음 편히 뭔가를 먹을 수 있다는 장점이 있었다. 복작대는 시장에서는 언제 실비가 튀어나올지 모르지 않은가. 그리고 또 다른 한편으로는,

---

3 파삭하게 잘 부서지는 질감의 프랑스 과자.

과자를 구매하는 행위가 차차 나와 빵집 아가씨가 만든 일종의 의례를 따르게 되었기 때문이다.

솔직히 시작은 그녀가 먼저 했다. 그녀는 남자친구랑 한참 싸우다가 그 사람을 열받게 하려고 나와 암묵적으로 뜻이 통하는 사이처럼 굴기 시작했다. 그녀는 입가에 미소를 띠고 노골적으로 윙크를 했지만 나는 무표정한 얼굴로 대했다. 나는 사블레 하나만 사서 시장으로 돌아가면서 먹었다. 그러다 하나를 더 먹고 싶어져서 기껏 온 길을 되돌아갔다. 이제 빵집 아가씨는 혼자였지만 내가 나타나자 마치 잘 아는 사람 대하듯 활짝 웃었고 나는 더욱더 차가워졌다. 내 나이 때는 뭔가를 구매할 때만큼 어색하고 싫은 게 없었다. 나는 점원들을 너무 친근하게 대하지 않으려고 애썼다. 아무리 여러 번 갔던 가게라도 처음 온 손님의 말투와 태도를 유지했다.

"사블레 하나 주세요." 나는 감정 없는 말투로 말했다.

빵집 아가씨는 놀라면서 내 정체를 확인하려는 듯 지그시 쳐다보았고 나는 그 눈길에 부끄러워졌다. 감히 더는 그 희극을 계속할 수가 없었다. 아무것도 모른다는 듯이 "얼마죠?"라고 했다.

"40프랑이죠?" 나는 묻는 것 같지도 않은 물음을 던졌다.

"네." 그녀는 나의 강박을 짐작하고 장단을 맞춰주는 것처럼 잽싸게 대꾸했다.

실비는 여전히 보이지 않았다. 그녀가 날 피했을까? 아니, 도대체 왜? 시골에라도 갔나? 어디 아픈가? 죽었나? 결혼했나? 가설이야 뭐든 가능했다. 한 주를 그렇게 보냈더니 나의 저녁 시간 망보기는 순전히 형식적인 것이 되었다. 나는 서둘러 나의 빵집을 찾았고 매일 나의 등장, 나의 느려빠진 속도, 나의 기행奇行에 조금씩 더 신경을 쓰게 됐다.

빵집 아가씨가 꾸며낸 깍듯한 예의와 무관심의 가면은 게임을 다시 살리기 위한 것에 불과했다. 그녀의 규칙 위반은 망각이나 조바심의 결과가 아니라 명백한 도발이었다. 그녀의 사소한 몸짓이나 내가 선택한 과자를 바라보는 시선으로 내 요구를 앞질러 짐작하기라도 하면 나는 생각이 바뀌어 애초의 선택을 무르는 척했다.

"사블레 두 개 드릴까요?"

"아뇨……. 음! 사블레 하나 주세요……. 음! …… 하나 더요, 네, 사블레 두 개 주세요!"

그녀는 짜증 내는 기색 없이 유순하게 내가 해달라는 대로 해주었다. 손님이 별로 없는 늦은 시각에, 나를 가게에 좀 더 오래 머물게 할 구실이 생겨서 기쁜 듯했다. 그녀의 깜박이는 속눈썹, 삐죽거리는 입꼬리, 오만 가지 서툰 행동은 점점 덜 순진한 감정을 드러내고 있었다. 내가 귀여운 빵집 아가씨를 싫어하지 않는다고 깨닫기까지는 그리 오랜 시간이 걸리지 않았다.

잘난 척하는 걸 수도 있다만 어떤 아가씨가 나를 마음에 들어 하는 건 당연하게 생각됐다. 다른 한편으로, 빵집 아가씨는 내 타입이 아니었고 – 적어도 그것만은 말할 수 있다 – 나는 실비 생각에 푹 빠져 있었기 때문에…… 그렇다, 나는 실비를 생각하고 있었기 때문에 빵집 아가씨의 접근이 – 그건 접근이 맞았다 – 마음에 들었던 것이다. 내가 다른 여자를 좋아하고 있지 않았더라면 그다지 기분 좋은 일은 아니었을 것이다.

그렇지만 그녀의 성향대로 끌고 간 이 희극은 초기의 신중함에서 벗어나 익살극으로 전락할 지경이었다. 나는 그녀의 감정에 확신이 있었으므로 내 변덕을 그녀가 고분고분 받아주는 것이 재미있었다. 그녀는 때로는 나의 절제에, 때로는 나의 욕심에 놀라면서 내 말 한마디에 한창 하던 행동을 철회하곤 했다. 가끔은 다 먹을 자신도 없으면서 과자 열 개를 동시에 주문했다. 열 개를 다 먹긴 했지만 빵집에서 몇 걸음 떨어진 데서 그걸 다 먹느라 15분은 서 있어야 했다. 이제 실비가 내 모습을 볼지 모른다는 두려움은 없었다.

나는 그렇게 매일 조금씩 더 빵집 아가씨에게 장단을 맞춰주면서도 거기서 더 발전할 리는 없다고 생각했다. 그건 내가 시간을 보내는 여러 방법 중 하나였을 뿐 아니라 실비와 그녀의 부재에 복수하는 방법이기도 했다. 그렇지만 그 복수는 정말

나답지 않았고 결국은 나의 짜증을 빵집 아가씨에게 푸는 것밖에 되지 않았다. 아가씨가 날 마음에 들어 하는 것은 그렇다 쳐도 자기가 어떤 식으로든 내 마음에 들 수 있다고 생각한다는 게 충격이었다. 나는 나 자신을 정당화하기 위해서 계속 이건다 그 아가씨 잘못이다, 가만히 있는 사람에게 자기가 수작을 걸었으니 벌을 받아야 한다고 생각했다.

그리하여, 내가 공략에 나설 때가 왔다. 빵집은 한산했다. 문 닫을 시각이 얼마 안 남았고 여주인은 주방에서 구이 요리를 지켜보고 있었다. 나는 과자를 사서 그 자리에서 먹었다. 빵집 아가씨에게 뭐가 사주자는 생각이 들었다. 아가씨는 사양하다가 조각 타르트를 고르고는 허겁지겁 먹었다. 내가 짓궂게 말했다.

"온종일 케이크를 보고 있으면 질릴 줄 알았는데 아닌가 봐요."

"그게요," 아가씨는 타르트가 가득한 입으로 대꾸했다. "여기 일한 지 한 달밖에 안 됐어요. 그리고 오래 있지도 않을 거예요. 9월에 갤러리 라파예트에 자리가 생겨서 옮겨요."

"여기는 종일 근무인가요?"

"네."

"저녁엔 뭐 해요?"

아가씨는 대답하지 않았다. 그녀는 뒤쪽 카운터에 기댄 채 눈을 내리깔았다. 내가 재차 물었다.

"언제 나하고 만나지 않을래요?"

저무는 해가 비스듬히 비치는 빛 속에서 그녀가 문 쪽으로 두 발짝 걸어갔다. 스퀘어네크라인 때문에 그녀의 목선과 어깨선이 도드라져 보였다. 침묵이 잠시 내려앉은 후, 그녀가 고개를 살짝 돌렸다.

"전 아직 열여덟 살밖에 안 됐어요!"

나는 그녀에게 다가가 맨살이 드러난 등을 손가락으로 건드렸다.

"부모님이 데이트를 못 하게 해요?"

빵집 여주인이 들어오는 바람에 아가씨는 대답을 피할 수 있었다. 그녀는 잽싸게 카운터로 돌아갔다.

학교 시험이 다 끝났다. 여행을 떠날 참이었다. 실비는 이제 영영 못 보겠구나 생각했다. 단지 습관의 힘이 매일 저녁 나를 현장 수사로 내보냈다. 나의 실망에는 보잘것없는 위안밖에 안 되겠지만 어쩌면 빵집 아가씨에게 데이트 약속을 받아낼지 모른다는 마음도 있었다. 여행을 떠나기 전전날, 거리에서 빵 바구니를 들고 가는 그녀를 우연히 마주쳤다. 나는 멈춰 서서 말을 걸었다.

"도와줄까요?"

"생각이라는 게 있나요?"

"나 때문에 불편해요? 누가 볼까 봐 그러는 거예요?"

"아, 아니에요! 어차피 난 한 달 후에 떠날 사람인걸요."

그녀는 도발적으로 보이고 싶은 듯 언뜻 미소를 지었다. 나는 어색함을 피하고 싶어서 일단 가던 길을 가자고 했다.

"내가 같이 가주면 당신이 좀 불편할까요?"

"정말이지……."

마침 어느 건물 안마당으로 통하는 대문 하나가 보였다.

"잠깐만요, 저기 잠깐 들어갑시다. 할 말이 있어요."

그녀는 고분고분하게 나를 따라 들어왔다. 빵 바구니를 내려놓고 벽에 기대어 섰다. 그러고는 진지하게 묻는 눈빛으로 나를 쳐다보았다.

"내가 잘못한 건가요?" 내가 물었다.

"아뇨, 그런 거 아니라고 했잖아요."

나는 그녀를 정면으로 바라보았다. 손을 뻗어 그녀의 어깨 높이 벽을 짚었다.

"같이 데이트해요. 내일 어때요?"

"나 이만 가게 해줘요. 그게 나아요."

"왜요?"

"글쎄요. 난 당신을 잘 몰라요!"

"서로 알아가면 되잖아요. 나 그렇게 나쁜 사람 같아요?"

그녀가 미소를 지었다.

"아뇨!"

나는 그녀의 손을 잡고 손가락을 만지작거렸다.

"당신은 어떤 것에도 얽매일 필요 없어요. 영화나 보러 갑시다. 샹젤리제로요. 영화관 자주 가요?"

"네, 토요일에요."

"그럼 토요일에 같이 가요."

"영화는 친구들하고 보러 가요."

"남자들이에요?"

"남자들도 있고, 여자들도 있고. 바보 같은 애들이에요!"

"나랑 갈 이유가 하나 더 늘었네요. 토요일 좋아요?"

"아뇨, 토요일은 안 돼요."

"그럼, 다른 날? 부모님이 못 나가게 해요?"

"오, 아니에요! 아니기를 바라요."

"좋아요. 그럼, 내일 봅시다! 작은 맛집에서 저녁을 먹고 샹젤리제에 가는 거예요. 사거리 카페에서 저녁 여덟 시에 기다릴게요. 르 돔, 알지요?"

"차려입어야 해요?"

나는 그녀의 원피스 어깨끈 아래 손을 넣고 어깨의 살갗을 어루만졌다. 그녀는 내가 하는 대로 가만히 있었지만 나는 그녀가 바르르 떠는 것을 느꼈다.

"아뇨……. 지금 그대로도 아주 괜찮아요. 알았죠?"

"혹시 우리 어머니가……."

"하지만 당신 말로는……."

"네, 원래는 그런데요, 그래도……."

"여자친구랑 놀러 간다고 해요."

"알았어요……. 음, 어쩌면 그럴지도."

그녀는 내게 손을 치우라고 어깨를 터는 몸짓을 했다. 목소리가 잠겨 있었다. 내 목소리도 그다지 믿음직하지는 않았다. 나는 장난을 치려고 했다.

"이봐요, 당신은 소설처럼 사는 편인가요?"

"뭐라고요?"

나는 음절을 끊어 또박또박 발음했다.

"소, 설, 같은 면이 있느냐고요. 내가 내일 일곱 시 반쯤 들를게요. 빵집에서 서로 얘기를 못 나눌 수도 있으니까 이렇게 하기로 해요. 내가 과자를 하나 달라고 할게요. 당신이 과자를 두 개 주면 데이트를 할 수 있다는 뜻이에요. 그러면 내가 여덟 시에 카페에서 기다리고 있을게요. 알았죠?"

"음, 좋아요."

"한번 말해봐요. 착각하면 안 되니까."

"내가 과자를 두 개 주면 오케이라는 뜻이에요." 그녀는 웃음기라고는 없는 완전히 진지한 얼굴을 하고 말했다. 그녀가 조금이라도 경망스럽게 굴었다면 나도 양심의 가책 없이 마음을 편하게 먹었을 것이다. 나는 도대체 무슨 짓을 저질렀던 걸까?

이튿날은 금요일이었다. 나는 구두시험을 통과했다. 빵집 아가씨와의 약속에 나가고 싶은 마음은 이미 사라졌지만 나와 함께 뒤풀이를 하러 나갈 법한 친구들은 다른 시험이 남아 있었고 나는 그날 저녁을 혼자 보내기가 정말 싫었다.

르부퇴 거리에 도착했을 때는 이미 여덟 시 15분 전이었다. 어제 말을 맞춘 대로 나는 사블레를 하나 달라고 했고 빵집 아가씨는 처음에 하나를 건네고는 아주 살짝 망설이는 기색으로 하나를 더 건넸다. 그 반어적인 망설임이 그녀의 자기변호였다. 나는 가게를 나와 과자를 먹기 시작하면서 사거리로 걸어갔다. 하지만 겨우 10미터인가 가서 소스라치고 말았다. 그렇다, 맞은편 보도에서 실비가 걸어오더니 길을 건너 나한테 오지 않겠는가. 그녀는 발목에 붕대를 감고 지팡이를 짚고 있었다. 나는 입에 든 과자를 삼키고 남은 사블레를 손 안에 감출 시간밖에 없었다.

"안녕하세요!" 그녀가 활짝 웃으며 말했다.

"안녕하세요! 어떻게 된 거예요? 다쳤어요?"

"아, 별일 아니에요! 좀 삐었는데 삼 주나 가네요."

"그동안 안 보여서 무슨 일 있나 했어요."

"나는 어제도 당신을 봤어요. 생각에 푹 빠진 사람 같던데요."

"아, 정말요? 그랬군요!"

순식간에 나는 결심이 섰다. 실비가 내 앞에 나타났다. 나머지는 다 안중에 없어졌다. 이 빌어먹을 장소를 최대한 빨리 떠야 했다.

"저녁 먹었어요?"

"아뇨⋯⋯. 난 간식도 못 먹었어요."

그녀는 내 손에 들린 사블레를 대놓고 바라보았다.

"더워서 그런지 허기가 지네요." 나는 같잖은 변명을 했다.

"누가 못 먹게 하나요!"

그녀가 웃음을 터뜨렸다. 하지만 그녀가 빈정거린들 무에 대수랴! 내 머릿속에는 실비를 여기서 먼 곳으로 데려가야 한다는 생각밖에 없었다. 나는 다시 물었다.

"같이 저녁 먹을래요?"

"안 될 것 없죠. 하지만 먼저 집에 들러야 해요. 잠깐 밑에서 기다려줄래요? 난 2층에 사니까 1분이면 돼요."

그러고 나서 나는 그녀가 빵집 바로 맞은편에 있는 모퉁이 건물로 들어가는 모습을 보았다.

1분이면 된다던 실비는 15분이 지나도록 내려오지 않았으므로 나의 경솔함을 되짚어볼 시간은 충분했다. 나는 실비와 다른 날 만나기로 하고 그날 저녁은 빵집 아가씨와의 약속을 지킬 수도 있었을 것이다. 하지만 내 선택은 일단 '도덕적인' 것이었다. 실비를 다시 만나고도 빵집 아가씨에게 치근대는 것은 악덕보다 더 못한 짓, 순전한 넌센스 아니었을까.

일이 꼬이려고 그랬는지 비까지 퍼붓기 시작했다. 하지만 그 덕분에 살았다. 여덟 시는 이미 지났지만 빵집 아가씨는 소나기가 그치기를 기다리느라 나오지 못했을 것이다. 빗방울이 얼추 다 잦아들었을 때 실비가 어깨에 우비를 걸치고 나타났다. 나는 택시를 잡자고 했다.

"비가 와서 택시 잡기 힘들걸요. 나 정말 걸어다녀도 괜찮아요." 그녀가 말했다.

"정말요?"

"네."

나는 그녀와 나란히 걸어가면서 보조를 맞추었다. 거리엔 인적이 드물었고 만약 빵집 아가씨가 나왔다면 우리 둘을 보았을지도 모른다. 어쨌거나 나는 빵집 아가씨가 멀리 있어서 문제를 일으키진 못할 거라고 비겁하게 생각했다. 나는 감히 뒤를 돌아보지 못했고, 그 길은 끝없이 길게 느껴졌다. 아가씨가 우릴 봤을까, 아니면 카페에서 날 기다리면서 애태우고 있었을까? 내가 알 길은 영영 없으리라.

실비의 마음은 이미 차지한 거나 다름없었다. 그 이유가 바로 그날 저녁 밝혀졌다.

"집에만 틀어박혀 지내느라 심심풀이가 있어야 했죠." 그녀가 나를 놀리듯이 바라보면서 말했다. "당신은 잘 모르겠지만 내 방 창에서 거리가 내려다보이죠. 난 다 봤어요."

내 몸이 떨렸다. 실비는 계속해서 말했다.

"밉살스러운 사람 같으니, 당신 때문에 후회할 뻔했어요. 그렇다고 내가 신호를 보낼 수도 없었어요. 내 집 앞에서 서성대는 사람들은 무섭단 말이에요. 그놈의 사블레 쪼가리만 먹다가 속 다 버리면 당신만 손해죠."

"사블레 맛있어요."

"알아요. 나도 먹어봤어요. 요컨대, 난 당신의 나쁜 습관을 다 안다고요!"

우리는 여섯 달 후 결혼했다. 신혼 초 한동안은 르부퇴 거리에서 살았다. 우리는 가끔 함께 빵을 사러 갔지만 이제 빵집 아가씨는 다른 사람이었다.

La carrière de Suzanne
✦
쉬잔의 이력

우리는 쉬잔을 생미셸 대로의 르 뤼코 카페에서 알게 됐다. 나는 바로 그 위 롭세르바투아 호텔에 살았다. 나는 열여덟 살이었고 약학 전공 1학년생이었다.

나보다 두 살 많았던 기욤은 파리 정치학교에 다녔다. 우리는 아주 친했지만 성격은 영 딴판이었다. 나는 기욤이 뭘 하자고 하면 거의 늘 반대 의사를 표했지만 그의 거침없는 자세가 부러웠다. 기욤은 자기가 접근할 만한 여자가 있으면 반드시 찔러봐야 직성이 풀리는 친구였다. 구실은 얼마든지 갖다 붙일 수 있었다. 우연히 듣게 된 말, 의자를 빌려야 하는 상황, 어떤 책의 제목 등등.

쉬잔은 옆 테이블에서 이탈리아어를 공부하는 중이었다. 그녀가 안경을 쓰는데 기욤이 무람없이 책을 홱 집어 들었다. 그러고는 거드름을 피우면서 프랑스어 악센트가 역력한 엉터리 발음으로 제목을 읽었다.

"이 프로메시 스포시 i promessi sposi [4]!"

---

4 '약혼자들'이라는 뜻으로 이탈리아 작가 알레산드로 만초니의 역사소설 제목.

쉬잔은 기욤의 행동이 당황스럽지도 않은 듯했다. 그녀가 깔깔대고 웃음을 터뜨렸다.

"이탈리아어 좀 하나 봐요?"

"소르본 다녀요?" 기욤이 껄렁한 태도를 거두면서 물었다.

"그런 것 같기도 하고 아닌 것 같기도 하네요. 소르본 거리에 있는 통역학교에서 야간반 강의를 들어요. 낮에는 저기 맞은편에 있는 국립결핵퇴치위원회에서 일하고요."

"일은 재미있어요?"

"사람이 늘 마음에 드는 일만 하고 살 순 없죠!"

파리 정치학교에 다니는 여학생 마린이 지나가다가 우리에게 와서 인사를 했다. 기욤은 마린을 소개했는데 쉬잔은 자기 이름을 우물거리듯 말했다.

"뭐라고 하는지 잘 안 들렸어요. 이름이 안이라고 했나요?" 기욤이 다시 앉으면서 물었다.

"아뇨, 쉬잔이에요. 유감스럽게도!"

"유감이라뇨? 튀는 이름을 좋아하는 속물 취미 있어요, 혹시?"

"아뇨, 그냥 내 이름이 싫을 뿐이에요."

"어쨌든 쉬종보다는 예쁜 이름 같은데!"

"몹쓸 사람이네요!"

"나는 기욤 푀슈드뤼몽이라고 해요."

"나는 쉬잔 오크토예요."

"성姓은 소리 안 나는 H로 시작하죠?"

"맞아요, 뒤에는 T, O, T로 끝나고요."

"노르망디 출신인가요?"

"맞아요, 당신도 노르망디 사람이에요?"

"아뇨. 하지만 성명학에 관심이 많거든요. 뭔지 알아요?"

"아! 이름 연구하는 거 맞죠?"

"인명人名을 공부하는 학문이에요. 아무 이름이나 대봐요. 그 이름의 출신 지역이나 어원을 말해볼 테니……."

성명학은 기욤이 가장 선호하는 특기였다. 별점이나 손금에 비하면, 모든 면에서 덜 진부했다.

나는 그들의 대화를 한 귀로 들으면서 다른 귀로는 다음 주 토요일에 있을 파티 얘기를 듣고 있었다.

"기욤, 페페네 올 거야?" 장 루이가 외쳤다.

"아니." 그가 고개를 돌리며 대답했다. "그날은 일이 있어. 하지만 토요일 오후 세 시에 우리 집에서 밥 먹자. 너희들 다 와."

그러고는 쉬잔에게 말했다.

"당신도 올래요?"

"그러죠. 집이 어딘데요?"

"부르라렌. 내가 차로 데리러 올게요. 파에야 좋아해요?"

"먹어봤는지 잘 모르겠네요!"

"내가 파에야는 잘 만들거든요. 내가 유일하게 할 줄 아는 요리죠……. 부모님과 같이 살아요?"

"아뇨, 포르트 드 클리시에 있는 공동주택에 살아요. 하지만 집에 있을 때는 거의 없어요. 저녁에 수업이 끝나면 여덟 시고 아침에는 일곱 시에 일어나서 나오니까."

"일요일은요?"

"이탈리아어를 공부하죠. 하지만 집보다는 카페를 선호해요. 그게 더 쾌적하니까……."

기욤은 웬만하면 속전속결이었다. 그렇지만 쉬잔은 만나기로 한 그날 저녁까지 요지부동이었다. 나는 기욤과 쉬잔이 일곱 시 즈음에 나타난 것을 보았다. 내가 일을 얼추 끝낸 때였다.

"서둘러, 주차금지 구역에 잠깐 세워두고 왔어." 기욤이 말했다.

"뭐야, 나는 갈 수 있을지 없을지도 모르는데. 나 나중에 실습이 있어."

"난 약속을 잘 지키는 사람을 좋아해."

"난 약속한 적 없어."

"약속했어. 네가 봤지?" 기욤이 쉬잔을 보면서 말했다.

"응, 봤어." 쉬잔이 말했다.

"자, 가자! 내가 자정에 집까지 데려다줄게."

"넌 늘 말로만 그렇잖아!"

"어차피 쉬잔을 데려다줘야 해." 그가 당당하게 말했다.

"좋아, 그래, 알았어." 나는 기욤이 약속을 지키리라는 기대 없이 옷장 쪽으로 갔다. 침대에 앉아 있던 쉬잔이 기욤을 자기 옆으로 끌어당겼다. 그들은 내가 넥타이를 매는 동안 걸쭉하게 키스를 해댔다.

"누가 와?" 나는 그들이 애정 표현을 충분히 했겠다 싶을 때 물었다.

"장 루이, 카트린, 프랑수아, 필리프…… 그리고 네 여친."

"그게 누군데?"

"소피."

"미쳤구나. 난 그 여자 알지도 못하는데."

나는 소피를 딱 두 번 봤다. 두 번 다 기욤의 친구 프랑크와 함께한 자리에서였다.

"맞아, 하지만 넌 사랑에 빠졌지."

"아, 그래! 사람 괜찮더라."

"베르트랑이 괜찮다고 하면 진짜 끝내주는 거야. 그런데 쉬잔, 너도 아는 여자야. 지난번에 술집에서 봤잖아. 아일랜드 여자."

"아, 맞아! 그 여자 매력적이던데요? 베르트랑, 보는 눈이 있네요."

그해의 가장 성대한 파티였다. 어머니가 여행을 가서 기욤이 부르라렌 빌라를 혼자 차지하고 있었다. 쉬잔은 파티의 안주인 역할을 대단히 진지하게 맡았다. 하지만 기욤은 초장부터 소피를 붙들고 작정하고 공략하는 듯 보였다. 언제나 소피를 따라다니는 프랑크가 그날 저녁은 별로 성의를 보이지 않았기 때문에 공략은 더욱 쉬웠다.

나는 달관한 자세로 내 자리에 머물러 있었지만 쉬잔이 울기 일보 직전이라는 것은 눈치챘다. 나는 어느 때고 당장 그녀가 외투를 집어 들고 역으로 뛰쳐나가리라 기대했다. 그렇게까지 자존심이 없는 여자라고는 생각하지 않았기 때문이다. 소피는 왠지 위압감이 느껴지는 여자였고 기욤이 그녀를 독점하고 있는 것이 어떤 면에서 나는 더 편했다. 나는 그저 기욤이 한껏 떠벌리다가 제자리로 돌아오기만 바랐다. 하지만 그는 용의주도했다.

열한 시에 기욤이 나를 따로 주방으로 불렀다. 그가 내 어깨를 툭툭 치면서 말했다.

"소피랑 잘 해봐야지."

"내가 너한테 해야 하는 말 아냐?"

"그러지 마. 누구 엿 먹일 일 있냐. 많이 삐쳤어?"

"쉬잔? 그래, 좀. 그럴 만하지!"

"잘됐네. 쉬울 것 같은 여자들이 제일 힘들어. 지지부진, 지지부진, 오래도 끌지……. 하지만 이제 됐다는 느낌이 오네. 그런 것 같지 않아?"

"그런지도." 나는 시큰둥하게 대꾸했다.

"구시렁대지 마, 뭐야! 난 소피한테 관심 없어. 그 여자는 너무 고자세야. 하지만 너한테는 괜찮을 거야. 프랑크와 소피 사이는 이미 끝난 것 같더라고."

"오! 너 하고 싶은 대로 해. 내가 그 여자한테 뭐라고."

"날 믿어봐. 너 아주 괜찮아. 남자가 어떤 여자한테 관심이 가면 다 표가 나……. 내가 무슨 말 하려고 했더라? 아, 맞다! 나한테 해줘야 할 일이 있어. 손님들이 돌아갈 때 너는 나하고 같이 나간다고 말해. 나랑 쉬잔만 남는다고 하기 민망하잖아. 남들 눈을 의식하는 귀여운 시골 여자라니까."

자정에 손님들이 일어섰다. 집까지 태워주겠다는 말을 들었지만 거절했다. 소피도 그 차를 타고 가기로 되어 있었으니 말 붙일 기회 한 번을 날린 셈이었다. 하지만 정말로 그러고 싶었던 걸까? 기욤은 그렇게 말했지만 나는 소피가 키도 크고 잘생긴 프랑크를 좋아한다고 생각했다. 내 친구도 못 잡은 기회를 내가 잡을 성싶지 않았다.

그래서 우리 셋만 남았다. 쉬잔은 기욤이 자신에게 돌아온 기쁨에 취해 시간 개념을 잃어버렸다. 기욤이 응접실 침상에 널브러져 담배 연기로 도넛을 만드는 동안 그녀는 그의 어깨에 찰싹 달라붙어 있었다. 나는 그 맞은편에서 하품을 겨우 참고 있었다. 할 일도 없던 나는 의자 앞 야트막한 탁자를 툭툭 쳤다.

"있잖아, 베르트랑은 탁자를 움직이게 할 수 있어." 기욤이 말했다.

"진짜?" 쉬잔이 관심을 보였다.

"그래. 내가 드물게 사람들 앞에서 선보일 수 있는 장기지. 되게 쉬워, 특히 이런 종류는. 둘 다 이리 와서 손바닥을 평평하게 펴봐. 손가락이 서로 닿아야 해. 마술 같은 거 아니고 우리 몸의 신경 임펄스가 작용하는 거야."

기욤과 쉬잔이 내 앞에 와서 앉고는 내가 시키는 대로 했다.

"집중하자, 힘을 빼, 긴장 풀어!"

쉬잔은 처음에는 웃음을 참는 것 같더니 이내 차분한 분위기에 물들었다. 몇 분간 완전한 침묵이 감도는가 싶더니 드디어 삐걱 소리가 났다. 탁자가 움찔하더니 오른쪽으로 미끄러졌다가 다시 왼쪽으로 미끄러졌다. 의심이 많은 쉬잔은 탁자의 움직임에 저항하려 했지만 자기 마음대로 되지 않았다.

"베르트랑, 네가 미는 거지."

"아냐, 난 밀지 않았어. 영靈이 미는 거야."

쉬잔이 어깨를 으쓱했다.

"실은 우리의 의식적이지 않은 추진력이 작용한 거야. 영이라는 건 우리 세 사람의 무의식이 빚어낸 거지."

"설명은 제법 현학적이네."

"해설은 그만. 다시 집중해보자." 기욤이 말했다.

"영을 불러내자." 내가 이 말을 했을 때 다시 나무 탁자가 삐걱 소리를 냈다. "영이여, 오셨습니까?"

탁자가 살짝 들렸다가 바로 떨어졌다.

"한 번 쿵하면 예스라는 뜻이지……. 영이여, 당신은 누굽니까?"

나는 알파벳에서 몇 번째에 오는 문자인가를 따져서 영의 메시지를 읽을 수 있다고 설명했다. 한 번 쿵하면 A, 두 번은 B, 세 번은 C, 네 번은 D. 나는 이미 결과를 내다보고 있었다. 사실 그 단어는 허공에, 좀 더 정확하게는 전축 옆에 널려 있던 음반 재킷에 이미 나와 있었다. 그 단어는 기욤의 자존심을 충족시킬 뿐 아니라 나의 짓궂은 장난기를 부추겼다.

"D, O, N, J." 기욤이 좋아라 하며 말했다. "DON JUAN(돈 후안)이 확실해. 돈 후안이 뭘 뜻하는 거지?"

그가 뿌린 대로 거둘 차례였다. 비록 나도 완전히 혐의가 없다고 할 수는 없었지만 말이다. 더구나 쉬잔이 받은 신탁도 은밀한 서약을 가리키고 있었다.

"A, U, L, I…… AU LIT(침대에 있다)! 베르트랑, 너 이렇게 천박하게 나오기냐." 기욤이 외쳤다.

나는 짐짓 항변을 했고 기욤은 한바탕 걸걸하게 웃어댔다. 쉬잔은 깜짝 놀란 척했지만 내심 즐거워하는 게 보였다.

"이제 그만 자자. 너무 피곤해서 둘 다 집에 데려다줄 엄두가 안 나. 집은 넓으니까 자고 가도 돼. 나랑 베르트랑은 여기서 잘 테니까 쉬잔, 너는 우리 어머니 방에서 자. 어느 방인지 알지?"

"응, 응." 그녀는 살짝 실망한 듯 보였다.

기욤은 쉬잔을 문 앞까지 데려가서는 양 볼에 키스를 했다.

"잘 자, 섭섭한 거 아니지?"

"내가 왜? 베르트랑, 잘 자!"

쉬잔은 복도로 들어갔다.

"아, 여자들이란!" 기욤이 담뱃불을 붙였다.

그는 담배를 몇 모금 빨고는 연극을 끝냈다.

"쉬잔을 달래주러 가야겠어."

기욤이 나갔다. 나는 그가 돌아오지 않을 거라 확신하면서 눈을 붙였다.

다음 날 동이 틀 무렵 나는 이미 일어나 있었다. 전에도 부르라렌의 그 집에서 일요일을 보낸 적이 있었고 기욤은 그런 민망한 상황에서도 나를 승리의 증인으로 삼을 겸 나보고 더 있다 가라고 권하고도 남을 위인이었다. 하지만 나는 내 취향에 안 맞게 그 역할을 너무 오래 한 감이 있었다. 나는 인기척을 내지 않고 집을 빠져나와 역으로 갔다.

쉬잔의 행실이 내게 조금도 중요하지 않았기 때문은 아니다. 물론, 그건 쉬잔의 문제였고 그녀가 알아서 할 일이었다. 하지만 나는 기욤이 못된 짓을 할 때마다 나를 끌어들이면서 느끼는 사악한 기쁨을 알아보았다. 그는 무슨 일을 하든, 심지어 아주 별것 아닌 일조차도, 농밀한 저속함을 풍기기 좋아했다고 할까.

여드레 후에 그를 생미셸 대로에서 마주쳤다.

"어떻게 된 거야? 요즘 통 안 보이더라?" 내가 말했다.

"난리 났어."

"쉬잔 때문에?"

"쉬잔이 온종일 전화를 해대. 나는 꼭 그렇게 질질 매달리는 여자들한테 걸린다니까. 너는 쉬잔을 본 적 있어?"

"응, 한두 번. 별말 안 했어."

"쉬잔이 내 얘기 했어?"

"아니, 그냥 스쳐 지난 정도야. 쉬잔이 전화하겠지."

"헤헤!"

하지만 그 주 토요일에 기욤에게 전화를 받았다. 마음이 약해져서 쉬잔과 다시 만났다나. 그녀와 둘만 있으면 너무 지겨우니 나보고 같이 있어달라는 것이었다.

나는 싫은 기색을 보이면서도 그 청을 수락했고 셋이서 함께 센 강 우안의 어느 클럽에 춤을 추러 갔다. 얼굴이 확 핀 쉬잔은 나를 자신의 기쁜 속내를 마음껏 털어놓아도 괜찮은 상대로 여겼다. 그런 역할이 내 마음에 들었을 리 있나. 그녀의 몸짓, 웃음, 태도가 거슬려서 견딜 수 없었다. 게다가 그녀에게 개인적 유감은 전혀 없었다. 단지 기욤이 꼬실 수 있는 여자들 모두와 마찬가지로, 그 여자들과 똑같이 싫었을 뿐이다. 기욤은 항상 제일 꼬시기 쉬운 여자들에게 직진했고 내가 보기에 그와 어울릴 만한 여자에게는 절대 접근하지 않았다. 이렇게 말하는 이유는, 당시에 나는 기욤을 여자 후리는 재주가 대단한 남자라고 생각하고 있었기 때문이다.

그는 나를 호텔 앞에 내려주고 쉬잔과 함께 부르라렌 방향으로 떠났다. 오후 두 시에 그가 다시 전화를 걸었다.

"우리 집에 차 마시러 와. 유쾌한 자리가 될 거야. 일곱 시에 집에 데려다줄게. 설마 일요일 내내 집에만 틀어박혀 있고 싶진 않겠지!"

그 집에 가보니 쉬잔은 희희낙락하고 있었고 기욤은 모피 목깃의 넉넉한 실내 가운 차림으로 어린애처럼 침상에 누워 빈들대고 있었다. 하지만 얼마 못 가 분위기가 바뀌었다. 쉬잔이 책장에서 책을 꺼내느라 누워 있던 기욤 위로 몸을 숙였는데 기욤이 그녀의 엉덩이를 찰싹 때린 것이다. 쉬잔은 곧바로 따귀를 날렸지만 기욤은 간발의 차로 피했다. 기욤은 그녀의 팔을 잡았고 그녀는 그 손을 뿌리치고 벽난로 쪽으로 달아났다. 하지만 기욤은 손가락 하나 까딱하지 않고 쿠션들 사이에 벌러덩 드러누워 나를 보면서 킬킬대고 웃었다. 그러고는 저쪽에서 부루퉁한 표정을 짓고 있던 쉬잔을 불렀다.

"쉬잔!"

이름을 몇 번이나 불렀지만 쉬잔은 대답 없이 눈을 내리깔고 있었다.

"쉬잔! ……그런 얼굴 하지 마. 장난이잖아."

"나는 그런 악취미 장난 싫어."

"내가 고상한 취향이면 널 좋아하지도 않았을걸."

"날 좋아한다면 그건 중요한 문제야."

"그걸 나도 잘 모르겠단 말이지."

"내가 너한테 별로라도 나 좋다는 남자들은 있어. 그게, 제법 많아."

"그렇겠지. 여드름쟁이 애송이들!"

"천만에. 다들 너한테 안 꿀려. 더 나을걸!"

기욤이 이 사이로 휘파람 소리를 내더니 알았다는 표정으로 나를 쳐다보았다.

"이 여자, 바보가 아니네! 대꾸할 줄도 알아!"

그들의 싸움을 중재할 마음은 눈곱만큼도 없었다. 나는 의자에서 일어나 문 쪽으로 걸어갔다.

"잠깐만! 물어볼 게 있어!" 기욤이 소리를 질렀다. "쉬잔, 너도 이쪽으로 와봐. 빨리! 뭐해!"

쉬잔과 나는 죽도록 내키지 않았지만 일단 기욤이 하라는 대로 했다.

"있지, 베르트랑은 내가 만났던 친구 중에서 제일 멋진 놈이야. 얼굴 빨개지는 것 좀 봐. 쉬잔, 너 베르트랑 좋아하지?"

"내가 베르트랑을? 아니야."

"음, 비위 맞출 줄 모르네."

"멍청이!"

"그럼, 베르트랑이 너한테 추근댄다고 치자."

"베르트랑은 그런 적 없어!"

"알아, 그렇다고 상상해보자는 거야. 이 친구가 널 따라다니고 매달린다고 쳐."

"그럴 사람 아니잖아!"

"네가 뭘 알아? 베르트랑이 너한테 잘 보이려고 애쓸 수도 있지. 그러면 넌 넘어갔을까?"

"아니, 그렇지 않아. 베르트랑은 참 좋은 사람이지. 하지만 난 선입견이 있어."

"베르트랑, 너는? 만약 쉬잔이······."

"나는 나대로 선입견이 있다고 해두지." 나는 전혀 상냥하지 않은 눈으로 쉬잔을 쏘아보면서 말했다.

"너희 되게 속물인 거 알아? 그래, 베르트랑은 구실이라도 있지. 그런데 너처럼 잘난 체하는 여자는 처음 만나봤어. 베르트랑, 네가 보기엔 쉬잔이 어때? 속물 아냐?"

"아니! 전혀 그렇지 않아, 오히려 그 반대인데."

"바보 같은 건 사실이지, 그렇다고 속물이 되지 말라는 법은 없어."

쉬잔은 머리끝까지 화가 나서 자리를 박차고 일어나려 했지만 기욤이 그녀를 잡았다.

"놔!"

"있어 봐!"

"무슨 개소리를 하려고!"

"내 생각을 말한 것뿐이야. 베르트랑, 말해봐. 넌 쉬잔이 좀 빼긴다고 생각 안 해?"

"전혀."

"네가 나한테 그랬잖아. 적어도 생각은 했을걸."

"아주 미쳤구나!"

쉬잔이 점점 더 거세게 몸부림을 쳐서 기욤은 그녀를 잡아놓기가 힘들었다.

"생각은 했을걸."

"아니야!"

"왜 아닌데?"

"당연히 아니니까!"

"당연하다는 말은 통하지 않습니다. 심리^{審理} 끝, 선고합니다!" 기욤이 검사라도 된 듯 외쳤다.

그새 쉬잔은 침상 위에 무릎으로 일어나 있었다. 그러자 기욤은 그녀를 세게 잡아당겨서 자기 위로 쓰러뜨렸다. 그는 다시 그녀의 엉덩이를 때렸고 그녀는 몸부림치면서 비명을 질렀다.

"아야, 도와줘! 베르트랑! 베르트랑!"

하지만 내가 나서기 전에 쉬잔은 자기 힘으로 빠져나왔고 부리나케 달려가 쾅 소리 나게 문을 닫았다.

"사람을 이렇게 엿 먹여? 날 왜 끌어들여서……." 내가 말했다.

"잘됐어. 보름 전부터 떼어낼 궁리를 하고 있었는데 잘됐지 뭐. 그만하면 삼삼한 여자였지, 분명히. 그렇지만 우리 어머니랑 이름이 똑같아서 그게 거슬리더라고."

쉬잔이 돌아왔다. 그녀는 외투를 걸치고 벽난로 위에 놓여 있던 자기 가방을 챙겼다.

"내가 데려다줄까?" 나도 재킷을 입으면서 물었다.

"그래, 고마워."

"또 보자고 말해도 돼!" 기욤이 말했다.

쉬잔이 발길을 멈추고 반쯤 돌아섰다.

"작별을 고할게!"

기욤이 피식 하고 웃더니 노래를 흥얼거렸다.

"안녕, 아가씨, 안녕히,

미소가 당신 눈 속에서 빛나네!"

그녀는 어깨를 으쓱했다. 기욤이 쉬잔에게 다가갔다.

"어이! 이봐, 단순히 좀 욱했던 거잖아. 이해해줄래? 용서해주겠어? 응? 대답해줘!"

쉬잔의 얼굴이 풀어졌다. 그녀는 얼굴에 번지는 미소를 어쩌지 못했다. 완전히 넘어갔구나 싶었다. 나는 질릴 대로 질려서 옆방으로 건너갔다.

나는 옆방에서 쉬잔을 잠시 기다렸다. 그 몇 분은 조금 전 있었던 일에서 기욤에게 쌓였던 나의 분노를 쉬잔에게로 돌리기에 충분한 시간이었다. 결국, 그 여자를 걱정한 내가 등신이었다. 쉬잔은 그런 대우를 받아도 쌌다. 기욤이 아주 잘하는 거다. 존중이라고는 말아먹은 기욤의 태도가 내가 그녀의 품행과 외모에 늘 취했던 멸시를 정당화하고 있었다.

나는 무슨 수를 써서라도 쉬잔을 피해야겠다 결심했고 며칠은 그 결심대로 되었다. 하지만 쉬잔이 나를 기다렸다. 내가 사는 호텔 앞 카페테라스에 진을 치고 있다가 내가 집에 들어갈 때 아는 척을 했던 것이다.

"커피 한 잔 살게. 많이 바쁘진 않지?"

나는 여전히 빠져나가는 재주가 없었다. 게다가 쉬잔은 꾀를 부릴 줄 알았다.

"누가 나한테 네 안부를 묻더라고."

"누가?"

"소피."

"아!"

"얼마 전에 소피랑 점심을 같이 먹었어. 정말 좋은 사람이더라."

"아, 그래? 나는 소피를 잘 모르……."

대화가 끊어졌다. 쉬잔이 다시 공략에 나섰다.

"HEC 파티[5] 가?"

"아니, 공부해야 해."

"그 정도야? 파티 한 번인데!"

"그리고 돈도 없어."

"아! 그것만 문제라면 내가 낼게."

"그러지 마, 제발!"

"어때서, 월급 받은 지 얼마 안 됐단 말이야."

"싫어, 뭐야, 도대체."

---

5   파리 고등상업학교(Hautes Etudes Commerciales)에서 매년 열리는 무도회.

"가자! 나 하자는 대로 좀 해줘……. 그리고 소피도 올 거야."

"그건 이유가 안 돼!"

"왜 안 돼! 내가 대신 내줄 테니까 나중에 갚으면 되잖아. 알았지?"

나는 결국 넘어갔다. 쉬잔이 거짓말을 한 건 아니었다. 실제로 소피는 파트너 없이 파티에 나타났고 나를 좀 더 호의적으로 보게 된 듯했다. 소피와 단둘이 얘기를 나눠본 것은 그때가 처음이었다. 그녀는 기욤에 대해서 물었다. 나는 대화를 망치는 꽉 닫힌 대답으로 회피하는 수밖에 없었다.

"그 사람을 잘 알아요?"

"제일 친한 친구인데요."

"재미있네요! 둘이 완전히 다르잖아요!"

"그렇게까지는 아니에요! 실은, 여러 면에서 생각이 비슷해요."

"놀랍네요……."

나는 수줍음 때문에 뻣뻣하게 굴었고 혹시나 했던 재치는 전혀 발동하지 않았다. 쉬잔은 하나같이 못생긴 남자들과 어울리면서 신나게 놀고 있었다. 나는 소피를 오래 붙잡아놓을 수 없겠다 싶었다. 남자들이 와서 말을 걸 때마다 우아하게 응하는 소피를 보면서 나는 마음이 상했다.

결국 소피는 인파 속으로 사라졌고 나는 새벽 네 시에 쉬잔과 단둘이 남았다. 그녀는 나의 불행과 그리 다르지 않은 자신의 불행을 토로했다.

"내 말 믿어줘. 나는 기욤에게 신경 안 써. 우린 끝났어. 기욤은 똑똑한 남자지만 어떤 면에서는 완전히 바보 같아. 걔는 못된 게 아니라 어리석은 거야. 내가 성격이 좋아 다행이지! 하지만 기욤도 언젠가 제대로 임자를 만나겠지……."

다음 날, 수업을 끝내고 나오는데 기욤이 나를 기다리고 있었다.

"아, 잘난 자식 납셨네! 내 어장에서 낚시를 하냐!"

"뭐?"

"아니라고 하지 마, 파티에서 너희를 봤대."

"아! 무슨 생각을 하는 거야!"

"각오해, 친구야! 그 여자 네가 생각하는 것보다 고단수야!"

"나는 내가 알아서 지켜."

"너한테 파티 초대까지 받아냈잖아!"

"아냐, 쉬잔이 돈 냈어."

"장난이지? 쉬잔이 돈을 냈어? 이런, 이런! 기가 차네! 새로운 가능성이 보이는걸? 우리가 쉬잔을 벗겨 먹자……."

쉬잔이 평소 습관대로 퇴근하고 바로 카페에 자리를 잡았다.

기욤이 아주 온화한 얼굴로 그녀에게 다가갔다.

"아, 쉬잔! 아주 오랜만이네. 잘 지내?"

"응, 아주아주 잘 지내지." 그녀가 차갑게 대꾸했다.

하지만 나를 발견한 순간 그녀의 표정이 확 누그러졌다.

"안녕, 베르트랑!"

"다시 보니까 좋네." 기욤은 그렇게 말하고서 쉬잔의 의사를 묻지도 않고 그녀의 맞은편 자리에 앉았다.

"누가 앉아도 된대?"

"5분만 있다가 갈 거야."

나도 자리에 앉았다. 침묵이 내려앉았다. 쉬잔은 자기 잔만 내려다보고 있었고 기욤은 그런 쉬잔을 놀리기라도 하듯 지그시 바라보았다. 마침내 그녀가 눈을 들고 미소를 보였다.

"쉬잔! 너 연애한다더라! 너무하잖아. 그것도 나랑 제일 친한 친구랑……!"

그녀는 또다시 항복했다. 기욤은 계산을 하는 대신 주머니를 뒤지는 시늉을 했다.

"고약하게 됐네! 오늘 저녁은 빈털터리야. 베르트랑, 계산 좀 해줄래?"

내가 지갑을 꺼내려는데 쉬잔이 벌써 가방을 연 후였다.

"아니, 됐어! 두 사람 다 내가 살게."

"으흠!"

"왜!"

"그러지 마, 나 진짜 너한테 질린다!" 나는 그렇게 말하고 탁자 위에 지폐를 놓았다.

쉬잔은 지폐를 집어서 도로 내게 내밀었다.

"내가 사고 싶다는데 무슨 상관이야. 내 자유야!"

"그래, 네 자유다. 그게 재미있으면 마음대로 해봐!"

나는 돈을 받아서 지갑에 넣었다.

그 후로 2, 3주 동안 우리는 일부러 쉬잔이 카페, 식당, 영화관에서 돈을 내게 하면서 그녀에게 빌붙어 지냈다. 심지어 우리의 '체면'을 세워주려고 탁자 아래로 슬쩍 돈을 건네줄 때도 있었다. 날이 갈수록 나는 그런 짓이 재미없어졌다. 그러다 기욤이 며칠 어머니 댁에 가 있게 됐다. 쉬잔은 그래도 어떻게든 나를 따라다니려고 했다.

나는 호텔 전화기를 다른 사람이 붙잡고 있을 때면 카페에 전화를 쓰러 갔다. 하루는 쉬잔이 카페에서 창에 기대어 앉은 모습이 보였지만 못 본 척했다. 하지만 그녀는 나를 발견하고 지하까지 따라왔다.

"이렇게 무시하기야? 나 위층에 앉아 있었잖아, 너한테 아는 척도 했는데!"

"아! 난 못 봤어!"

"잠깐 시간 괜찮아? 할 말이 있어."

그녀는 나에게 데이트 신청을 하려고 했다. 나는 시간이 없다고 핑계를 댔다. 그녀는 내 말을 믿지 않았다.

"돈 문제면 신경 쓰지 않아도 돼!"

"아니, 신경 쓰여. 나한텐 그냥 넘길 수 있는 일이 아니야."

"부르주아의 사고방식이네!"

"그럴지도. 돈 쓰고 싶으면 다른 남자들한테나 그래."

"남자가 돈 쓰게 하고 싶으면 그게 나한테 뭐 그리 어려운 일일까! 나도 거절하느라 바빠. 내가 널 더 좋아하는 게 불편해?"

결국 나는 기욤이 가장 좋아하는 식당 메트르 폴에서 그녀가 사는 저녁을 먹기로 했다. 하지만 그날 저녁이 되어 외출 준비를 하고 있는데 기욤이 나타났다. 망통에서 돌아왔던 것이다. 그의 어머니는 재혼을 해서 망통에서 살게 됐지만 파리의 집은 그대로 두기로 했다.

"오늘 저녁에 뭐 해? 외출해?"

"응."

"같이 저녁 먹자. 내가 살게. 나 돈 있어."

"고맙지만 안 돼. 선약이 있어."

"쉬잔이랑?"

"아냐!"

"나한테 말해도 돼. 쉬잔 맞지?"

"그래."

"둘이 좋아해?"

"무슨 말을 하는 거야!"

"지루하겠네! 나도 데려가!"

"안 돼!"

"좋은 생각이 있어. 어디로 갈 거야? 메트르 폴?"

"너 진짜 사람 곤란하게 한다!" 나는 항복했다.

"내가 너희를 우연히 본 걸로 하자. 쉬잔이 싫은 기색을 보이면 네가 나한테 사는 것처럼 해. 밥값은 내가 나중에 줄게. 나한테 그 정도는 좀 해줘, 오늘 저녁은 재미있게 보내고 싶단 말이야. 어쨌거나, 그 식당을 약속 장소로 잡은 걸 봐선 쉬잔도 거기서 날 만나길 바라는 것 같은데."

모든 것이 시나리오대로 굴러갔다. 기욤은 우리가 오르되브르를 먹을 때 맞춰서 등장했고 천연덕스럽게 우리와 말을 섞었다.

"숨어서 만나기에 썩 좋은 선택은 아닌 거 알지?" 기욤이 우리 테이블에 오면서 말했다.

"우리가 숨긴 왜 숨어. 저녁 먹었어?" 내가 말했다.

"아니, 그런데……."

"앉아, 내가 살게."

"고맙지만 사양할게……. 더구나 쉬잔은 싫을걸."

그녀가 어깨를 으쓱했다.

"넌 바보야!"

"솔직해져!"

"난 솔직하거든!"

디저트가 나올 때 기욤이 전화를 걸러 갔다. 쉬잔이 나에게 또 1000프랑을 건넸다. 이번만은 나도 칼같이 거절했다.

"아, 진짜 왜 이래! 이봐……, 기욤한테 내가 산다고 했잖아."

"너 돈 없잖아!"

"아냐, 돈 없기로는 너나 나나……. 이러지 마, 빨리 가방에 도로 넣어."

"알았어, 그러면 내가 너희 둘을 클럽에 데려갈게."

"너 그러다 알거지 된다!"

"내가 되지, 네가 돼?"

우리는 지난번에 갔던 그 클럽으로 갔다. 새벽 두 시경, 나는 클럽 좌석에서 꾸벅꾸벅 졸고 있었다. 기욤이 나를 팔꿈치로 밀쳤다.

"튀자, 빨리!"

"쉬잔은?"

"화장실 갔어. 잔소리 할 생각하지 마."

이걸로 쉬잔과는 완전히 끝나는구나, 라는 생각이 들었다. 나는 기욤을 따라갔다.

그렇지만 나는 인사도 없이 내뺐다고 달라질 것은 없을지도 모른다는 생각도 들었다. 아니나 다를까, 다음 날 정오에 쉬잔은 어김없이 내 앞에 나타났다.

"기욤은 어때? 술 좀 깼대?"

"차를 몰아서 집에 갈 상황은 아니었지. 우리 집 의자에서 재웠어."

"어쨌든, 좋은 날은 다 갔어. 아직 12일밖에 안 됐는데 나 땡전 한 푼 없어!"

"밥 먹을 돈은 있어?"

"아니, 하지만 알아서 할게."

"내가 식권 줄 수 있어."

"고맙지만 됐어. 점심은 나랑 같이 일하는 여자친구 집에서 먹으면 돼……. 그거 아니? 너희가 먼저 떠나줘서 잘됐지 뭐야. 어제 굉장한 남자를 만났어. 스코틀랜드 사람이야. 정말이지, 너무 괜찮은 사람이야. 오늘 저녁에 또 만나기로 했어."

"아, 그래! 축하해. 그럼, 또 보자."

"기욤에게 꼭 말해줘!" 그녀가 큰 소리로 외칠 때 나는 이미 차도로 건너가고 있었다.

부활절 방학에 나는 생브리외 본가에 다녀왔다. 파리에 돌아와서 짐을 풀고 부모님이 옷 한 벌 하라고 주신 4000프랑을 아직 자르지 않은 새 책 페이지 속에 숨기자마자 기욤이 내 방을 찾아와 노크를 해댔다. 나는 책을 벽난로 위 원래 자리에 올려놓을 시간밖에 없었다.

"안녕, 너 있나 보려고 들렀지."

"지금 막 돌아왔어."

"방학은 잘 보냈어?"

"잠만 잤어. 너는?"

"끝내줬지! 망통에는 예쁜 여자들이 얼마나 많은지, 미쳐버린다니까……. 그리고 떠나기 전에 굉장한 여자를 만났지 뭐야. 그 여자도 파리에 살아서 오늘 오후에 올라온대."

"아, 잘됐네!"

"문제는 데이트할 돈이 없다는 거야. 길에서 자동차 푸시로드가 나갔어. 너 1, 2만 프랑 빌려줄 수 있냐?"

"아, 내가 그런 돈이 어디 있어!"

"월요일에 우편환이 도착해. 너 돈 있잖아. 방학에 집에 내려갔다가 왔으면 뻔하지!"

"아냐, 나는 부모님께 주급을 받아서 써."

"설마 1만 프랑도 없다고 하진 않겠지!"

"없어, 지금 막 방세를 냈거든."

그때 복도에서 벨이 울렸다. 나를 찾는 신호였다. 나는 리셉션에 내려가서 전화를 받았다.

"여보세요?"

"여보세요! 나 쉬잔이야. 방학 잘 보냈어? ……언제 볼 수 있어? 다니엘 집에서 끝내주는 파티를 할 건데 올래? 목요일 여덟 시 괜찮아?"

"아, 그래? 어……."

"소피도 올 거야. 꼭 와!"

"그게 내일은 성적에 반영되는…… 아, 그래! 알았어."

"내가 네 생각해주는 거 알지?"

"고마워. 넌 어떻게 됐어? 그 영국 남자는?"

"아! 그 사람은 돌아갔지. 그게, 그렇게까지 흥미로운 남자는 아니었어!"

방에 다시 올라와 보니 기욤이 책을 들춰보고 있었다.

"쉬잔이었겠지, 내기할까?"

"아냐!"

"그때 이후로 만난 적 있어?"

"방학 전에 한두 번 마주쳤어."

"영국 남자도?"

"너도 알아?"

"안다고 봐야지. 아무튼 쉬잔도 배운 바가 있을걸. 그 남자, 튀었잖아! 고백해, 거짓말하지 말고. 쉬잔이 전화했잖아!"

"아니라고 했지!"

"거짓말하네."

"너 참 질린다!"

"여자 전화잖아! 네 얼굴에 다 쓰여 있어."

"소피였어. 그렇게 알고 싶어? 이제 됐어?"

"하! 하!" 기욤이 펄쩍 뛰었다. "아, 그렇다면 말이지, 가는 거야, 친구, 무조건 공격이지. 남자가 밀고 들어가야 여자가 좋아한다고!"

파티에서 나와 춤을 추는 동안 소피는 자기 신조를 피력했다. 그녀는 기욤을 아주 못마땅한 눈으로 흘겨보았다.

"그렇게 볼 수도 있죠." 나는 수긍했다. "그렇지만 내가 다른 사람들한테는 받아주지 않으면서 기욤한테는 받아주는 부분이 있어요. 그 친구도 스스로 그럴 수 있는 거죠."

"나는요, 다른 사람들은 다 받아줘도 저 사람은 아무것도 용납 못 하겠어요. 저렇게 건달 시늉하는 부잣집 도련님은 질색이에요. 정말이지, 어울리지 않게 논다니까!"

"그러는 것도 한때예요!"

"난 바로 그 점이 못마땅해요. 순전히, 튀어 보이려고 그러는 거잖아요. 나는 속물들이 싫어요."

"일단, 기욤은 속물이 아니에요. 그리고 당신이 왜 기욤을 못마땅해하는지 모르겠네요. 저 친구를 잘 알지도 못하잖아요."

"들은 얘기가 꽤 있어요."

"쉬잔에게 들었군요!"

"네, 맞아요, 쉬잔에게 들었어요."

"쉬잔도 어른인 이상 자기방어는 스스로 해야죠. 기욤을 따라다니지나 말지!"

"정말이지, 어린애 같은 소리를 하네요!"

나는 점점 소피를 어떻게 대해야 할지 갈피를 잡을 수 없었다. 어쨌거나, 기욤의 조언대로 강하게 밀고 들어갈 계제는 결코 아니었다. 쉬잔은 같이 춤추자는 남자들이 너무 많았던 나머지 피곤한 척하면서 사태를 무마했다. 그녀는 구두 때문에 발이 아파서 춤을 못 추겠다고 둘러댔다. 돌아갈 시간이 다 되었을 때 쉬잔이 나를 주방으로 끌고 갔다.

"나 택시 타게 1000프랑만 빌려줄 수 있어?"

"응, 물론이지."

나는 지갑을 꺼내고는 돈이 하나도 없는 것을 알았다.

"이런! 지갑에 돈 채워놓는 걸 또 깜박했네. 소피에게 부탁해."

"아냐, 아냐. 소피는 안 돼."

"아무개는?" (집주인을 두고 한 말이었다.)

"그럼 골치 아파져. 그 사람한테는 이미 돈을 빌렸단 말이야."

"네가 흥청망청 썼잖아, 뭐야!"

"너 몰라? 나 일 그만뒀어." 쉬잔이 살짝 찡그린 미소를 지었다.

"그럼, 너 어떻게 지내는 거야?"

그녀는 얼버무리는 몸짓을 했다.

"차를 가져온 사람은 없는데." 쉬잔이 내게 매달리는 것 같아서 좀 짜증이 났다.

"있어, 장 루이. (그는 쉬잔에게 쩔쩔 매는 남자들 중 하나였다.) 하지만 차라리…… 실은……."

그녀는 내가 유일한 구원이라도 되는 듯 애원하는 눈빛을 보냈다.

"호텔에 가면 돈이 있어. 발이 너무 아프지만 않다면 나랑 같이 가자."

"응! 삼백 미터 정도는 걸을 수 있어!"

그녀는 내처 절뚝거리다시피 하면서 나를 따라왔다.

호텔 입구에 도착했을 때 쉬잔이 말했다. "있잖아. 정말 고마워. 난 너를 6층까지 두 번 오르내리게 하고 싶지 않아. 그리고 지금 발이 너무 아파. 택시 정류장까지 걸어갈 수 있을지도 자신이 없어……. 방해가 되지 않는다면 나도 네 방에 올라갈게. 책 구경이나 하면서 의자에 앉아 좀 쉬고 싶어."

"그래." 나는 논리적으로 설득이 되었다기보다는 그 제안의 엉뚱함에 당황해서 그렇게 대꾸했다.

그리고 이 말만 덧붙였다.

"소리 내지 말고 들어가기다."

"너, 평판에 꽤 신경 쓰는구나!"

"뭐야!"

쉬잔은 내 방에 들어가자마자 의자에 주저앉았다. 구두를 벗고는 다리를 자기 쪽으로 오므렸다. 그러는 와중에 치맛단이 튀어나온 못에 걸렸다.

"이런, 뭐야!"

"왜 그래?"

"치마가 또 찢어졌어. 너 옷핀 없지."

"옷핀보다는 바늘과 실이 낫지." 나는 그렇게 말하면서 서랍을 열어 갔다.

"잘됐다! ……문제는, 그나마 입을 만한 치마가 이것밖에 없다는 거지."

"전에 파티 올 때 입었던 원피스는?"

"빌려 입었던 거야. 어쨌든 그 원피스만 매일 입고 다닐 순 없잖아."

나는 검은색 실패와 바늘을 건넸고 쉬잔은 바늘에 실을 꿨다.

"골무까지는 당연히 없겠지?"

나는 바닥에 무릎을 꿇고 바늘을 건네받았다.

"그런 것까지 쓸 필요 없어. 봐, 나처럼 바늘을 밀지 말고 잡아당겨서 빼면 돼."

나는 쉬잔의 바로 옆에서 그녀의 무릎에 손을 올리고 얼굴을 맞대고 있었다. 야심한 시각에 내 방에 여자가 와 있으니, 아무리 그녀가 '못생겼다'고 해도, 마음이 흔들렸다. 얼마 전부터 쉬잔이 내게 보여준 마음 씀씀이, 굳이 방에 올라오겠다고 억지 쓰던 모습, 어쩌면 본인이 유도했을지도 모르는 치맛단의 말썽은 내가 그녀를 마음에 둔 입장이라면 모든 희망을 허락했을 것이다. 쉬잔은 도대체 뭘 원한 걸까? 그날 저녁 그녀의 태도에는 미리 계산된 듯 어색한 데가 있었다. 그게 아니면, 그냥 불편해서 그렇게 느껴졌나?

하지만 겨우 그런 의문을 떠올리자마자 쉬잔이 바늘을 가져가더니 나를 살짝 밀어내고 방어적인 자세를 취했다.

"어휴! 하여간 남자들이란! 음, 됐어, 어떻게 하는 건지 알았어."

"어! 네 손으로 해!" 나는 바닥에서 몸을 일으켰다.

나는 기분이 상했다. 그 점을 쉬잔이 알기 바랐다. 나는 잠옷을 입으러 갔다.

"내가 본데없이 구는 건지도 모르지만," 나는 의자 뒤로 지나가 옷을 벗기 시작하면서 말했다. "난 침대 아니면 잠을 못 자.

그리고 내일 성적 반영되는 시험이 있어."

"그렇게 해. 나 때문에 너무 마음 쓰지 마. 난 괜찮으니까." 쉬잔은 평소처럼 싹싹한 말투로 돌아와 있었다.

그녀는 다리를 쭉 펴고 두 발을 맞대고 비볐다. 그러고는 이렇게 말했다.

"난 지금 너무 피곤해서 아무 데서든 잘 수 있어. 진짜 나 자신에게 화가 나. 바보 같은 점원 아가씨한테 넘어가서 발에 맞지도 않는 구두를 사다니, 게다가 다른 신발이라고는 없단 말이야."

"환불해!"

"그럴 수 없어. 벌써 이틀이나 신고 다녔거든. 게다가 이딴 걸 사느라 오늘 아침에 마지막 남은 1000프랑 지폐까지 깨고 말았지."

"진짜 그 정도야?"

"응, 그렇다니까!"

"내가 좀 빌려줄게. 하지만 나도 치과에 돈을 내야 해. 다음 주까지 기다릴 수 있어?"

"그러지 마, 베르트랑, 넌 참 친절해. 내 일은 내가 알아서 할게."

"그게 말이야, 내가 불편해서 그래. 너 나한테 돈 많이 썼잖아."

"내가 좋아서 쓴 거야. 우리, 저녁마다 신나고 좋았잖아. 그렇게 생각하지 않아? 그게 중요해. 돈이 왜 없어. 돈이야 내가 찾으면 돼……. 있잖아, 난 반나절 근무 일자리를 원해. 그리고 얼마 안 있어 이탈리아에 갈 것 같아. 시시한 프랑스 남자들한테 질렸어."

나는 과장된 말투로 받아쳤다.

"그쪽 남자들이 잘생겼다고 하더라!"

쉬잔이 어깨를 으쓱했다.

"넌 내 말 안 믿겠지만 여기서 내 마음에 드는 남자를 한 명도 못 찾았어. 단 한 명도."

"네가 너무 까다로운 거야."

"그러는 너는? 넌 까다롭지 않고? 네가 생각하는 것과 달리 난 기욤을 진지하게 생각한 적 없어. 조금은 좋아했다고 인정하더라도 말이야……. 이 말은 할 수 있어, 내가 참아줄 수 있는 남자는 너뿐이야. 넌 저속한 악당이지만 나와 말이 잘 통하지. 다른 남자들은 어떻게 하면 한번 자볼까 그 생각밖에 없어. 자, 그럼 잘 자!"

"널 위해 미친 짓을 저지를 남자라면 내가 아는 것만도 열 명은 될걸!"

"누구?"

"정확히는 몰라. 장 루이, 프랑수아……."

쉬잔이 입을 삐죽 내밀었다.

"흥! 네가 나한테 제안한다는 게 고작 그런 거구나! 아니, 봐, 내가 정말 좋아하는 남자는 너밖에 없어. 너랑 있으면 평온하거든. 너처럼 여자들을 귀찮게 하지 않는 남자가 얼마나 보기 드문지 모르는구나!"

나는 손을 씻는 중이었다. 그래서 곧바로 대꾸하지는 않았지만 잠시 후 이 말을 뱉고 말았다.

"어떤 여자들이냐에 따라 다르지!"

"아, 고맙구나!"

"아, 미안, 나도 모르게 튀어나온 말이야."

"하! 하! 넌 가끔 지독한 바보천치가 된다니까!"

"뭐?"

"아무것도 아냐. 응, 아냐. 내 말 믿어줘. 난 네가 정말 잘되기를 바라."

나는 침대로 가서 이불 속으로 들어갔다. 그러고는 킬킬대고 웃었다.

"그런 줄은 꿈에도 몰랐네!"

"네 연애는 잘 되어가?"

"엉망이지."

"있잖아, 이제 네가 알아서 하기에 달렸어. 그거 아니, 여자는 남자가 밀고 들어오는 걸 좋아해."

"기욤의 지론을 여기서 또 듣네!"

"솔직히 걔는 뭘 좀 알지!"

"꼭 그렇진 않아. 적어도, 늘 통하는 건 아니야!"

"소피 같은 여자한테는 머뭇거리면 안 돼. 방어적인 것 같지만 겉으로만 그렇지. 그럴 수밖에 없어. 남자들은 다 소피 주위를 맴돌기만 하거든."

"나도 내가 뭘 하는지 정도는 안다." 나는 거만한 말투로 대꾸했다.

"아, 그랬어? 너 재미있다."

"재미있으면 됐네. 그게 말이지, 난 네 생각만큼 친절한 남자가 아니야!"

"알아. 난 널 알아. 그것도 꽤 잘 알지!"

"그래, 그러니까 서로 잘 아는데 굳이 구구절절 얘기할 필요 없겠지. 잘 자!"

나는 자명종 시계를 맞춰놓았다. 내가 침대에서 벽을 보고 돌아눕는 동안 쉬잔은 담뱃불을 붙였다.

아침 여덟 시에 자명종이 울렸다. 쉬잔을 깨우러 갔는데 아무 소리도 안 들리는지 의자에 앉은 채 곤히 자고 있었다. 내가 일어나라고 해도 겨우 구시렁대는 소리나 뱉을까 말까였다. 나는 일단 세수를 하고 옷을 갈아입은 후 좀 더 세게 쉬잔을 흔들어 깨웠다.

"쉬잔, 빨리 일어나!"

쉬잔은 한숨을 쉬면서 일어나더니 겨우 세 발짝인가 떼고 침대에 도로 엎어졌다. 그때 복도에서 청소부 아주머니의 목소리와 청소기 돌리는 소리가 들렸다. 나는 문을 빼끔 열었다.

"안녕하세요!"

"안녕하세요! 지금 방 청소 들어가도 될까요?"

"아뇨, 이따가 열한 시에 부탁드려요. 나중에 뵐게요!"

나는 여전히 침대에 쓰러져 있는 쉬잔에게 돌아와서 그녀의 어깨를 건드렸다.

"쉬잔? 내 말 들려?"

"으음…… 음……."

"내가 열한 시에 오니까 그때까지 기다려!"

나는 방에서 나갔고 좀 망설여지긴 했지만 열쇠를 문에 그냥 꽂아두기로 했다. 그래야만 청소부 아주머니가 내가 안에 있는 줄 알고 자기 마스터키로 들어올 생각을 안 할 테니까. 그건 쓸모없는 잔꾀였다. 옆방에서 문을 열어놓고 청소 중이던 아주머니가 나를 보고 말았다.

"아, 지금 나가요?"

"아뇨, 금방 다시 올라올 거예요. 방 청소는 열한 시에 부탁드려요."

쉬잔의 이력　75

"그래요, 아래층 먼저 돌면 되니까."

"고맙습니다." 나는 안심했다.

학교에 갔다가 돌아와 보니 쉬잔은 없었다. 탁자 위에 그녀가 보란 듯이 남겨둔 쪽지가 있었다. "가야 해, 약속이 있어서." 나의 시선이 자동으로 벽난로 위를 향했다. 책 순서가 흐트러진 것 같았다. 내가 돈을 숨겨놓은 책이 앞으로 좀 튀어나와 있었다. 책을 들고 페이지 사이에 손가락을 넣고 탁자 위에서 탈탈 털어보았다. 1000프랑 지폐 한 장이 떨어졌다. 그게 다였다. 아무리 책을 잡고 흔들어도, 페이퍼나이프로 페이지를 잘라내도, 명백한 현실은 바뀌지 않았다. 나머지 지폐 석 장은 온데간데없었다.

나는 카페로 갔다. 쉬잔만 바라보고 사는 장 루이가 구석 자리에 앉아 있었다. 그에게 물었다. 장 루이는 쉬잔이 잠깐 들렀다 간 지 30분도 안 됐다고 말해주었다. 나는 그에게 쉬잔의 집 주소를 아는지 물었다.

"나보다는 네가 알 만하지 않냐. 기욤에게 물어보지 그래." 장 루이가 약간 놀라면서 대답했다.

나는 카페 지하의 전화 부스로 내려갔다. 기욤은 전화를 받지 않았다. 그래서 소피에게 걸었다. 다행히 소피는 집에 있었다. 그녀는 매우 상냥하게 전화를 받으면서 시험은 잘 치렀는지 물어보았다. 하지만 소피도 쉬잔의 집이 정확히 어디인지는 몰랐다. 어쩌면 기욤은 알지도 모른다고 했다. 그러고는 곧장 이 말을 덧붙였다. "그런데 쉬잔이 거의 매일 나한테 전화를 해. 전할 말이 있으면 내가 전달할게." 소피는 전화로 하기는 뭐한 얘기라는 것을 알아차리고 그날 오후 늦게 자기 수업이 끝나니 알리앙스프랑세즈 앞에서 기다려달라고 했다.

소피에게 나의 봉변을 털어놓았더니 그녀는 비꼬는 기색 없이 함께 안타까워해 주었다. 하지만 그녀의 의심은 나와는 전혀 다른 방향으로 쏠렸다. 소피는 호텔 측에 도난신고를 했는지 물었다.

"아니. 그러면 전후 상황을 다 말해야 하잖아."

소피가 까르르 웃음을 터뜨렸다.

"방에 여자를 데려왔다는 사실을 들키고 싶지 않았구나!"

그녀는 자연스럽게 말을 놓고 있었고 나도 다른 때보다 소피를 대하기가 편했다.

"잘한 거야. 나는 쉬잔이 그랬을 리 없다고 생각해."

"나는 쉬잔이 틀림없는 것 같은데."

"다른 사람일 수도 있잖아. 호텔은 알다시피…… 청소부도 드나들고……."

"아냐, 그럴 리 없어!"

"네 친구 중 한 명일 수도 있지. 기욤이라든가?"

쉬잔의 이력 77

"또 기욤이지!"

"기욤은 아니란 법 있어? 걔가 양심의 가책이라도 느낄 것 같아?"

"아무리 그래도 그런 짓은 안 해! ……그리고 기욤 혼자 내 방에 있었던 적이 없는데……."

문득 전화를 받고 올라왔더니 그가 내 책을 들추고 있었던 그날이 기억났다. 물론 그가 돌아간 후에 확인해볼 생각은 못 했다. 하지만 내가 자리를 비운 시간은 아주 잠깐이었다. 기욤이 그랬다면 엄청나게 운이 좋았든가, 육감이 남다르다는 얘기다!

"……아니, 기욤은 아니야." 나는 잠시 말을 잇지 못한 이유를 내비치지 않고 이렇게만 말했다. "그런 건 기욤과 안 맞아."

"기욤이 쉬잔의 돈을 탈탈 털어 쓰게 했는데도?"

"그것과는 달라! 그땐 재미로 그랬지."

"별 희한한 재미를 다 보겠네! 너 기욤에게 완전히 휘어 잡혔구나."

기욤이었을까? 나는 그 학기에 기욤을 딱 두 번 봤다. 그는 공부할 게 많고 나 역시 그랬다. 기욤이 빈정거릴까 봐 도난 사건에 대해서는 차마 말하지 못했다. 그리고 나는 쉬잔이 범인이라고 믿고 싶었다. 지금까지 나한테는 못된 짓을 한 적 없던 기욤보다는 쉬잔이 그랬다고 생각하는 편이 신경에 덜 거슬렸다.

소피와 나는 그 후로도 제법 자주 보았다. 내가 다니는 학부가 알리앙스프랑세즈가 있는 라스파이 대로에서 멀지 않았기 때문에 만나기도 편했다. 그렇지만 그녀의 마음을 얻는 쪽으로는 그다지 진도가 나가지 않았다.

5월의 어느 오후 끝자락, 나는 소피와 르 뤼코의 테라스에 앉아서 이 말을 꺼냈다. "음, 내가 기욤은 아니라고 생각했던 이유는 책 속에 남아 있던 1000프랑 때문이야. 일부는 남겨졌다는 게 어설프고 뭔가 뭉클하잖아. 그런 행동이 왠지 쉬잔에게 어울린다고 할까……. 사실 쉬잔은 좋은 여자였지."

"아, 네가 그렇게 말하니까 좋아!" 아직 프랑스어의 미묘한 구사법을 다 터득하지는 못한 소피가 말했다.

"음, 나는 늘 쉬잔이 못생겼다고 했지만……."

"'못생겼다'니, 너는 그 말밖에 할 줄 모르지! 쉬잔은 '못생기지' 않았어. 고전적 미인은 아닐지 모르지만 섹시한 매력이 있는걸. 굉장히 멋있게 생긴 여자야. 손목, 발목이 가늘고 손도 엄청 곱지. 난 쉬잔이 전형적인 프랑스 아가씨라고 생각해."

나는 히죽거렸다.

"그 말 듣고 애국심이 생기진 않는데!"

"하하! 웃긴다, 그렇지? ……네가 원하든 원치 않든 간에, 쉬잔을 좋아하는 남자들은 많아."

"나는 쉬잔 같은 타입은 별로인데."

"놀랍진 않아. 넌 어린애니까."

"넌 어린애들한테 인기가 좋고."

"그게 나의 비극이지! 어, 그래!" 그녀는 반은 빈정거리고 반은 진심으로 그렇게 믿는 눈치였다.

나는 소피가 그렇게 허심탄회하게 나오자 손을 잡아도 되겠다고 생각했다. 그러나 소피는 매몰차게 뿌리쳤다.

"당장 놔, 안 그럼 화낼 거야!"

나는 바로 손을 거두었다. 또 한 번의 퇴짜가 이미 오래 쌓인 전적에 추가되었다. 가망은 전혀 없었지만 감히 스스로 인정할 수 없었을 뿐이다. 나는 잠시 부루퉁한 얼굴을 하고 있었고 소피는 안타깝지만 좀 재미있다는 듯이 나를 바라보고 있었다. 그러다 갑자기 소피가 침묵을 깼다.

"오! 너한테 그 얘기 해줘야겠다." 그녀는 자신만만하게 말했다. "쉬잔 곧 결혼해."

나는 펄쩍 뛰었다.

"뭐? 쉬잔을 만났어?"

"며칠 전부터 통화하고 지내."

"아, 그래! 그래, 그렇구나! 누구랑?"

"남자는…… 그런데 너도 아는 남자야, 프랑크 샬러."

"샬러? 난 모르는데?"

"너도 알아! 기욤네 집에 나하고 같이 갔던 남자. 기억 안 나?"

"그러니까, 쉬잔이 너한테서 그 남자를 빼앗았구나!" 그렇게 말하는데 비로소 세상이 내 눈에 보이기 시작하는 것 같았다.

예기치 않은 결말을 듣고 기존의 내 생각을 진지하게 되돌아보게 되었다. 나는 그때까지 쉬잔을 기욤의 모욕에 시달리기 좋은 피해자로만 보았다. 사실 쉬잔은 기욤이 자존심 때문이 아니라 체면 혹은 인간에 대한 존중 때문에 대놓고 티내지 못했던 특수한 취향에 딱 맞는 여자였다. 기욤이 연애를 걸었던 여자들은 모두 외모가 비슷한 데가 있었다. 나는 오랜 후에야 겨우 그 점을 알아차렸다. 나는 그 여자들을 '못생겼다'고 했지만 실은 그렇지 않았고 얼굴보다는 몸매가 아주 특징적인 전형에 부합했다. 기욤은 소피나 다른 키 큰 여자들을 '꺽다리'라고 부르긴 했어도 자기 취향은 체구가 작고 살집이 좀 있는 여자라고 구구절절 설명하지는 않았다.

그 학년이 끝났다. 내가 시험에서 줄줄이 미끄러지고 소피와 멀어지는 동안 쉬잔은 행복했다. 그럴 의도는 아니었겠지만 심지어 거리나 카페나 수영장에서 우연히 마주치면 그녀는 잘생긴 프랑크의 팔에 매달려 나를 비웃기까지 했다. 일 년을 어울려 지내면서 내게 부끄러운 연민만을 느끼게 했던 그녀가, 결승선에서 우리 모두에게 한 방 먹였고 우리가 철없는 어린 애들에 지나지 않음을 확인시켰다. 그녀가 돈을 훔쳤든지 훔치지 않았든지, 순진하든지 교활하든지, 결국 무에 중요하랴? 쉬잔은 내가 그녀를 동정할 권리를 박탈함으로써 진정한 복수를 했다.

Ma Nuit Chez Maud

✦

모드 집에서의 하룻밤

이 이야기에서 전부를 말하지는 않겠다. 게다가 이건 이야기가 아니라 인생에서 으레 발생하는 하나의 연속, 그렇고 그런 사건들, 우연들, 묘한 일치들의 선택일 뿐이고 내가 부여하고 싶은 의미 말고는 어떤 의미도 없다.

나는 어떤 선을 따라갈 것이다. 그 일이 내게 일어난 방식, 내게 다가온 분위기를 고수할 것이다. 내 감정, 내 생각, 내 신념은 비록 여기서 길게 다룰지언정 개입시키지 않겠다. 그런 것들은 있는 그대로 내보이련다. 딱히 남들과 공유해야 하는 것도 아니고, 정당화할 필요도 없으니 말이다.

당시 나는 클레르몽페랑에 있었다. 두 달 전에 미슐랭 사의 엔지니어가 되었기 때문이다. 그전에는 밴쿠버에 있는 스탠더드오일 자회사에 다니다가 발파라이소로 옮겨갔다. 외국에서 살고 싶은 마음은 없었다. 하지만 여기서 전혀 밝힐 의사가 없는 어떤 인연 때문에 귀국이 늦어졌다. 이제 내 나라에 돌아왔으니 거리낌 없이 결혼을 생각할 수 있었다.

클레르몽페랑은 알지도 못했던 도시였지만 도착하자마자

마음을 빼앗겼다. 이 도시의 지리적 위치는 내가 지냈던 아메리카 대륙의 두 도시와 정반대였다. 그 도시들에서는 석양을 확 트인 전망으로 볼 수 있다. 여기는 반대로 리마뉴 평원이 동쪽으로 펼쳐져 있고 서쪽으로는 산맥이 버티고 있다. 나는 장소의 방위^{方位}에 매우 민감하다. 세이라 언덕에 있는 내 집에서는 20킬로미터 너머 포레즈 산의 아련한 능선으로 둘러싸인 이 일대 전경이 다 내려다보인다. 이 드넓고도 한계가 분명한 전망은 왠지 안심이 되었다. 정신 집중에도 좋았다.

당분간은 아무하고도 연을 맺고 싶지 않았다. 가끔 직장 동료들과 날씨 얘기, 비 얘기를 했다. 굳이 사람을 사귀려 들지는 않았다. 이곳의 분위기는 금욕적이었지만 내 태도가 그 전반적인 냉담보다 더하면 더했지 덜하지는 않았을 것이다.

그러한 고독 취향은 나답지 않았다. 외국에서는 오히려 조심성 없이 금방금방 사람을 사귀었다. 어차피 모든 관계가 깨지기 쉽다는 것을 알고 있었기 때문이다. 여기서는 거리를 가늠하고 적절하게 유지했다.

프랑스로 돌아온 후 나는 학구열에 사로잡혔다. 처음에는 수학에 열중했다. 직업상 수학이 필요하기도 했지만 수학 자체가 좋아서 2, 3년에 한 번씩 발작적으로 그렇게 빠지곤 했다. 하루는 서점에서 확률 이론에 대한 책을 찾던 중에 포켓판 문고 서가에서 눈에 띈 파스칼의 『팡세』를 사 들고 왔다. 고등학교 이후로 『팡세』를 다시 읽은 적은 없었다. 파스칼은 나에게 가장 깊은 인상을 남긴 작가다. 나는 파스칼을 완전히 꿰고 있다고 생각했다. 과연, 그의 글은 낯익었지만 내가 알던 글이 아니었다. 내가 기억하는 파스칼은 인간의 전반적인 본성을 모질게 공격하는 사람이었다. 그런데 다시 읽어보니 완고하고 극단적인 그 무엇이 나와 내 과거의 삶, 장차 다가올 삶을 비난하고 있었다. 그랬다, 그 글은 특별히 나를 겨냥하고 있었다.

나의 지적 열정은 종교 생활로의 복귀와 때를 같이했다. 바로 그 부분에서 나는 파스칼이 껄끄러웠다. 내가 멈춰 선 그 지점에서 그는 시작했다. "성수를 뿌리고 미사 경문을 읊어라……." 불신자들과 성인들 사이에, 내가 되고 싶었던 선한 의지의 인간이 설 자리는 없었다.

나는 매주 일요일 노트르담 뒤 포르 성당의 오전 열한 시 미사에 갔다. 자가용이 있었으므로 거리는 문제가 되지 않았다. 아직 내 교구의 폐쇄적 세상과 정면으로 부딪칠 만큼 내 신앙이 건실하다고는 생각할 수 없었다. 나는 성당에서 고독을 여실히 느꼈고 당장 뛰쳐나가고 싶은 압박감에 시달리곤 했다. 성당에서 서로 좋아 어쩔 줄 모르는 젊은 커플이 눈에 띄었다. 그들을 보면 미소가 지어지기도 했지만 이제 샘이 났다. 그리고 얼마 전부터는 늘 같은 자리에 앉는 스무 살 전후의 금발 아가씨가 눈에 들어왔다. 그녀가 프랑수아즈다. 나는 아직 그녀에 대해서 아무것도 모른다. 그 여자도 날 봤는지는 잘 모르겠지만 이미 내 안에는 그녀와 결혼하겠다는, 정확하고도 결정적이며 딱 떨어지는 생각이 자리 잡고 있었다.

나도 안다, 너무 근사한 일, 너무 도덕적인 결말이라는 것을. 하지만 그렇게 되리라는 사실을 의심하지 않았다. 나는 운명을 거의 절대적으로 믿는 이 자세를 미신이라고 부르기를 거부한다. 아주 어릴 때부터, 신이 나와 함께 계신다는 확신이 있었다. 그랬기 때문에 지금까지 내 앞길을 막을 수도 있었던 모든 것을 나는 대수로이 여기지 않았다. 나는 기어이 내가 승리할 것이고, 나와 하늘이 뜻을 합해 정해놓은 목표에 도달하리라는 것을 알고 있었다.

나의 동기와 신앙에 대해서 이 이상은 말하지 않겠다. 나의 최후 발언만으로도 그런 것을 알리기에는 족하리라. 어쩌면 내가 늘 다른 사람들에게 솔직하지는 않았는지도 모른다. 그러나 인간은 자기 자신에게도 거짓말을 한다. 사실로 넘어가자. 나는 운명에 대한 믿음 때문에 결정론자가 되지는 않았다. 나의 운명을 가장 가능할 법한 계획에 맡기기로 결심했다. 일단 프랑수아즈를 따라가 보기로 한 것도 그 일례다. 하지만 일이 그렇게 쉽지는 않았다. 프랑수아즈는 성당에 모페드[6]를 타고 왔다. 그러자면 그녀보다 먼저 나와서 자동차를 어디 두고 따라가야 했다. 하루는 그럭저럭 해냈지만 클레르몽 구시가의 좁은 길에서 그녀의 자취를 놓쳐버렸다. 그녀는 시내에 살까? 고작 그 거리를 굳이 모페드를 타고 올 것 같지는 않았다. 그보다는 근교에 살 확률이 높아 보였고, 그 경우 추적은 더욱더 어려울 터였다.

주중에는 그녀를 만날 성싶지 않았다. 나는 해가 뜨기도 전에 세이라에서 출발했고 점심은 늘 구내식당에서 먹었다. 퇴근 후에는 복잡한 시내를 피해 외곽의 대로를 이용했다. 그렇지만 어느 날 저녁 – 12월 21일로 기억한다 – 시내에서 살 것이 있어서 예외적으로 에타쥐니 길로 들어섰다가 차가 막혀 정차해 있던 몇 분 사이에, 내 오른쪽에서 자전거를 타고 추월하는 금발의 아가씨를 보았다. 나는 이 생각밖에 안 들었다. 그녀가 내게서 빠져나간다! 나는 반사적으로 경적부터 누르고 보았다. 그녀는 잠깐 뒤를 돌아봤지만 속도를 늦추지는 않고 어둠 속으로 사라졌다. 왠지 그녀의 미소를 본 것 같았다.

이제 나는 성공을 확신했다. 최대한 빨리 그녀를 다시 찾아

---

[6] 보조기관을 장치한 자전거 또는 배기량 50cc 이하의 초경량 오토바이.

야 했다. 지금 당장은 어떨까? 그녀는 쇼핑을 하러 왔을 것이다. 나는 차를 세우고 백화점, 서점, 카페를 샅샅이 돌아보았다. 하지만 소득은 없었다.

겨우 그런 일로 실의에 빠지지는 않았다. 크리스마스가 다가오고 있었다. 어쩌면 그녀는 여행을 떠날지도 모른다. 저녁마다 거리와 상점은 인파로 넘쳐났다. 나의 운을 시험해볼 때였다.

그래서 다음 날도, 그다음 날도 나는 수색을 계속했다. 그러다가 12월 23일 여섯 시 반 즈음에 비달을 만났다. 내가 카페에 들어가는데 비달은 어떤 여대생과 함께 거기서 나오려던 참이었다. 우리는 동시에 서로를 알아보았다.

"어라, 비달이잖아! 너 클레르몽에 있었어?"

"어, 그래…… 너는?"

"언제 한번 보자." 나는 왠지 나의 수색 작업을 방해받은 기분이 들어서 유쾌하지 않았다.

비달도 나의 등장으로 자기 계획이 흐트러진 듯 잠시 머뭇거리더니 결국 이렇게 말했다.

"지금 바로 얘기나 좀 하자, 너 괜찮으면."

여대생은 깍듯하게 인사를 하고 먼저 나갔다. 나는 시간이 없다고 핑계를 댈 수도 있었다. 하지만 무턱대고 거리를 쏘다니느니 이 기회에 대학가와 접촉할 길을 터놓는 게 낫지 않을까? 나는 비달이 대학교수가 되어 있으리라 짐작했다. 우리는 고등학교 때 일등을 다투던 사이였다. 나는 과학 과목에서 최고였고 비달은 문학에서 압도적이었다.

"응, 맞아." 비달이 나와 함께 카페 중이층으로 올라가면서 말했다. "지금 대학에서 철학 강의를 맡고 있어. 너는?"

"10월에 미슐랭에 들어갔어. 그전에는 남미에 있었고."

"그럼, 벌써 두 달 됐네. 그동안 마주친 적이 없는 게 희한하다."

"그게 말이지, 집이 세이라에 있거든. 근무 끝나면 바로 귀가야. 가끔 식당에 가기도 하지만 집에서 직접 만들어 먹는 게 좋아. 외국에서 사람들을 너무 많이 만나고 살았어. 때로는 혼자 있고 싶어."

"나 갈까." 비달이 일어서는 시늉을 하면서 말했다.

"너는 다르지." 내가 붙임성 있게 말했다.

그러고 나서 설명을 덧붙였다.

"내 말은, 굳이 새로운 사람들을 사귀고 싶지 않다는 뜻이야……."

"오! 여기 사람들이라고 해서 다른 데보다 나을 것도 없고 나쁠 것도 없어."

"그렇지만 나는 우연한 만남이 좋은데……."

"너 결혼 안 했어?" 비달이 내 변명을 다 듣지도 않고 대뜸 물었다.

"안 했어, 너는?"

"나도 안 했어! 아무렴, 안 한 거지. 서두를 필요 없잖아. 그렇지만 시골에서는 독신 생활이 신나고 짜릿한 일이 못 돼. 너, 오늘 저녁엔 뭐 해?"

"아무 계획 없어, 같이 저녁이나 먹자."

"나는 레오니드 코간 연주회에 가. 같이 가자, 나한테 표 있어. 원래 같이 가려고 했던 사람이 있는데 오늘 시간이 안 된다네."

"아냐, 나 오늘 저녁은 음악 감상할 기분이 아니라서."

"클레르몽 사람들 다 올걸. 예쁜 여자들도 많이 오고."

"네가 가르치는 여학생들?" 나는 못 믿겠다는 듯이 대꾸했다.

"클레르몽에는 정말 대단한 미인들이 있다니까. 자주 보기가 힘들어서 그렇지. 내가 장담하는데 너도 상사병 날걸."

"그런 병은 앓아본 적이 없다만……."

비달은 놀리듯이 나를 지그시 바라보았다. 아마도 내가 아까 카페에 들어올 때의 행동거지를 보고 내가 누군가를 찾고 있다고 짐작했으리라. 하지만 나는 프랑수아즈가 연주회를 보러 올 확률도 무시 못 하겠다는 생각이 들었다. 그것이 내가 비달의 초대를 수락한 이유였다.

"좋아, 네 말은 못 믿는다는 것도 밝힐 겸, 나도 갈게."

비달도 나 못지않게 '만남'에 집착했던 모양이다. 그도 그럴 것이, 대화가 중간도 없이 그 방향으로 빠지기 일쑤였다.

"너 여기 자주 와?" 내가 물었다.

"전혀 그렇지 않다고 해야지. 넌?"

"처음 와봤어."

"그런데 바로 여기서 우리가 만났단 말이지. 신기하다!"

"아니, 오히려 그게 정상이야. 너와 나의 일상 궤도는 서로 만나지 않으니까 특별한 상황에서 교차점이 생기지. 필연적으로 그래!" 나는 변명 비슷한 미소를 띠고 부연 설명을 했다. "……실은, 남는 시간에 수학을 공부하거든. 가령, 두 달 안에 우리가 만날 확률을 계산해보면 재미있을 것 같아."

"계산이 가능하다고 생각해?"

"그건 정보를 어떻게 처리하느냐의 문제야. 일단, 정보가 있어야 해(물론 이때 나는 프랑수아즈를 생각하고 있었다). 내가 거주지나 직장이 어디인지 모르는 사람과 만날 확률은 당연히 파악할 수가 없지. 너도 수학에 관심 있어?"

"철학 공부도 점점 수학을 알아야만 하는 추세야. 예를 들어 언어학이 그래. 하지만 아주 단순한 문제들 쪽도 사정은 마찬가지야. 파스칼의 산술 삼각형은 도박의 역사 전체와 연관이 있지. 바로 그런 점에서 파스칼은 경이로우리만치 현대적이야. 수학자인 동시에 형이상학자란 말이지."

"아, 그런가, 파스칼이라니."

"뭐가 놀라워?"

"희한하군. 마침 내가 요즘 파스칼을 다시 읽고 있거든."

"그래, 어때?"

"크게 실망했어."

"계속 얘기해봐, 흥미로운걸."

"음, 나도 모르겠어. 처음에는 내가 파스칼을 거의 완전히 꿰뚫는 것 같았어. 그런데 얻는 게 없더라고. 되게 공허해 보여. 가톨릭 신자로서, 혹은 그렇게 되려고 노력하는 사람으로서, 현재 내 신앙의 방향과 전혀 맞지 않는다고 느꼈지. 나는 그저 신앙인이라는 이유로 그런 엄격주의에는 반감이 들어. 아니, 그리스도교가 그런 거라면 나는 무신론자겠지! ……너는 지금도 마르크스주의자야?"

"응, 마르크스주의자 맞아. 공산주의자가 보기에 파스칼의 내기 논증은 이 시대에 굉장한 시의성이 있어. 나는 역사에 어떤 의미가 있다는 주장에는 회의적이지. 그렇지만 내기는 역사에 의미가 있다는 쪽에 걸 거야. 나도 파스칼과 같은 입장에 있다는 얘기야. 사회적 삶과 정치 행동에 아무 의미도 없을 것이라는 가설을 A라고 하자. 역사에 어떤 의미가 있을 것이라는 가설은 B라고 하자. 나는 결코 가설 B가 참일 확률이 가설 A가 참일 확률보다 높다고 보지 않아. 오히려 더 낮다고 생각하면 모를까. B가 참일 확률은 10퍼센트, A가 참일 확률은 90퍼센트라고 쳐. 그럼에도 불구하고 나는 B에 걸지 않을 수 없어. 그게 나를 살게 하는 유일한 가설이니까. 만약 내가 A에 걸었는데 B가 고작 10퍼센트라는 확률에도 불구하고 결국은 참으로 밝혀진다고 치자. 그러면 나는 인생 망친 거잖아……. 그러니까 나는 가설 B를 선택해야만 해. 그것이 내 삶과 내 행동을 정당화하는 유일한 가설이니까. 당연히 내가 틀릴 확률은 90퍼센트지만 그게 중요한 건 아니지."

"그런 걸 기댓값이라고 하지. 기댓값은 어떤 사건의 이득에 그 사건이 일어날 확률을 곱한 거야. 네가 예로 든 가설 B는 확률은 낮지만 이득이 무한해. 너의 경우에는 네 인생의 의미일 테고, 파스칼에게는 영혼의 구원이니까."

"고리키가, 아니 레닌이나 마야콥스키였나, 확실히 기억이 안 나지만 러시아 혁명에 대해서 이런 말을 했어. 당시 상황에서는 실낱같은 가망이라도 선택해야만 했다고. 그 만의 하나를 선택함으로써, 선택하지 않는 경우보다 무한히 더 큰 희망이 생겼다고……."

프랑수아즈는 연주회에 오지 않았다. 나는 주점에서 비달에게 저녁을 샀다. 다른 상황 같았으면 서로 할 얘기가 많지 않았을 것이다. 그러나 그날 저녁은 각자 당시의 도덕적 입장을 정립하기 위해 필요로 했던 반대 의견을 상대방에게서 발견했다. 우리는 그 주점이 문을 닫을 때까지 열띤 대화를 나누었지만 여전히 성이 안 찼다. 그래서 될 수 있는 대로 빨리 또 한번 보기로 했다.

"내일은 안타깝게도 시간이 안 돼. 크리스마스이브잖아! 자정미사에 갈 거야……. 너도 같이 가자!" 내가 말했다.

"그럴까?" 비달은 내 제안이 짓궂다고 생각하지 않는 듯했다. 그러고는 이 말을 덧붙였다. "실은 어떤 여자 집에 크리스마스 올나이트를 하러 갈 건데 그 사람이 있을지 모르겠네. 집안에 문제가 좀 있어서 말이야."

"저기, 난 그냥 해본 말인데……."

"아냐, 아냐. 어차피 그 여자도 자정 전에는 집에 없을 거야. 딸을 데리러 가야 하거든. 그 사람은 이혼녀야. 너만 괜찮다면 자정미사 끝나고 그 집에 같이 가자."

프랑수아즈는 자정미사에서도 볼 수 없었다. 비달은 성당에서 나오면서 전화를 쓰려고 어느 카페에 들어갔다.

"오늘 밤은 안 되겠다." 그가 돌아오면서 말했다. "전남편이 클레르몽에 잠시 머물고 있대. 두 사람 사이에 아직 해결해야 할 금전 문제가 남았다나. 그래서 엄청 피곤한가 봐, 자야겠대.

그렇지만 내일 가면 돼!"

"아냐, 난 그 여자 알지도 못하잖아."

"이제부터 알면 돼. 모드는 대단한 여자야. 보면 알 거야. 정말 드물게 좋은 여자지. 너도 그녀를 알게 되면 좋아할걸⋯⋯. 그녀도 그렇고."

"너무 앞서가지 마!"

"남편과 갈라선 후부터 사람들도 별로 안 만나고 조용히 살아. 주변 환경이 편안하지가 않은가 봐. 직업은 의사야, 소아과 전문의. 전남편도 의사야. 의대 교수였대. 전남편에 대해서는 나도 잘 몰라. 지금은 몽펠리에에서 산다고 하더라고⋯⋯. 그녀는 '아주' 예뻐."

"결혼해!"

"안 돼! 안 된다고 말하는 이유는, 이미 그런 문제를 제기해 봤고 결론도 났기 때문이야. 우리는 서로⋯⋯ 일상에서 뜻이 잘 안 맞아. 그래도 우린 세상 둘도 없는 절친이지. 있잖아, 너한테 같이 가자고 하는 것도 네가 안 가면 우리가 무슨 짓을 저지를지 잘 알아서야. 나와 그녀가 사랑을 나누게 될까 봐 그러는 거라고."

"그럼 내가 가지 말아야겠네!"

"아냐, 아냐. 우리끼리 할 일이 없어서 사랑을 나누게 될걸. 그런 건 그녀에게도, 나에게도 해결책이 되지 못해. 게다가, 너도 알잖아, 나 도덕적으로 되게 엄격한 사람인 거."

"나보다 더할까?"

"한참 더할걸?"

모드의 집은 조드 광장 한편의 현대식 건물에 있었다. 내가 비달과 마주쳤던 카페 바로 위쪽이었다. 에스파냐인 가정부가 단순하면서도 부티 나는 널찍한 거실로 우리를 안내했다. 현관문과 마주 보는 키 큰 책장에는 책이 잔뜩 꽂혀 있었고 작은 타원형 탁자에 식기가 이미 차려져 있었다. 반대편에는 바닥에 늘어질 만큼 넉넉한 크기의 흰색 모피를 덮어놓은 침상과 – 이 집 여주인의 잠자리로 밝혀진 – 그와 마주보게 반원형 대열로 늘어놓은 낮고 푹신한 안락의자들이 있었다. 전체적으로 단색으로 꾸며진 안락하고 차분한 분위기에 침대 위 추상화 몇 점, 레오나르도 다빈치의 남성 누드 소묘 두 점이 살짝 생동감을 더하고 있었다. 금사, 은사, 꼬마전구를 휘감은 크리스마스트리가 그 배경 속에서 지독히 튀어 보였다.

모드가 나타났다. 나이는 서른 살쯤일까, 갈색 머리의 호리호리한 그녀는 확실히 '아주' 예뻤다. 비달은 그녀에게 다가가 열정적으로 포옹을 했다. 그녀는 잠시 비달이 하는 대로 가만히 있다가 이내 몸을 뺐다.

"어휴, 적당히 해! 얼굴이 아주 좋아 보여."

"너무 오래 못 봤잖아!"

"응, 일주일은 됐지." 그녀는 이 말을 하다가 나를 보았다.

모드는 나에게 악수를 청하고는 자리에 앉으라고 권했다. 비달과 나는 안락의자를 하나씩 차지했다. 그녀는 침상 가장자리에 우리를 마주보고 앉았다.

"그러니까 둘이 15년 만에 만났다고요?"

"네…… 실은, 14년이라고 해두죠." 내가 말했다.

"그런데도 서로 단박에 알아봤어요?"

"보자마자 알았지." 비달이 말했다.

그러고는 내 쪽으로 고개를 돌렸다.

"너는 하나도 안 변했어."

"너도 그래."

모드는 재미있다는 듯이 우리 둘을 바라보았다.

"두 사람 다 청소년기의 모습이 참 오래도 가네요."

"흉보는 거야, 칭찬하는 거야?" 비달이 말했다.

"아무것도 아니야. 그냥 사실을 확인하는 거지."

"하지만 우리는 자못 다른 삶을 살았죠." 내가 말했다.

비달이 고개를 끄덕이고는 나를 과장된 몸짓으로 가리켰다.

"이 친구는 모험깨나 했지."

"어머! 얘기해주세요."

"그렇지 않아요! 외국에서 살다 왔을 뿐입니다."

"오지 생활이라도 했어요?"

"지극히 부르주아적인 도시들에서 지냈는데요? 캐나다에서는 밴쿠버, 발파라이소……."

"발파라이소도 그래요?"

"네, 적어도 내가 속한 환경은 그랬어요. 부르주아들을 주로 상대했죠. 리옹이나 마르세유에서도 부르주아로 살려면 살 수 있잖아요."

"여기서도 그렇지!" 비달이 환멸 난다는 듯이 뱉었다.

모드는 고개를 끄덕이면서 담배를 한 개비 집어들었다.

"어디를 가든지 시골에 처박히지 않을 수 없죠……. 시골행을 '선고받는다'고 할까. 나는 시골이 더 좋지만요."

"그리고 당신은 클레르몽을 떠나고 싶어 하지."

"도시가 아니라 여기 사람들을 떠나고 싶어. 늘 똑같은 얼굴들만 보기도 지겹고."

"나도 지겨워?"

비달이 모드의 손을 잡았다. 그녀는 잠시 내버려두다가 이내 손을 거두었고 약간 뒤로 물러나 앉았다.

"알면서, 이미 결정했어. 떠날 거야. 내가 좋으면 따라오든가."

"내가 진짜 따라가면?" 비달이 모드의 옆에 가서 앉았다.

"상당히 난처해지겠지!"

비달은 그녀를 얼싸안고 살살 약을 올렸다. 그녀는 화내는 시늉을 하면서 그를 밀어냈다.

"이봐, 선생님 행실이 이래도 돼? 게다가 대학교수씩이나 되면서!"

비달이 제자리로 돌아갔다.

"그래, 장난은 이쯤 하자……. 크리스마스는 잘 보냈어?"

"잘 보냈어. 마리가 아주 신이 났지. 마리는 내 딸이에요, 여덟 살인데 선물을 산더미로 받았어요. 당신은? 당신은 뭐 했어?"

"자정미사에 참석했어."

모드가 피식 웃음을 터뜨렸다.

"놀랍진 않은걸. 사제가 되지 그래!"

"이 친구가 날 끌고 갔어."

"아닙니다. 정확히는, 그런 게 아니에요." 내가 말했다.

"그렇지, 내가 따라가고 싶어 했지."

모드가 내게 호기심 어린 눈빛을 던졌다.

"가톨릭이에요?"

"네."

"미사에 꼬박꼬박 나가요?"

"네, 그렇습니다."

"전혀 그럴 것 같지 않지!" 비달이 말했다.

"아니, 그래 보여요. 보이스카우트 같은 인상이에요."

"보이스카우트였던 적은 없습니다만."

"나는 소년 성가대원이었는데 말이지." 비달이 말했다.

"내 말이 그거야. 당신은 사제 기질이 있다니까. 음, 그래요, 신사 친구분들, 지금 보니 두 분한테서 성수^{聖水} 냄새가 진동을 하는군요!"

모드가 일어나서 주류^{酒類}를 보관하는 장에 다가갔다.

"뭐 마실래요?"

"고맙습니다만 괜찮습니다. 정말로요." 내가 말했다.

"당신은?"

"스카치 작은 잔."

"나는 세례만 받지 않은 게 아니라……." 모드가 잔에 술을 따르면서 말했다.

하지만 비달이 그 말을 끊고 나섰다.

"모드가 프랑스 중부의 위대한 자유사상가 가문 출신인 거 알아? 네가 신앙생활을 하듯이 모드는 무신앙을 고수하지. 그것도 일종의 종교야."

"나도 잘 알아." 모드가 돌아오면서 말했다. "하지만 다른 종교보다 그 종교를 선호할 권리는 나한테 있잖아. 우리 부모님도 가톨릭이었다면 나도 당신처럼 가톨릭을 떠났을지도 몰라. 그렇지만 적어도 나는 내가 지키는 신의가 있어."

모드는 비달의 안락의자 팔걸이에 걸터앉았다.

"아무것도 아닌 것에도 신의는 지킬 수 있지." 비달이 술잔을 받아들면서 말했다.

"아무것도 아닌 게 아니야. 문제를 더 자유롭게 고찰하는 방식이지. 원칙을 가지고, 심지어 매우 엄격하게, 그러면서도 선입견이나 어떤 흔적을 개입시키지 않고……."

"됐어, 번지르르한 말은 누가 몰라."

"막되게 굴지 마. 당신한테 안 어울려."

"당신 같은 여자들 때문에 나까지 교황주의자가 될라. 나는 문제 없는 사람은 좋아하지 않아."

"그야 당신이 정상이 아니니까. 당신은 정신분석을 받아봐야 해."

"바보!"

"나도 내 문제가 있어. 그것도 진짜 문제가……. 이제 그만 테이블로 갈까?"

우리는 그 고장 포도주 몇 병에 흥이 오를 대로 오른 채 디저트를 먹었다. 우리는 빠르게, 큰 소리로 떠들었고 자주 남의 말을 끊었다. 그리스도교가 다시 화제로 돌아왔다.

"무신론자가 되는 건 이해해. 나 역시 무신론자이고. 그렇지만 그리스도교에는 매혹적인 데가 있어. 그 매혹을 알아보지 못한다는 건 불가능해. 그리스도교의 모순이 바로 그 매혹이거든." 비달이 말했다.

모드는 싫은 표정을 지었다.

"이봐, 난 변증법은 정말 안 와닿아."

"파스칼 같은 사람의 강점이 그런 데서 나오지. 파스칼은 그래도 읽어봤지?"

"응, '인간은 생각하는 갈대다.' …… '두 개의 무한'…… 음, 또……."

"…… '클레오파트라의 코'……."

"확실히 내가 좋아하는 작가는 아니야."

"음, 나 혼자 둘을 상대해야겠네."

모드가 이 말을 듣고 나를 바라보았다.

"아니, 왜요? 파스칼을 안 읽었어요? 설마!"

"아뇨, 읽었습니다. 아무렴요." 내가 말했다.

"이 친구는 파스칼을 증오해." 비달이 나에게 과장되게 손가락질을 하면서 말했다. "파스칼이 이 친구에겐 양심의 가책이지. 파스칼이 가짜 그리스도인인 자기를 겨냥해서 말하니까."

"정말인가요?" 모드가 물었다.

"이 친구는 위선덩어리야!"

"직접 말할 기회를 줘!" 모드가 말했다.

나는 적잖이 당황해서는 해명을 하기 시작했다.

"그리스도교에 대한 파스칼의 생각이 너무…… 너무 특수해서 좋아하지 않는다고 말했을 뿐입니다. 게다가 파스칼은 교회에서 단죄받았던 사람이죠."

"파스칼은 단죄당하지 않았어요. 적어도 『팡세』는요."

"하지만 장세니슴[7]은 이단시되었죠! 그리고 파스칼은 성인이 아니에요."

"좋은 대답이군요." 모드가 말했다.

비달이 뭐라고 맞받아치려고 하는데 그녀가 선수를 쳤다.

"이 사람도 말 좀 하자! 너는 네 얘기만 하니? (그녀가 나에게 아름다운 미소를 지어 보였다.) 그러니까 무슨 말을 하려고 했죠?"

"특별히 하려던 말은 없어요. 파스칼의 방식 말고도 그리스도교를 이해하는 다른 방식들이 있죠. 하지만 난 과학자이기 때문에 과학에 대한 파스칼의 비난에 충격을 받았습니다."

"파스칼은 과학을 비난하지 않았어."

"말년에는 그랬어요. '물리학 전체가 한 시간의 수고를 들일 가치도 없다'고 했죠."

"그게 진짜 비난은 아니잖아."

---

[7] 신학자 얀선의 은총에 대한 교의. 얀선주의라고도 하지만 17, 18세기 프랑스 사회에 큰 영향을 미쳤기 때문에 장세니슴이라는 프랑스어가 널리 통용된다. 엄격한 도덕과 신앙생활을 특징으로 하나 로마 교황에게 단죄당했다.

"내 생각을 잘 표현하기가 힘드네요. 예를 들어봅시다. 음, 지금 우리는 말하느라 먹는 것을 잊었어요. 이 훌륭한 샹튀르그 포도주를 잊었단 말이에요. 난 이 포도주 처음 먹어봐요."

"클레르몽에서 오래된 가문들만 마시는 술이지." 비달이 빈정거렸다. "케케묵은 가톨릭 집안과 프리메이슨 있잖아." 그는 자기를 침묵시키려는 모드를 바라보면서 이 말을 굳이 덧붙였다.

나는 계속 말했다.

"파스칼도 이 훌륭한 샹튀르그를 마셨겠지요. 그도 클레르몽 사람이었으니까. 나는 파스칼이 술을 스스로 금해서가 아니라 - 나는 박탈, 금욕, 사순절을 웬만큼 좋게 봐요. 오히려 사순절의 철폐에 반대하죠 - 자기가 마시는 것에 주의를 기울이지 않았다는 점을 비판합니다. 파스칼은 병이 있어서 식이요법에 따라 몸에 좋은 것만 먹어야 했는데 자기가 뭘 먹었는지 전혀 기억하지 못했어요."

"맞아요, 파스칼의 누이 질베르트가 그랬죠. '맛있다!' 소리를 들어본 적이 없다고."

"네, 나는 말하렵니다. 맛있다! 좋은 것을 알아보지 못하는 것도 그리스도교적으로 말해서 악에 해당하죠. 나는 그게 악이라고 봅니다."

"그래도 네 논증은 너무 빈약해!"

"전혀 빈약하지 않아. 이게 아주, 아주 중요하다고. 파스칼에게 충격 받은 이유는 하나 더 있어. 그는 결혼이 그리스도교인의 가장 저열한 조건이라고 했지!"

"나도 결혼은 아주 저열한 조건이라고 생각해요. 그렇게 생각하는 이유는 다르지만." 모드가 말했다.

"파스칼이 옳아. 너는 결혼을 하고 싶겠지. 나 역시······." 비달이 말했다.

"어머!"

"······하지만 성사의 위계로는 혼배성사가 성품성사[8]보다 아래야."

나는 말을 계속했다. "지난번 미사 시간에 파스칼의 그 문장을 생각하고 있었어. 내 앞에 어떤 여자가 있었는데······."

비달이 내 말을 끊었다.

"맞아, 여자를 찾으러 성당에 가야겠어."

"당 세포조직보다는 성당 쪽이 가능성이 있겠지. (그러고는 나를 향해) 그래서요? 그 예쁜 아가씨는 어떻게 됐나요?"

"예쁘다는 말 안 했는데요. 뭐, 예쁘다고 합시다. 게다가 아가씨가 아니었어요. 아주 젊은 여자였지만 남편과 같이 있었습니다."

---

8 사제, 부제 등의 성직을 부여하는 성사.

"아니면 애인이겠지." 비달이 말했다.

"그만해요!" 모드가 소리쳤다.

나는 그 가능성을 부인했다. "부부가 반지를 끼고 있었어요."

모드가 미소를 지었다. "가까이서도 봤네요!"

나는 다시 말했다. "음, 나는…… 설명하기 어려운 인상인데……."

모드와 비달은 탁자에 팔꿈치를 괴고 나를 놀리듯 빤히 바라보고 있었다.

"……그만하죠. 둘이서 날 놀리는군요!"

"아니에요, 전혀." 모드가 말했다.

"나는 정말 좋다고 생각해." 비달은 여전히 결혼 생각에서 벗어나지 못하고 있었다. "네 나이에는, 우리 나이에는 당연한 거야. 성당 커플이 참 좋더라, 그 얘기를 하고 싶었던 것 아니야? 종교는 여자에게 많은 것을 더해주지."

"그래, 그건 맞아." 나는 그렇게 대답했지만 모드는 입을 삐죽했다. "종교가 애정을 돈독하게 해주기도 하지만 애정 때문에 신앙도 더 깊어지지."

그때 모드의 여덟 살배기 딸 마리가 문을 살짝 밀고 나타났다. 마리는 엄마에게 깜박거리는 크리스마스트리 전구를 보고 있어도 되느냐고 물었다. 모드는 살짝 귀찮아하면서도 꼬마전구를 잠시 켜서 구경시켜주고는 딸을 다시 방에 데려다주었다.

"봤지? 이제 됐지? 자, 그럼 이제 자러 가자! 다들 안녕히 주무세요!"

모드가 딸을 데리고 나가자 비달은 자리에서 일어나 책장으로 갔다.

"여기에 분명히 파스칼이 있을 텐데. 프리메이슨이라고 해도 말이야……"

그는 쪼그리고 앉아서 책장 아래쪽에서 교재 판형의 『팡세』를 찾아냈다. 비달은 책을 들추어보았다. 나도 그 옆으로 갔다.

"내기 논증이 수학을 정확히 참조했던가? 너는 혹시 알아? (그가 책을 읽었다.) '무한을 얻을 수 있고 이득의 확률에 비해 손실의 확률이 무한하지 않다면 그 내기를 망설일 이유가 없다. 모든 것을 걸어야 한다……. 이렇듯 도박을 하지 않을 수 없을 때는 생명을 지키기 위해 이성을 단념해야 한다.' 기타 등등."

비달이 내게 책을 내밀었다. 나도 흘끗 살펴보았다.

"이게 바로 그거지, '기댓값'. 파스칼의 경우에는 기댓값이 항상 무한해. 구원받을 확률이 0이 아닌 이상은. 무한도 0을 곱하면 0이니까. 따라서 이 논증은 믿음이 전혀 없는 사람에게는 아무 소용이 없어."

"하지만 아무리 적은 믿음이라도 있다면 기댓값은 다시 무한해지고."

"맞아."

"그럼, 너는 내기를 해야 하나?"

"응, 가능성이 있다고 믿는다면. 또, 이득이 무한하다고 믿는다면."

"그게 너의 믿음이야? 그렇지만 그건 내기가 아니지. 요행에 기대지 않잖아. 너는 아무것도 포기하지 않은 거야."

"아냐, 나도 포기한 것들이 있어."

"샹튀르그 포도주는 아니지!"

가정부가 상을 치우는 중이었다. 우리는 방 한쪽의 안락의자들로 자리를 옮겼다.

"샹튀르그가 걸려 있는 일이 아니니까. 그걸 왜 포기해? 무엇 때문에? 내가 '내기'에서 싫은 부분은 대가를 내놓는다는 생각, 흡사 복권을 사는 것 같은 자세야."

"'선택'이라고 하자. 유한과 무한 사이에서 선택을 해야지."

"내가 샹튀르그를 선택한다고 해도 신을 거스르는 선택을 한 건 아니지. 선택은 무슨!"

"여자들은?"

"'여자들'은 포기할 수도 있지만 '아내'는 안 돼. 적어도 나는 그래."

"너 여자 따라다니지."

"아니야!"

"전에는 따라다녔잖아."

"내가 언제!"

모드가 어느새 돌아왔다. 그녀는 우리 대화의 마지막 부분을 흥미진진하게 듣고 있었다. 비달이 모드에게 들으라는 듯 말했다.

"있잖아, 모드. 나랑 처음 알게 됐을 때는 이 친구가 여자들에게 연애 거는 선수였어. 그쪽으로 전문가였지."

"너랑 나랑 열 살 때 만났어!"

"네가 학교를 떠나서 못 만나게 됐을 때 얘기하는 거야."

"너 아무 말이나 한다!"

"아무 말이라니? 마리엘렌은?"

"기억력 좋다! 나는 걔가 어떻게 됐는지 전혀 몰라."

"마리엘렌은 수녀원에 들어갔어."

"뭐? ……바보 같이!"

우리 둘 사이에 서 있던 모드가 끼어들었다.

"마리엘렌이 누군데?"

"우리랑 친했던 여자애예요."

"좀 더 정확하게는, 이 친구 정부(情婦)."

모드가 나를 빤히 바라보았다.

"진짜?"

"이 친구의 어휘를 그대로 쓴다면 '정부들'이 있었던 걸 부정하지 않겠어요."

"여러 명 있었나 보죠?"

"내 인생사를 두 사람에게 늘어놓진 않을 겁니다. 이 친구가 내 고해신부도 아니고요. 내 나이 서른네 살인데 여자들도 안 만나봤을까요. 내가 모범적이라고 말하려는 게 아니에요. 전혀, 전혀요. 게다가, 그건 아무 증명도 되지 않죠."

모드는 마지못해 우리의 입씨름을 등지고 주방에 커피를 가지러 갔다.

"나는 아무것도 증명하고 싶지 않아, 친구." 비달이 모드가 저쪽으로 갔을 때 붙임성 있게 말을 붙였다.

"아니, 알아. 나한테 열받았잖아. 나는 내가 좋아하고 결혼할 생각까지 했던 여자들하고는 관계를 맺었어. 하지만 그딴 식으로 여자랑 잤던 적은 없어. 그러지 않았던 이유는 도덕에 연연해서가 아니라 그런 짓에 흥미가 없었기 때문이야."

"그래, 그렇지만 네가 여행 중에 아주 근사한 여자를 만났고 그녀랑 다시는 볼 일이 없다고 치자. 저항하기 어려운 상황들이 있지."

"운명이 – 신이라고 말하진 않겠어 – 그런 상황은 늘 피해가게 하더라. 나는 일탈 쪽으로는 운이 없더라고. 믿기지 않을 정도의 불운이지."

모드가 돌아왔다. 비달은 그녀의 인기척이 들리자 목소리를 높였다.

"전체적으로 불운한 나는 그런 쪽으로만 운이 엄청 따랐지. 한 번은 이탈리아에서 스웨덴 여자랑 그랬고, 또 한 번은 폴란드에서 영국 여자랑……."

모드가 낮은 탁자에 쟁반을 내려놓고 다시 멀어져갔다.

"……그 두 밤이 인생이 나에게 허락한 가장 아름다운 추억일걸. 나는 여행로맨스, 학회로맨스에 대찬성이야. 적어도 끈끈하고 부르주아적인 구석은 없거든."

"나는 원칙적으로 반대하는 입장이야. 그렇지만 어차피 그런 일은 한 번도 없었으니……."

"너한테도 일어날 수 있지."

"아냐!"

"정말, 진지하게 생각해봐. 그런 일이 생기면 동의한다는 거지?"

모드가 커피 주전자를 들고 왔다. 내가 대답하는 동안 그녀는 잔에 커피를 따랐다.

"아니! 전에 말했잖아. 넌 미쳤어. 왜 나보고 완전히 정신 나간 짓거리를 생각해보라고 강요하냐고. 내가 여자들깨나 쫓아다녔는지도 모르지. 과거는 과거야."

"만약 내일, 아니 오늘 저녁이라도 모드처럼 예쁘고 관능적인 여자가 제안을 한다면, 혹은 적어도 그런 느낌을……."

"그만! 재미없거든?" 모드가 한마디 했다.

"나 말 안 끝났어. 그래, 만약 모드가……."

"완전히 취했네요! 샹튀르그 때문이에요. 그런 것 같죠?" 내가 말했다.

그녀는 커피잔을 손에 든 채 나를 마주 보고 침상에 앉았다. 그러고는 내 눈을 바라보았다. 그녀의 무릎이 내 무릎에 닿을락 말락 했다.

"그래도 대답해봐요." 마침내 그녀가 말했다.

나는 망설이다가 마음을 정했다.

"예전 같으면 예스, 지금은 노라고 해두죠."

"왜?" 비달이 물었다.

"너한테 말했잖아. 회심했다고."

"오!"

"회심은 존재해. 파스칼을 읽어봐."

셋 다 말이 없어졌다. 우리는 커피를 마셨다. 비달이 잔을 내려놓고 다시 입을 열었다.

"내가 좀 경망스러울지는 몰라도 감은 있다고 자부해. 그 회심이 나한테는 아주, 아주, 아주 미심쩍단 말이지. (그는 모드를 돌아보았다.) 이 친구 행동에 희한한 데가 있더라고. 딴 생각을 하는지 몽상에 빠졌는지, 하여간 꼭 누군가를 생각하는 것 같았어. 그 대상은 분명히 어떤 사람이야. 이 친구가 사랑에 빠진 대도 난 놀라지 않을 거야."

나는 피식 웃고 말았다.

"금시초문일세!"

내 얼굴에서 시선을 떼지 않고 있던 모드가 물었다.

"갈색 머리? 금발?"

"이 친구는 금발을 더 좋아할 것 같아."

모드는 물러서지 않았다.

"말해봐요! 부끄러운 일도 아니잖아요."

"싫습니다!"

"대신, 나도 내 얘기 할게요."

비달이 킬킬댔다.

"금방 안 끝나겠군!"

"몇 회에 나눠서 하려고."

나는 슬슬 짜증이 나기 시작했다.

"나는 아무도 모르고요, 아무도 사랑하지 않습니다. 이상 끝, 할 말 없어요." 나는 거만하게 내뱉었다.

그러나 모드는 기세를 꺾지 않았다.

"그 여자는 클레르몽에 있나요?"

"아뇨!"

비달이 나에게 손가락질을 했다.

"'아뇨!'라고 했어. 그녀가 여기 있지 않다면 존재하긴 존재하는구먼."

나는 어깨를 으쓱했다.

"내가 '아뇨'라고 한 건 그런 여자는 존재하지 않아서야. 그리고 설령 그녀가 존재한다 해도 나는 두 사람에게 말하지 않을 권리가 있어."

"우리가 너무 짓궂네요." 모드는 나의 격한 반응에 다소 어쩔 줄 몰라 했다.

"아닙니다, 나도 재미있어요. 두 사람이 생각하는 것 이상으로." 내가 말했다.

비달이 일어났다. 그는 주류가 놓인 탁자로 가서 코냑을 한 잔 가득 따랐다.

"그만 마셔. 집까지 데려다줄 생각 없단 말이야." 모드가 외쳤다.

"나를 데려다줄 사람은 네가 아니고 저 친구야."

모드도 자리에서 일어났다.

"소중한 친구분들에게 한 가지 말할게요. 내가 요즘 많이 피곤해서 될 수 있는 대로 침대에 누워 쉬라는 말을 의사에게 들었답니다."

"그 의사는 당신인가?" 비달이 물었다.

"당연하지!"

나는 일어서는 시늉을 했다. 모드가 그냥 앉아 있으라고 손사래를 쳤다.

"……하지만 여러분을 내쫓지는 않겠어요. 그냥 계세요. 그래요, 그대로 있어요. 이게 내 뜻이에요. 내 명령이에요. 졸리진 않아요, 그리고 침상에 누워서 사람들이랑 얘기하는 게 좋아요."

"같이 누워서?" 비달이 벌써 끈적끈적한 목소리로 물었다.

모드가 어깨를 으쓱했다.

"어쨌든 넌 아니야! ……옛 귀부인들은 살롱에서 누운 채 손님을 맞았지요. 그 시대처럼 분위기가 아주 좋을 거예요. 그래서 나는 여기서 자요……. 침실에 들어가기 싫어!"

그녀는 아까 딸과 함께 나갔던 문 쪽으로 걸어갔다. 나는 비달과 둘만 남게 되자 바로 일어났다.

"어쨌든 난 간다. 이제 졸려."

"그런 소리 마."

"그만 가자고, 왜 이래! 안주인도 자야지."

"무슨! 저것도 다 연극이야. (비달이 술을 한 모금 들이켜고 알 수 없는 표정을 지었다.) 두고 봐, 나는 묘한 공기가 느껴져."

"뭘 두고 보라는 거야?"

"일단 봐. 가지 말고."

"너 취했어. 예의 없는 사람 되고 싶지 않아. 안주인 오면 난 바로 간다." 내가 짜증을 냈다.

그때 문이 열렸고 나는 뒤를 돌아보았다.

"일단은, '랑부이에 후작 부인'[9] 같지 않은 건 인정해요." 모드가 말했다.

그녀는 자연색 그대로의 플란넬 티셔츠 같은 옷을 걸치고 나타났다. 옷이 너무 짧아서 허벅지가 다 드러나 보였다.

비달이 휘파람을 불었다.

"알았어, 우리에게 다리를 보여주고 싶었구나."

"맞았어." 모드는 그렇게 대꾸하면서 침상으로 갔다. "나한테는 유일한 유혹의 수단이거든……"

"유일한? 엄살하고는. 주요 수단이라고 해두자."

"내가 노출증이 좀 있지. 그런 충동이 들 때가 있어. 당신들이 봐도 괜찮아. 있는 그대로 보여주는 건데, 뭐."

"당신이 넘어지기라도 하면 한바탕 웃을 텐데." 비달이 그렇게 말하는 동안 모드는 얼른 침상으로 들어갔다. "그거 선원들 옷 아니야?"

"응, 진짜 선원용이야. 더할 나위 없는 진짜."

"실용적이네. 따뜻하겠어."

---

9 Marquise de Rambouille(1588-1665). 귀족과 문인뿐만 아니라 시민 계층까지 드나드는 문예 살롱을 꾸려나감으로써 예술의 진흥과 여성의 사회적 지위 향상에 이바지한 인물.

모드 집에서의 하룻밤

"그래봤자 잘 때는 벗어. 나는 늘 맨몸으로 자. 어떻게 다들 몸을 뒤척이면 막 구겨지고 말려 올라가는 옷을 걸치고 자는지 모르겠어."

"잠을 깊이 자면 돼. 신경안정제를 먹어."

"건강을 해치는 약이야. 나는 정말 답 없는 경우 아니면 처방 안 해. 조금만 뒤로 가. 다리를 펼 수가 없잖아." 모드가 침상 끄트머리에 앉아 있던 비달에게 말했다.

그는 뒤로 몸을 젖히고는 모피 위로 손을 내밀어 더듬었다.

"이불 안에서 당신 발가락이 만져지는 느낌이 재미있어. 느낌 오지. 좋을 거야."

나는 다시 의자에 앉았다. 모드가 나를 돌아보았다.

"우리가 무슨 얘길 했었죠?"

"여자들. 이 친구 여자들." 비달이 말했다.

"아, 맞다! 연애사를 들려주기로 했죠?"

"아뇨, 당신이 하기로 했어요!" 내가 말했다.

모드가 나를 보면서 고개를 흔들었다.

"두 사람 때문에 열받네요."

"나 때문에? 비달 때문이죠! 늘 나에 대해서 이상한 얘기나 한다니까요."

"내가 거짓말했어?"

"거짓말이고 아니고의 문제가 아니라……."

모드가 내 말을 끊고 나섰다. "정말이지, 둘 다 어지간하네요. 나는 그리스도교인은 혼전순결을 지키는 줄 알았는데."

"내가 모범은 아니라고 말했잖아요!"

"그리고 이론과 실천은 다르지." 비달이 경멸조로 말했다.

"여자와 자본 적 없는 남자들도 나는 아는데." 모드가 말했다.

"그렇겠지, 대머리, 곱사등이."

"꼭 그렇지는 않아."

"재차 말하는데 내가 모범은 아닙니다." 나는 이제 대놓고 짜증을 냈다. "우선, 그건 과거일 뿐이에요. 내가 영광스럽게 생각하지도 않는 그런……."

모드가 까르르 웃음을 터뜨렸다.

"발끈하지 말아요! 나는 오히려 그래서 호감이에요. 당신은 솔직해서 좋네요."

"매우, 매우 상대적으로 말이지." 비달은 이제 그녀의 어깨에 거의 누워 있었다.

나는 약간 풀어져서 미소를 보였다. "내가 당신을 놀라게 했어요? 당신이 그렇게 말하니 골치 아프네요. 나의 종교와 연애는 별개입니다. 심지어 서로 반대되고 상충하지요."

"하지만 한 개인 안에 공존하잖아."

"서로 싸우면서 공존하는 거지……. 내가 이런 말하면 또 놀라겠지만 할 수 없어! 여자들을 쫓아다닌다고 수학을 공부할 때보다 신과 멀어지는지 나는 모르겠어. 파스칼 얘기를 다시 하자면, 그는 잘 먹는 것도 나쁘게 말했고 생애 말년에 가서는 자기가 평생 했던 수학까지 나쁘게 말했지."

"맞아. '수학은 깊이 쓸모없다.' 그건 사실이야. 인정해? 사실은 네가 나보다 파스칼적이야."

"어쩌면 그럴지도. 수학은 쓸모없다, 수학은 신에게서 벗어나게 한다, 수학은 지적인 시간 죽이기다, 여느 오락과 다르지 않은, 아니 더 나쁜 시간 죽이기다."

"왜 더 나쁜데?"

"완전히 추상적이기 때문에, 그리고 전혀 인간적이지 않기 때문에."

여전히 침대에 널브러져 있던 비달이 외쳤다.

"그렇지만 여자들은……! '파스칼과 여자들'이라는 제목으로 논문을 쓰고 싶군. 파스칼은 여자들에 대해서 생각을 많이 했어. 『사랑의 정념에 관한 논고』는 진위를 가릴 수 없고 그가 여자를 '알지' 못했다고 해도 그래. 물론 '알다'의 성경적 의미[10]로……."

모드가 비달의 장광설을 끊었다. "창문 좀 열어줄래? 여기

---

10 성경에서 남자 혹은 여자를 '안다'는 것은 육체적인 교접 여부를 뜻한다.

담배 연기가 너무 심하다."

비달이 일어나서 창문을 약간 열었다.

"눈 온다!"

나도 일어나서 눈을 보러 갔다. 모드도 일어났다. 눈송이들이 펄펄 쏟아지고 있었다.

"이건 엉터리야. 가짜야. 난 정말 눈이 싫어. 어릴 때 생각나. 나는 어린 시절을 생각나게 하는 건 다 끔찍해."

"당신은 바닥까지 교활하니까."

"자, 가서 자, 그러다 감기 걸려." 비달이 모드의 허벅지를 찰싹 치면서 말했다.

"아야! 상스럽게 굴지 마! 당신이야말로 가서 자."

"늦었네요. 이만 가봐야겠습니다." 내가 말했다.

비달이 창문을 다시 닫고 커튼을 쳤다. 모드는 침상으로 돌아갔다. 나도 거실의 한쪽 구석으로 돌아갔다.

"어디 살아요?"

"세이라에요. 그렇지만 차를 가져왔습니다."

"저렇게 눈이 퍼붓는데 운전을 어떻게 해요."

"저 정도 눈은 겁나지 않습니다!"

"아뇨, 눈이 내리는 동안은 위험해요. 친구가 눈 오는 날 운전하다 죽었어요. 나는 그 일이 트라우마로 남아 있어요. 어쨌든, 이렇게 할래요? 이 옆방에서 자고 가도 돼요. 그렇게 하세요! 이렇게 보내면 내가 잠을 못 잘 것 같아서 그래요."

나는 대답하지 않았다. 그 대신 비달을 바라보았다. 그는 꿈을 꾸는 표정을 짓고 있었다. 모드는 우리 둘을 번갈아 바라보았다. 비달이 갑자기 침묵을 깨뜨렸다.

"아차! 창문을 열어두고 왔네! 집에 눈이 다 들어오겠다. 난 가봐야겠어."

비달이 모드에게 다가가 고개를 숙이고 뽀뽀로 인사를 했다.

"알았어, 태워줄게." 내가 말했다.

"아냐, 아냐, 너는 그냥 있어……."

비달이 세게 미는 바람에 나는 균형을 잃고 안락의자에 주저앉았다.

"……그래, 그렇게. 안녕. 잘 있어, 모드. 전화할 거지?"

"이봐!" 벌써 문 앞까지 달려간 비달에게 모드가 큰 소리로 외쳤다. "내일 잊지 않았지?"

"아, 맞다. 몇 시였지?"

"정오."

"딸은 어떡할 거야?"

"애는 아빠랑 만나."

"당신도 올래요?" 비달이 외투를 입는 동안 모드가 나에게 물었다.

"뭔데요?"

"퓌 산 근처로 친구들끼리 나들이 가려고요. 식당에서 점심을 먹을 거예요. 눈이 오면 더 재미있겠네요."

비달은 미련이 남은 듯한 모습으로 나갔다. 나는 몹시 불편한 기분이 들었다. 모드는 대화를 이어나갈 마음이 없는 듯 다소 지친 얼굴로 멍하니 있었다.

"솔직히 말해 눈길에는 익숙합니다. 산을 많이 다녀봤거든요. 위험할 건 전혀 없어요."

"위험해요! 눈이 녹으면 얼마나 미끄러운데요……."

"괜찮아요! 그만 자요. 나는 가보겠습니다."

나는 자리에서 일어나 모드에게 다가갔다.

"조금만 더 있어요. 제발."

"정말 그랬으면 좋겠어요?"

"알았어요. 좋아요, 가세요! 집으로 가요! 안녕히 가세요!" 그녀가 갑자기 폭발했다.

나는 악수를 하고 뒤로 물러났다.

"잘 있어요. 헷갈리네요. 그게요, 화내지 말아요, 여기서는 한번 해보는 말인지 진심인지 구분해서 들어야 한다고 하더라고요."

모드가 웃음을 터뜨렸다.

"맞아요, 좀 그런 면이 있어요. 하지만 지금은 당신이 오베르뉴 토박이처럼 굴고 있네요. 나는 예스면 예스고 노면 노인 사람이에요. 누구를 집에 보내고 싶으면 있는 그대로 '가세요'라고 말하는 사람이라고요."

"아까 나한테 '가세요'라고 했잖아요!" 나는 약간 도발하는 눈으로 그녀를 바라보았다.

나는 움직이지 않았다. 시선을 거두지도 않았다. 그녀의 표정은 사근사근하다 못해 거의 애원하는 듯했다. 나는 미소를 지었다. 그녀도 미소를 지었다. 나는 다시 의자에 앉았다.

"조금만 더 있을게요."

"정말이지, 당신은 날 자꾸 놀라게 하네요." 모드가 세상 둘도 없이 진지한 말투로 말했다.

"그래요, 아까도 그렇게 말했죠."

"당신처럼 나를 열받게 하는 사람은 처음 만나봤네요. 나는 종교에 늘 무관심했어요. 종교에 딱히 찬성하거나 반대하는 입장은 아니지만 당신 같은 사람들 때문에 종교를 진지하게 생각할 수 없었죠. 결국 당신에게 중요한 건 체면이잖아요. 자정 이후에 여자랑 같은 방에 있다니 끔찍하겠지요. 하지만 나 홀로 보내는 저녁이 외롭지 않게 곁에 있어 준다든가, 다시는 볼 수 없는 사이라고 해도 조금 덜 관습적인 만남을 가져본다든가 하는 생각은 들지도 않겠지요. 나는 그런 게 참 어리석고 그다지 그리스도교적이지도 않다고 생각해요."

"종교랑은 상관없어요. 단지 당신이 졸릴 것 같아서 그랬어요."

"지금도 그렇게 생각해요?"

"아뇨. 그러니까 여기 남아 있죠."

침묵이 감돌았다. 니는 미소를 지었다. 그녀도 미소를 지으며 다시 입을 열었다.

"있잖아요, 나는 당신이 자꾸 빠져나가는 게 제일 언짢아요. 당신은 책임을 지지 않아요. 당신에게는 수치스러운honteux 그리스도인과 수줍음honteux 많은 돈 후안이 겹쳐 있어요. 그게 진짜 너무한 거죠!"

"그렇지 않아요! 나는 사랑을 했어요. 엄연히 다르죠. 내 인생에 여자는 두세 명 – 아니 서너 명이라고 합시다 – 있었어요. 다들 오랜 기간, 몇 년씩 교제했던 사이에요. 나는 그 여자들을 사랑했어요. 미친 듯이 빠지지는 않았을지도 모르지만……. 오! 아니에요, 그만하면 미친 듯이 사랑한 거 맞아요. 서로 같은 마음이었고요. 자랑하려고 이런 얘길 하는 게 아닙니다."

"겸손한 척하지 마세요!"

나는 일어났다. 그러고는 성큼성큼 서랍장 쪽으로 걸어가서 거기에 기댔다.

"그렇지 않아요. 내가 그렇게 말한 이유는 정말로 일방적인 사랑은 있을 수 없다고 생각하기 때문입니다. 그래서 일종의 예정된 운명을 믿게 됐는지도 몰라요. 원래 그래야 했을 사이라면 헤어져도 괜찮다고요."

"당신이 헤어지자고 했어요?"

"아닙니다. 여자들이 헤어지자고 한 것도 아니었지만요. 상황이 그렇게 됐어요."

"상황을 극복했어야죠!"

"극복할 수 없는 상황이었습니다. 알아요, 그런 상황은 없다고 하겠죠. 하지만 이성을 말아먹은, 아주 어리석고 정신 나간 짓이 됐을걸요. 아니, 가능하지 않았습니다. 가능하지 않아야 했어요. 불가능한 편이 더 나았죠. 이해해요?"

"이해하고 말고요. 매우 인간적이라고 생각하지만 그리스도교적이진 않은 것 같네요."

"맞아요, 아까 하던 얘기로 돌아가자면 그리스도인이냐 아니냐는 별로 중요하지 않죠. 종교는 잠시 제쳐놓고 생각해봐요. 나는 그런 관점을 취하지 않아요. 여자들은 나에게 많은 것을 줬어요. 정신적으로요. 내가 '여자들'이라고 하니까 뭔가……."

"……저속해요."

"그래요. 어떤 여자를 알게 될 때마다 - 어쨌든 이 자체도 늘 특별한 경우였는데 - 내가 몰랐던 어떤 도덕적 문제를 발견하는 상황에 처했어요. 나는 그 문제를 구체적으로 직시할 필요가 없었어요. 나는 나한테 이로운 태도, 도덕적 마비 상태를 벗어날 수 있는 태도를 취해야 했어요."

"정신적인 면은 잘 감당했겠지만 육체적인 면은 놓아버렸군요."

"네, 그래도 내가 보기에 정신적인 면은…… 비록 어떤 조건에서만 존재할지라도…… 아니, 물론 하려고 하면 언제든지 할 수 있겠죠……. 육체와 정신은 분리되지 않아요. 그래도 사물을 있는 그대로 봐야죠!"

"악마의 함정에 지나지 않았을 수도?"

"그럼, 내가 그 함정에 빠진 게지요. 어떤 면에서는, 네, 나는 함정에 빠졌어요. 하지만 그런 함정에 빠지지 않으면 내가 성인聖人이게요."

"성인이 되고 싶진 않아요?"

"전혀요!"

"어머! 어떻게 그런 말을 해요! 그리스도인들은 모두 성스러움을 열망해야 하지 않나요?"

"'되고 싶지 않다'라고 했지만 '될 수 없다'라는 뜻이죠."

"엄청난 패배주의네요! 그럼, 은총은요?"

"나는 은총의 가능성을 보여주는 은총이 있기를 바라요. (방 안을 걸어 다니면서) 내 말이 맞는지 틀리는지는 모르지만, 성인이 될 수 없는 사람들도 필요하다고 생각해요. 그리고 나는 성격, 열망, 가능성을 보건대 그 부류에 속할 법하지요……. 나는 부족하고 타협을 많이 하며 미지근하므로 신께서 뱉어버리실[11] 것을 알아요. 그럼에도, 충만함까지는 아니어도, 어떤 의로움, 복음서에서 '의인'이라고 말할 때의 그 의로움에 도달할 수는 있겠지요. 나는 '세상' 안에 있어요. 종교도 세상은 인정하죠. 당신 생각과 달리, 나는 절대로 장세니스트가 아니에요."

"그렇게 생각한 적 없어요."

"당신이 아니면 비달이 그렇게 생각했겠지요!"

"그 사람은 아무 말이나 한 거예요!"

"나를 조롱하려고 그런 거죠. 그 친구, 오늘 왜 그랬는지 모르겠어요. 완전히 취해서는. 비달의 그런 모습은 처음 봐요."

"서로 잘 알아요?"

나는 담배를 건네고 불을 붙여주기 위해 모드의 옆으로 갔다.

"14년 동안은 못 보고 지냈어요. 그러니까 그전에는, 고등학교 졸업 후에도 아주 가깝게 지냈죠."

"당신은 오늘 그다지 친절하지 않았어요."

나는 침상 가장자리에 앉았다. 그러고는 몸을 뒤로 젖히고 팔꿈치로 받쳤다.

---

11 "네가 이렇게 미지근하여 뜨겁지도 않고 차지도 않으니, 나는 너를 입에서 뱉어버리겠다."(『요한 묵시록』 3장 16절)

"친절하지 않았다?"

"나 역시 못되게, 아주 못되게 굴었지요. 딱한 사람, 오늘 밤 우리 둘이 함께 있는 걸 아는 이상 잠도 못 이루겠지요."

"하지만 비달이 가겠다고 했잖아요!"

"맞아요, 허세를 떨었죠! 당신은 가끔 바보 같네요! 비달이 나를 좋아한다고 말 안 했어요?"

"안 했어요. 당신을 아주 높이 산다고는 했지만요. 당신을 아주 소중한 친구로 생각한댔어요."

"비달은 아주 신중한 남자예요. 게다가, 때때로 유머가 부족하긴 하지만 참 좋은 사람이죠. 자기 생활의 유머 말이에요. 나 때문에 그 사람이 힘들어하는 건 알지만 내 잘못은 아니에요. 그는 전혀 내 타입이 아니에요. 내가 바보같이, 너무 심심했던 나머지 그 사람하고 한 번 자버리긴 했죠. 나는 남자들에 대해서 아주 까다로워요. 그건 단지 육체적인 문제만은 아니에요. 비달도 그 점을 이해할 만큼 똑똑하고요. 나는 그 사람이 왜 당신을 데려왔는지 알겠어요. 나를 시험하려고? 그렇게 생각하진 않아요. 그보다는 나를 경멸하고 증오할 구실을 만들고 싶은 거겠죠. 그는 여전히 극약처방 전술을 신봉하는 사람 중 하나죠. 음, 이쯤하고 넘어갑시다. 우리 무슨 얘길 했더라?"

나는 침상에 드러누웠다. 우리는 누운 채로 비슷한 눈높이에서 서로 얼굴을 마주보았다.

"졸리지 않아요?"

"전혀요. 당신은?"

나는 계속 그녀를 바라보았다.

"괜찮아요. 하지만 당신은 정말 괜찮은가요?"

"나는 졸리면 졸리다고 해요. 정말 오랜만에 이렇게 대화를 나눠보네요. 기분이 좋아요."

나는 대답하지 않았다. 모드는 내가 입을 열기를, 혹은 어떤 몸짓을 시도하기를 기대하는 것 같았다. 그러나 나는 꿈쩍하지 않았고 감정을 내비치지도 않았다.

"그렇긴 한데," 결국 모드가 점점 무거워지는 침묵을 먼저 깨뜨렸다. "당신은 심하게 꼬인 것 같아요."

"꼬인 것 같다?"

"그리스도인은 행실을 보면 안다고 생각했는데 당신은 행실을 그렇게 중요하게 생각하지 않는 것 같아요."

"행실? 무슨 말씀을, 내가 얼마나 중요하게 생각하는데요. 하지만 어느 한 가지 행실이 중요하진 않죠. 삶 전체가……."

나는 뒤로 물러나 도로 침상 가장자리로 갔다. 그러고는 이어서 말했다.

"……삶은 하나, 그 자체가 한 덩어리죠. 나한테는 이러저러한 상황이 결코 선택의 문제로 다가오지 않았어요. '여자랑 자야 하는가, 그래서는 안 되는가?'를 생각해보지 않았어요. 나는 그냥 미리 선택했어요, 어떤 삶의 방식을 통째로 선택했을 뿐이에요."

모드는 나에게 물을 한 잔 갖다달라고 했다.

나는 일어서면서 말했다. "내가 교회에 대해서 싫은 점이 있다면 행실, 죄, 선행을 무슨 수입과 지출처럼 따지는 거예요. 하지만 그런 풍조는 이제 사라졌죠. 순수한 마음을 추구해야 해요. 어떤 여자를 진심으로 사랑하면 다른 여자하고 자고 싶지 않으니까……."

나는 모드에게 물잔을 건네고 안락의자에 다시 앉았다. 그녀가 물을 한 모금 들이켜고 미소를 지었다.

"……아무 문제가 없죠. 왜 웃어요?"

"아무것도 아니에요. 그런데 진짜 그래요?"

"무슨 말이에요."

"사랑하나요?"

"사랑? 누구요?"

"나는 모르죠. 금발, 유일무이한 그녀. 찾았나요?"

"아니라고 했잖아요."

"시치미 떼지 말아요. 결혼하고 싶어요?"

"그래요, 다른 사람들처럼."

"다른 사람들보다 조금 더 간절하겠죠. 자, 말해봐요!"

"아니에요! 뭣 때문에 나를 결혼 못 시켜 안달입니까!"

"나한테 중매쟁이 기질이 있나 보죠. 그런 여자들 있잖아요."

"그래요, 난 그런 여자들을 피해 다녀요."

"그럼, 어떻게 결혼을 할 건데요?"

"몰라요. '엔지니어, 서른네 살, 가톨릭, 172센티미터' 이런 식으로 광고라도 낼까요."

"'……외모 준수, 차량 소유, 금발의 가톨릭 여성을 구합니다……. 신앙생활 열심히 하는.'"

"사실, 그러면 안 되나요? 당신이 아이디어를 줬네요. 그런 식으로 결혼하는 사람들도 많아요……. 아, 농담입니다. 나는 급하지 않아요."

"그럼요, 탈선을 즐겨야 하니까!"

"아니에요, 전혀 그렇지 않습니다!"

"오늘 당장 당신이 찾던 여자를 만난다면 바로 결혼하고 평생 그 여자에게 충실할 거예요?"

"그러고말고요."

"아내에게만 충실할 자신 있어요?"

"그럼요, 당연하죠!"

"만약 아내가 바람을 피우면?"

"나를 사랑하는 아내라면 바람을 피울 리 없다고 생각합니다만."

"사랑은 영원하지 않아요!"

나는 일어나서 다시 침상 가장자리에 걸터앉았다.

"나는 그렇게 신의를 저버리는 걸 이해 못 하겠어요. 설령 자존심 때문에라도 그렇게는 못 해요. 이렇다고 말하고 나서 저렇다고 말을 바꿀 순 없어요. 나는 정말 사랑하는 여자를 아내로 택할 겁니다. 시간에 지지 않는 사랑 말이에요. 아내를 사랑하지 않게 된다면 나 자신을 경멸할 겁니다."

"실제로, 자존심 때문인 것 같네요."

"나는 '설령 자존심 때문에라도'라고 했어요."

"설령이 아니라 그게 주요한 이유죠……. 그럼 이혼도 용납 못 하겠네요?"

"못 합니다."

"그럼, 나를 용서받지 못할 사람으로 생각하겠네요?"

"그렇지 않아요. 당신은 가톨릭이 아니고 나는 모든 종교를 존중합니다. 종교가 없는 이들의 종교까지도요. 내가 하는 말은 나한테 가치가 있는 거죠. 그게 다예요. 상처를 줬다면 미안합니다."

"당신이 상처 준 게 아니에요, 전혀요."

모드는 침상에서 상체를 일으켰다. 그러고는 무릎을 자기 가슴 쪽으로 모았다.

"왜 이혼했어요?" 내가 잠시 후에 물었다.

모드 집에서의 하룻밤 133

"몰라요……. 아니, 잘 알아요. 서로 잘 맞지 않았어요. 피차 금방 알아차렸죠. 그냥 성격 문제예요."

"극복할 수도 있지 않았을까요, 나야 잘 모르지만……."

"남편은 모든 면에서 아주 좋은 사람이었어요. 내가 늘 높이 평가할 만한 사람. 하지만 나는 그 사람이 짜증 났어요. 울화통이 터졌죠."

"어떤 식으로 짜증 나게 했는데요? 나랑 비슷하게?"

"아, 아니에요! 당신은 짜증 나지 않아요! 결혼 상대로는 전혀 생각되지 않지만요. 철없던 젊은 날에도 그런 생각은 안 들었을 것 같네요."

"그래도 그 사람과 부부로 살았고 딸도 있잖아요."

"그래서요? 아이는 부모가 서로 어긋난 게 재미있을 것 같아요? 그리고 다른 일도 있었어요……. 진짜 그렇게 내 얘기를 듣고 싶어요? 나한테는 애인이 있었고 남편에게도 다른 여자가 있었어요. 재미있는 건, 그 여자가 딱 당신 같은 타입이었거든요. 도덕을 중시하는 가톨릭…… 위선이나 타산이 아니라 진짜 독실했어요. 그래도 그 여자가 끔찍이 밉지 않았던 건 아니에요. 그 여자가 내 남편에게 미쳤던 것 같아요. 여자들을 미치게 만드는 남자였으니까. 하긴, 나도 그 사람에게 한때 미쳤었죠. 더욱이 나는 남편이 관계를 끊게 하려고 최선을 다했어요. 그게 내가 유일하게 잘한 행동이었죠. 그렇지만 그 여자가 내 남편과 결혼까지 할 것 같지는 않아요. 그래서 아까 당신이 극복할 수 없는 상황 운운할 때 우습더군요. 그 여자도 그렇게 생각하는 것 같아서."

"당신…… 애인은요?"

"아, 그 사람은요, 내가 운이 없다는 증거죠. 나는 뭔가 좋은 일이 생길 것 같을 때마다 결국 놓쳐버려요. 내 인생의 남자를 만났었다고 생각해요. 모든 면에서 내 마음에 쏙 드는 남자였고 그 사람도 나를 그렇게 봐줬어요. 그 남자도 의사였죠. 아주 명석하지만 인생을 몹시 사랑하고 유쾌하기 이를 데 없는 사람이었어요. 함께 있으면 그렇게 기분이 좋아지고 마음이 즐거울 수가 없었어요, 그런 사람은 처음이었는데……. 바보같이 자동차 사고로 죽고 말았어요. 차가 빙판에서 미끄러졌대요. 운명이란 게 참……."

침묵이 내려앉았다. 나는 창가로 갔다. 눈을 바라보았다.

"아직도 눈이 와요?"

"네."

나는 천천히 침상 쪽으로 돌아갔다.

"음, 그랬어요. 다 과거죠! 1년 전 일이에요. 일어난 일은 일어난 일. 생각이 많아지나요?"

"아뇨. 내가 너무 가볍게 말했다면 용서해줘요. 매사를 나의 좁아터진 관점으로만 바라보는 못된 습관이 있어서요."

"아네요, 아네요. 당신 관점은 흥미로워요. 그렇지 않다면 진즉에 잘 가시라고 했겠죠."

나는 시계를 보았다.

"음, 늦었네요. 방이 어디에요?"

"방 없어요."

"네? 다른 방이 없어요?" 나는 어안이 벙벙했다.

"있긴 있어요. 내가 진료를 보는 방, 대기실, 딸이 쓰는 방, 근엄한 에스파냐인 가정부가 쓰는 방."

"그럼…… 비달도 알겠네요?"

"물론이죠. 그래서 화를 내면서 돌아간걸요! 어린애처럼 굴지 마요. 내 옆에 누워요. 이불 위에서 자든지 이불 안으로 들어오든지 마음대로 해요. 내가 너무 혐오스럽지만 않다면요."

"그냥 의자에서 자면 돼요."

"그러다 근육통 생겨요. 두려운가요? 내가? 당신 자신이? 나는 절대 당신 건드리지 않을 거예요. 그리고 난 당신이 자제력이 대단한 사람일 줄 알았는데요!"

"다른 이불은 없어요?"

"있어요, 저기 벽장 아래칸에."

나는 벽장을 열고 이불을 꺼냈다. 모드는 그 사이에 선원 옷을 벗고 이불을 목까지 끌어올렸다. 나는 구두와 재킷을 벗고 넥타이를 풀었다. 그러고는 이불을 몸에 둘둘 말고 의자에 앉아서 다리를 탁자 위에 올려놓았다. 모드는 빈정거리듯 눈을 말똥말똥 뜨고 나를 바라보고 있었다.

머, 저, 리! 그녀는 소리를 거의 내지 않고 입 모양만으로 그렇게 말했다.

나는 벌떡 일어나 이불을 온몸에 휘감은 채로 그녀의 옆에 누웠다.

"춥겠어요."

"내가 알아서 해요. 잘 자요!"

그녀는 불을 껐다.

날이 밝아오기 시작했다. 모드는 얼굴을 거의 다 이불로 가리고 있었다. 내 얼굴만 아침놀을 받아 윤곽이 드러났다. 나는 잠에서 깨어 몸을 일으키고는 마침내 이불 속으로 들어갔다. 모드가 꼼지락거렸다. 그녀가 돌아눕더니 나에게 바싹 몸을 붙였다. 그녀가 나를 껴안았다. 그녀의 손길이 내 등을 타고 내려갔다. 서로 가쁜 숨소리를 들었고…… 나는 돌연히 그녀를 뿌리치고 몸을 반쯤 일으켰다.

"안 돼요! 이봐요……."

모드도 득달같이 침대를 박차고 일어나더니 이불을 걷어치우고 벌거벗은 채 욕실로 뛰어갔다. 그녀가 욕실 문고리를 잡는 순간, 내가 그녀를 따라잡았다. 나는 그녀를 껴안았다.

모드 집에서의 하룻밤 137

"모드!"

"싫어요! 난 자기가 뭘 원하는지 분명히 아는 남자가 좋아요."

그녀는 나를 뿌리치고 욕실에 들어가 쾅 소리가 나게 문을 닫았다. 샤워기 물 트는 소리가 들렸다. 나는 다시 옷을 입었다. 잠시 후, 모드가 타월 재질의 목욕가운을 걸치고 나왔다. 나는 현관문으로 향하던 중이었다.

"인사도 없이 가나요?"

"외투를 입으려고 했습니다. 나오지 마요. 감기 걸려요."

그녀는 내 말을 아랑곳하지 않고 현관까지 나왔다.

"오늘 오후에 올래요?" 내가 외투를 걸치는 동안 모드가 말했다.

나는 대답하지 않았다.

"……와요. 비달이 수군거릴 거예요. 오세요, 쿨해집시다."

"진짜 내가 왔으면 좋겠어요?"

"우리 둘만 있을 것도 아닌데요. 어쩌면 당신 마음에 드는 아가씨를 만나게 될지도…… 금발 아가씨요!"

"그럼, 생각해볼게요. 잘 있어요."

나는 악수를 하고 그 집에서 나왔다.

밖에 나오니 추위와 새하얀 눈 천지가 나를 달래주기는커녕 기회를 확실히 거절할 용기도, 시작한 이상 끝까지 갈 용기도 없었던 나 자신을 또렷이 일깨워주어 부끄러워졌다. 그렇지만 나는 내 행동의 이유가 나 자신에게 명백하다면 그러한 이유까지 부끄러워할 필요는 없다고 생각했다. 한 가지는 확실했다. 다시 모드를 마주할 엄두가 나지 않았다. 나에 대해서 그녀가 어떻게 생각하든, 뭐라고 말하든 무에 중요하랴. 나는 그날 오후에 가지 않으리라 결심하고 세이라로 차를 몰았다. 눈길이라지만 운전이 그렇게 힘들지는 않았다.

하지만 집에 도착하자마자 마음이 바뀌었다. 간밤의 기억이 점점 더 강렬하게 나를 사로잡았고 벗어나기가 힘들 것 같았다. 모드를 얼른 다시 만나서 아무 일 없었던 것처럼 말하는 것이야말로 그 기억을 지우는 최선의 방법이지 싶었다.

샤워와 면도를 하고 등산에 알맞은 옷을 골라 입은 후 다시 시내로 갔다. 약속 시각보다 15분이나 먼저 조드 광장에 도착했다. 나는 드제 대로의 어느 카페에 들어가 창을 마주보고 앉았다. 오전 끝자락, 눈 덮인 클레르몽은 내가 몰랐던 전혀 다른 얼굴을 보여주고 있었다. 하지만 클레르몽은 이제 내게 낯선 도시가 아니었다. 나는 모임에 소개받았고 누군가의 삶에 들어와 있었다. 아니, 내가 예전의 나 같지 않았다. 더 정확하게는, 이제 무슨 일이든 해도 될 것 같은 기분이 들었다. 이념이나 원칙에 얽매이지 않고, 특색이나 의지나 도덕 없이, 정말 아무것도 없이…….

나는 탁자에 팔을 괴고 두 주먹으로 얼굴을 받친 채 잠시 생각에 잠겨 있었다. 갑자기 누가 내 어깨를 쳤다. 미슐랭 공장 동료였다. 나는 퍼뜩 놀라서 자동으로 의자를 박차고 일어났다.

"미안해요, 내가 깨웠어요?"

"오, 아니에요! 안녕하세요, 어떻게 지내요?"

"몽도르에 나랑 스키 타러 갈래요? 30분 후에 출발할 건데."

"아! 아니오……." 나는 말을 좀 더듬었다. "나, 나는…… 약속이 있어서……."

나는 말을 맺지 못했다. 그렇다, '그녀'를 보았다. 프랑수아즈가 모페드를 타고 카페 창밖을 지나가고 있었다. 나는 생각할 겨를이 없었다.

"실례합니다."

나는 상대가 당황하거나 말거나 번개처럼 카페에서 뛰어나갔다. 양털 댄 외투를 걸칠 시간도 없었다. 나는 거리를 미친 듯이 내달리고 광장을 가로질러 프랑수아즈가 모페드를 세우고 있던 빈터에 다다랐다. 거의 그 근처까지 가서 속도를 늦추고 걸어서 다가갔다. 프랑수아즈가 뒤를 돌아보았다. 나는 다짜고짜 말했다.

"뭔가 핑계가 있어야 한다는 건 알지만 핑계는 늘 바보 같죠. 당신을 알려면 어떻게 해야 해요?"

그녀는 의아한 표정으로 나를 바라보았다. 적대적이지는 않았지만 내 말을 들어주려는 낌새도 보이지 않았다. 그러다 갑자기 그녀가 미소를 지으면서 이렇게 대답했다.

"방법을 나보다 잘 아실 것 같은데요!"

"몰라요! 알면 내 원칙이고 뭐고 무시하고 이렇게 따라왔겠습니까!"

"나도 가끔은 그래요. 당신은요?"

"네, 그래요. 하지만 후회하죠."

"나는 아무것도 후회하지 않아요. 내 원칙을 접을 때는 그럴 만한 가치가 있어서 그러는 거죠. 게다가 나는 원칙이랄 게 없어요. 적어도······."

"······사람을 알아가는 방식에 대해서는 말이죠!"

그녀는 나의 돌발적인 접근에 겁을 먹기보다는 놀란 것 같았다. 나는 그 점에 양해를 구하고 싶었다.

"맞아요, 원칙을 따지느라 누군가를 알 기회를 놓친다면 바보 같죠."

"하지만 그럴 만한 가치가 있는 일인지 알아야겠죠."

"두고 보면 알지요!"

나는 숨을 골랐다. 달랑 스웨터 바람으로 뛰쳐나온 터라 칼바람이 몸으로 파고들었다. 나는 도로 수줍어졌다. 이제 무슨 말을 해야 할지 알 수 없었다. 그녀가 먼저 침묵을 깼다.

"어쨌든, 우연을 기대하는 분은 아닌 것 같네요!"

"그 반대예요, 내 인생은 우연의 연속인데요."

"그래 보이지 않아요."

나는 태연한 체하려고 괜히 그녀의 모페드를 바라보았다.

"눈길에 이런 거 타고 다니면 위험해요."

"습관이 들어서 괜찮아요. 시내에서만 타요. 집에 갈 때는 버스를 타죠."

"어디 살아요?"

"소제에 살아요, 세이라 위에요."

"우리 언제 볼까요?"

"언젠가 만나게 되면요."

"우리는 결코 못 만나요."

"그래도 만날걸요." 그녀는 웃으면서 말했다.

"괜찮으면 내일 봅시다……. 자정미사에서는 안 보이더라고요."

"안 갔으니까요. 나는 멀리 살아요."

"그래요, 만나서 점심 같이 해요. 괜찮나요?"

"네, 아마 보게 될 거예요. 안녕히 가세요! 얼른 가요, 감기 걸리겠어요!"

그녀는 저만치 갔고 나는 뛰어서 카페로 돌아왔다.

모피를 휘감은 모드는 아무 일 없었다는 듯 편안하게 나를 맞아주었다. 비달은 예쁘장한 금발 아가씨와 함께 왔다. 그는 그 아가씨에게 진심이라기에는 너무 들이대는 자세를 취하고 있었다. 나로 말하자면 조금 전의 행운에 자신감과 활력과 기세가 살아나 있었다. 그 자리에 참석한 이들은 내가 왜 그러는지 짐작도 못 했을 것이다. 어쩌면 자기네 문제에 정신이 팔려서 나는 안중에 없었을지도 모르지만. 오후에 우리는 산기슭 주막에 점심을 먹으러 퓌 드 파리우를 올라갔다. 내려오는 길에 모드는 비달과 금발 아가씨가 노닥거리게 내버려두고 앞장서서 나를 끌고 갔다. 그녀는 그사이에 한마디도 하지 않았다. 밤새 내린 눈 때문에 하산 길이 쉽지는 않았다.

　"당신이 와서 다행이에요." 모드는 차가 보이는 지점까지 와서 마침내 입을 열었다. "저 두 사람 사이에서 내 꼴이 볼만했겠어요!"

　"내가 올 거라 생각했어요?"

　"오지 않을 이유가 있나요?"

　"안 오려고도 했어요. 하지만 약속을 지키려고 왔어요."

　"여기 온 걸 후회해요?"

　"아뇨, 전혀요. 정말 재미있었어요."

　"진짜?"

　"그래요. 당신도 느끼지 않나요?"

나는 모드의 어깨를 잡고 내 쪽으로 끌어당겼다. 워낙 추웠기 때문에 그 포옹에 관능적인 분위기라고는 없었다.

그녀는 잠시 나에게 몸을 붙이고 있다가 이내 고개를 뒤로 젖혔다. 내 입술이 그녀의 입술에 살짝 가닿았다.

"미치겠다, 당신과 있으면 너무 좋아요!" 내가 말했다.

"금발이랑 있으면 더 좋겠지요."

"누구요? 비달이 데려온 여자요? 아뇨, 천만에요."

"둘 다 별로인데 조금 덜 별로인 쪽을 택하는 건가요!"

나는 그녀에게 다시 한번 짧게 입을 맞추었다.

"입술이 차요." 그녀가 말했다.

"당신도 그래요. 난 좋아요."

"당신 감정이 그런 거죠."

"맞아요, 순전히 우정의 키스라고 말하고 싶네요."

"그런가요!"

"내 우정을 의심하는 거예요?" 나는 여전히 그녀를 껴안은 채 물었다.

"나는 당신을 몰라요!"

"맞아요. 우리는 만난 지 24시간도 안 됐죠. 그 시간 동안도 줄곧 같이 있지는 않았고. 그런데 나는 당신이 원래 알았던 사람처럼 느껴져요. 당신은 안 그래요?"

"그럴 수 있어요! 우리는 금방 속을 털어놓았으니까."

"며칠 전부터 내가 왜 이러는지 모르겠어요. 말을 멈출 수가 없어요. 다 쏟아내고 싶어요."

"당신은 결혼을 해야 해요!"

"누구랑?"

"당신의 금발 여자와."

"그런 여자는 없어요."

"정말요?"

나는 그녀를 놓아주었고 우리는 나란히 걷기 시작했다.

"내가 당신과 결혼한다면요? 당신은 그랬으면 좋겠어요?"

그녀가 입을 삐죽했다.

"조건이 달린 이상 대답하지 않겠어요."

"무슨 조건?"

"금발일 것, 가톨릭일 것."

"누가 금발이어야 한다고 했어요?"

"비달이 그랬던 것 같네요."

"그는 아무것도 몰라요."

"어쨌든, 당신은 가톨릭을 원하죠."

"그건 그래요!"

"그것 봐요!"

"내가 당신을 개종시킬 수도 있죠."

"그랬다가는 실수하는 거예요. 특히 당신은!"

나는 그녀의 어깨를 잡고 등에 기댔다.

"그럼, 예스인가요? 우리가 얼마나 잘 어울리는지 봐요. 둘 다 더없이 편하잖아요."

"왜 아니겠어요? 당신도 비달만큼 괜찮아요!"

"하지만 비달하고 결혼하진 않을 거잖아요?"

"신의 가호죠! 하지만 나도 그렇게까지 바보는 아니에요."

"비달은 체념한 것 같더군요."

"그래야죠. 그 사람이 어제 무슨 바람이 불어서 그랬는지 모르겠어요. 결국 자기 자신을 지키기 위해서 당신을 내 품으로 떠민 거죠."

나는 그녀를 더 세게 끌어안고 모자가 달린 피코트 위로 드러난 목덜미에 입을 맞추었다.

"하지만 난 당신 품 '안에' 있지 않은데요!"

"당신이 그를 치유해준 거예요. 그러니까 당신 마음이 편안한 거죠." 그녀는 자신의 생각을 좇아 그렇게 말했다.

"어쨌든, 마음이 편하긴 해요."

"흠! 흠!"

우리는 어둠이 떨어질 무렵 돌아왔다. 비달과 금발 여자는 자기네끼리 갔고 모드는 나에게 저녁을 같이 먹자고 했다. 나는 오늘은 일찍 돌아간다는 조건으로 수락했다. 그녀와 함께

장을 보고 - 오늘은 가정부가 외출하는 날이라고 했다 - 저녁 준비를 도왔다. 우리가 요리를 함께 하는데 전화벨이 울렸다.

"누가 전화했는지 알아요?" 모드가 통화를 마치고 돌아와서 말했다. "남편이에요. 정말 친절한 사람이라니까. 툴루즈에 진료실 자리를 잡아줬어요. 아주 괜찮은 자리에……. 내가 클레르몽을 곧 떠난다고 말했었나요?"

"네, 그런 것 같아요. 언제 떠나요?"

"생각했던 것보다 빨리요. 어쩌면 한 달 후? 그 사람도 참 친절한 것 같지 않아요?"

"당신 남편 말이에요?"

"전남편이죠. 사람은 진짜 좋아요. 우리가 서로 마음이 안 맞았던 게 유감일 뿐이죠. 지금 그 사람, 클레르몽에 있어요. 일 때문에, 그리고 애인도 만날 겸."

"그 사람은 재혼했어요?"

"아뇨. 그걸 왜 물어봐요?"

"그냥요! 그럼, 당신은 날 떠나는 건가요?"

"그렇죠!"

그녀는 돌아서서 채소를 마저 썰었고 나는 가스를 켰다. 나는 그녀의 옆으로 갔다.

"내가 무슨 생각하는지 알아요? 드디어 우리가 만난 지 24시간이 됐어요. 꼬박 하루를 함께했네요." 나는 손가락으로 그녀의 머리칼을 만지작거리면서 말했다.

"하루는 무슨! 오늘 아침에 나에 대한 신의를 버렸으면서."

나는 잠시 몽상에 잠겼다가 나지막한 목소리로 말했다.

"희한하게, 사람들이 떠난다고 하면 얼마나 섭섭한지 몰라요. 나는 신의를 지켜요. 당신한테도요. 내가 알았던 여자들, 그들을 알았던 데 후회는 없어요. 그 여자들을 잊을 수 없고, 부정할 수도 없어요. 그 자체는, 잊으려 해선 안 될 이유잖아요. 한 번에 한 여자만 사랑해야죠. 플라토닉하게라도, 다른 여자에게 마음을 줘선 안 돼요."

"플라토닉은 특히 안 돼요."

나는 짧게 저녁을 먹는 동안 내처 그 주제에 대해서 근사한 말을 떠들어댔다. 모드는 교묘하게 나를 내 입장에 몰아넣었고 나는 역설을 동원해가며 그럭저럭 자기변호를 펼쳤다.

"당신 덕에 성스러움의 길로 한 발짝 나아가게 됐네요. 내가 그랬죠, 여자들은 늘 나의 도덕적 발전에 이바지했다고요."

"베라크루스의 사창가에서도 그랬나요."

"나는 사창가에 가본 적 없어요. 여기서도, 베라크루스에서도, 발파라이소에서도."

"아, 발파라이소라고 했죠. 잘못 말했네. 뭐, 상관없어요. 가봤으면 육체적으로나 정신적으로나 좋았을 텐데요."

"그렇게 생각해요?"

"바보! 나는 당신에게 자연스러운 솔직함이 부족하다고 하는 거예요."

"나는 당신에게 마음을 열었는데요. 뭐가 필요한가요?"

"사랑에 조건을 다는 당신의 방식을 못 믿겠어요."

"나는 한 번에 한 여자만 사랑해야 한다고 했어요. 그게 무슨 조건이에요."

"그게 아니에요! 당신이 계산하고, 예측하고, 분류하는 방식을 말하는 거예요. 필수 불가결한 조건은, 내 아내는 가톨릭이어야만 한다. 사랑은 그다음이죠."

"전혀 그렇지 않아요. 사상을 공유하면 사랑이 더 쉽다고 생각할 뿐이에요. 가령, 당신하고도 나는 결혼할 수 있을걸요. 애정이 그만큼 없으니까 못 하는 거죠."

"고맙군요."

"애정이 없기로는 나보다 당신이 더할 텐데요?"

"정말로 나하고 결혼할 마음 있어요?"

"교회에서 결혼했어요?"

"아뇨."

"그러면 교회의 시각에서 그 결혼은 없었던 일이에요. 우리는 교회에서 성대하게 혼례를 치를 수 있어요. 개인적으로 그건 좀 아니라는 생각이 들긴 하지만 교황도 괜찮다고 하는데 더 빡빡하게 굴 이유는 없죠."

"당신의 예수회스러운 도덕률은 참 재미있단 말이죠."

"아, 나 장세니스트 아니었어요?"

"그런 인상을 받지 못했어요."

"잘됐네요, 장세니스트들은 침울하니까!"

아홉 시 반에 나는 약속한 대로 그만 가보겠다고 했다.

"실은 당신도 쾌활한 성격 같아요. 당신을 보면 그 점은 확실해 보여요." 내가 양털 댄 외투를 입는 동안 모드가 말했다.

"네, 그건 사실이에요. 당신과 있을 때 나는 쾌활한 사람이죠."

"다른 사람들과 있을 때는?"

"을씨년스러운 인간이죠! 못 믿겠어요? 내가 당신 옆에서 쾌활한 이유는 우리가 다시 만날 수 없다는 걸 알기 때문이에요."

"그거 놀라운 일이네요!"

"우리에게 미래가 없을 거라는 생각이, 일반적인 견지에서는 슬프다는 말이에요."

"알아요, 알아. 그래도 우리 다시 봐요."

"안 될걸요. 기껏해야 한두 번이겠죠."

"왜 그렇게 말해요? 예감인가요?"

"아뇨, 논리적 추론으로 도출한 생각이에요. 당신은, 당신은 떠나잖아요."

"당장은 아니에요."

"나는 요즘 굉장히 바빠요. 일이 너무 많아요."

"어떤 일? 직장 일? 연애 쪽?"

"연애 쪽입니다! 됐어요?"

우리는 문간에 서 있었다. 나는 두 손으로 그녀의 얼굴을 감쌌다.

"그럼, 진짜예요?"

"당신을 놀리는 게 재미있어요. 어쨌든, 당신은 몰라도 돼요."

"그렇다면 뭐가 있구나!"

"네, 그렇게 생각하고 싶으면 그렇게 해요!"

나는 그녀를 내 쪽으로 끌어당겼다. 그녀가 입술을 내밀었다. 나는 입술 대신 뺨에 뽀뽀를 했다.

"잘 있어요. 우리 전화할까요?"

"당신이 먼저 해요……."

나는 차에 올랐다. 조드 광장은 일방통행이기 때문에 오전에 프랑수아즈를 만났던 빈터 앞으로 지나가야만 했다. 어슴푸레한 가로등 불빛 아래 눈발이 날리고 있었고 누군가가, 어떤 여자가 이륜차를 밀고 있었다. 아니, 그럴 리가 없어, 그녀는 아니겠지! ……아니, 그녀였다! 나는 차를 세우고 내렸다. 진짜로 그녀였다. 우리는 얼굴을 바짝 마주했다. 그녀가 소스라치게 놀랐다.

"당신이군요!"

"세상에! 오늘 아침에도 우연히 만났는데……."

"그렇게 멀리서부터 날 알아봤어요?"

"당신일 확률이 10퍼센트밖에 안 된다고 해도 차를 세웠을걸요!"

그녀가 얼굴을 구기면서 미소 지었다.

"잘 보셨네요, 나 맞아요!"

나는 곧바로 물었다.

"이걸 타고 귀가하려고요?"

"네, 버스를 놓쳤어요."

"내가 태워줄게요."

"아네요!" 그녀는 단칼에 거절했다. 그러고는 약간 언짢은 목소리로 덧붙였다. "그럴 필요 없어요!"

하지만 나는 그 말을 듣지 않았다. 나는 권위적으로 이륜차를 빼앗아서는 나무에 기대어놓았다.

"있어요, 있어. 이런 날씨에는 위험해요. 게다가 나도 그쪽 방향이에요. 집까지 데려다줄게요."

내 차를 타고 가는 동안 프랑수아즈는 자기가 생물학과 대학생이고 연구소에서 일하느라 방학 동안은 클레르몽에서 지낸다고 말해주었다. 그녀는 과거 고아원이었다가 대학생 숙사로 개조한 건물에서 지내고 있었다. 소제에 조금 못 미쳐서 눈이 많이 쌓인 가파른 비탈길로 들어서자마자 바퀴가 미끄러지는 느낌이 들었다. 후진을 하려고 했는데 차가 옆으로 미끄러지면서 길을 가로막아버렸다. 두세 번 용을 써보았지만 되레 차가 눈구덩이에 박혀 꼼짝도 하지 않았다. 이제 견인을 하는 수밖에 없었지만 그 시각에 도움을 요청할 데라고는 없었다. 프랑수아즈는 숙사에서 알고 지내는 친구가 여행을 갔으니 그 방에서 자고 가라고 했다. 우리는 차를 버리고 숙사까지 200미터 정도를 걸었다.

낡은 계단을 따라 꼭대기 층까지 올라간다. 프랑수아즈는 먼저 자기 방에서 차를 한잔 만들어준다. 나는 돕겠다고 했다.

"내가 차를 맛있게 우려요. 몇 안 되는 재주 중 하나죠."

프랑수아즈는 내 말을 곧이곧대로 받아들인다. 자동차의 말썽에 함께 가슴 졸였던 탓인지 처음의 어색함은 사라지고 없다. 전날 모드의 집에서 그랬던 것처럼 우리의 대화는 금세 진부한 화제를 탈피해 개인적인 성격을 띠었다. 전기주전자에서 물이 끓는 동안 나는 창틀에 기대어 있었다. 방은 작았고 반듯하지도 않았다. 하얀 석회벽이었고 가구도 최소한의 것만 갖추어져 있었다. 좁은 침대, 흰색 나무 탁자, 짚을 채운 의자 두 개,

책의 무게를 견디지 못해 휘어진 책장. 그러나 그 투박함이 왠지 마음 편하고 반가웠다.

"여기 참 좋네요. 내 집처럼 편안하게 느껴져요. 나는 가구가 딸린 아파트에 살아요. 주방이 있지만 거의 쓸 일이 없죠. 여기 나도 들어와 살 수 있나요?"

그녀가 웃는다.

"여기는 전부 세를 주는 방이에요. 그리고 대학생만 받아요."

"남자도 받아줘요?"

"남자도 있고 여자도 있어요. 기숙학교가 아니니까요!"

"그럼 나도 내년에는 대학에 등록해야겠네요. 내 방 좀 찜해 놓을래요?"

"클레르몽에 산 지 오래됐어요?" 그녀가 갑자기 진지한 말투로 묻는다.

"석 달 됐어요. 나는 미슐랭에서 일해요. 그전에는 아메리카 대륙에, 그러니까 캐나다와 칠레에 있었어요. 이곳에 오기 전에는 걱정도 좀 하고 그랬는데 막상 오니까 좋아요. 클레르몽은 울적하지 않네요."

"장소가 그렇다는 거예요, 사람들이 그렇다는 거예요?"

"장소 얘기죠. 사람들은 아직 잘 모르겠어요. 여기 사람들 어때요?"

"내가 아는 사람들은 다 좋아요. 그렇지 않았으면 알고 지내지도 않았겠죠."

"사람들 많이 알아요?"

"아뇨. 사실 요즘은 혼자 지내는 시간이 많아요. 하지만 그럴 만한 상황이어서."

"아, 그렇군요. 이유가 뭔데요?"

"아무것도 아니에요. 순전히 외부적인 상황이 그래요. 친구들이 있었는데 떠났어요. 재미없죠."

"나한테 하는 말이에요? 아니면 당신이 재미없다는 거예요?"

"당신이 그럴 거라고요." 그녀는 바로 이 말을 덧붙였다. "하지만 당신은 회사 동료들이 있잖아요?"

"그렇죠. 하지만 쉽게 친해지는 편이 아니어서." 나는 그렇게 말하면서 미소를 지었다.

나는 그녀를 바라보았다. 그녀도 미소를 지으면서 얼굴을 살짝 붉히더니 눈을 내리깔았다.

"식당에서 옆자리에 앉았다는 이유로, 사무실에서 바로 옆 책상이라는 이유로 누군가와 친해지는 건 바보 같아요. 그렇게 생각하지 않아요?"

"어떤 면에서는 그렇죠. 하지만……."

"하지만?"

"아뇨, 아무것도 아니에요. 사실 그렇죠. 당신 말이 맞아요."

"내가 당신에게 말 붙이지 말았어야 했다고 생각해요?"

"아뇨. 하지만 내가 상대하지 않을 수도 있었어요."

"난 항상 운이 좋았어요. 당신이 날 면박 주지 않은 게 그 증거죠."

"어쩌면 내가 잘못했을지도요. 그런 식으로 길에서 접근하는 남자에게 대답한 건 처음이에요."

"하지만 나도 모르는 사람에게 접근하기는 처음이에요. 다행히 아무 생각이 없었어요. 생각이라는 걸 했다면 감히 그러지 못했겠죠."

물이 끓었다. 나는 차를 만들었다. 우리는 탁자에 앉아 차를 마시면서 잠시 끊어졌던 대화를 계속 이어나갔다.

"내가 계속 운을 얘기하는 게 이상하지 않아요?"

"그렇게 얘기하지 않았어요. 적어도 나는 눈치 못 챘어요."

"했어요! 나는 우연을 이용하는 게 좋아요. 하지만 나는 좋은 뜻으로 하는 일에만 운이 따르죠. 만약 내가 범죄를 저지르려고 하면 실패할 거예요."

그녀가 웃었다.

"그렇다면 양심의 문제는 없겠어요."

"별로 없긴 해요. 당신은 있어요?"

"나는 오히려 반대예요. 성공이 수상쩍어 보이죠."

"그런 걸 희망을 거스르는 죄라고 부르죠. 아주 무거운 죄예요. 당신은 은총을 믿지 않나요?"

"믿어요. 하지만 은총은 결코 그런 게 아니에요. 물질적 성공과 아무 상관 없어요."

"나는 꼭 물질적 성공을 말한 게 아닌데요!"

그녀는 잠시 사이를 두었다가 신중하게 말하기 시작한다.

"은총이 양심을 부양하기 위해 그런 식으로 주어진다면, 은총이 마땅한 것이 못 된다면, 은총이 모든 것을 정당화하는 구실에 불과하다면……."

"당신은 완전히 장세니스트군요!"

"전혀 그렇지 않아요. 당신과 달리 나는 예정설을 믿지 않거든요. 나는 삶의 매 순간 선택의 자유가 있다고 생각해요. 신이 우리의 선택을 도울 수 있지만 선택은 선택이에요."

"하지만 나도 선택을 해요. 내 선택은 늘 쉬워요. 그래서 선택이 사실임을 확인하죠."

그녀는 대답을 하려고 입을 열었다가 잠시 생각에 잠겼다. 자기 생각을 말로 표현하는 방식을 두고 잠시 망설이는 듯했다. 그녀는 차를 한 모금 마시고 마침내 말문을 열었다.

"선택이 전부 비통하란 법은 없죠. 하지만 그런 선택이 있긴 해요."

"아뇨. 내 말을 잘못 이해했어요. 내게 쾌락을 주는 것을 선택해서 쉽다는 말이 아니에요. 나의 선, 도덕적 선을 위한 것을 택하죠. 예를 들어, 나는 운이 나빴어요. 어떤 여자를 사랑했는데 그녀는 날 사랑하지 않았고 다른 남자에게 가버렸죠. 그런데 그녀가 나 아닌 그 남자와 결혼한 게 궁극적으로는 잘된 일이에요."

"그렇죠, 그녀가 그 남자를 사랑했다면요."

"아뇨, '나한테' 잘된 일이라고요. 내가 그 여자를 정말로 사랑하지 않았던 거예요. 다른 남자는 처자식과 헤어지고 그 여자에게 갈 만큼 사랑했고요. 아, 물론 나는 아내와 자녀가 없으니 헤어질 필요가 없었죠. 하지만 가정이 있었다고 해도 그녀 때문에 버리진 않았을 겁니다. 그녀도 그걸 잘 알고 있었죠. 요컨대, 불운이 사실은 행운이었죠."

"그래요." 프랑수아즈는 그 이야기에 특히 흥미가 있는 듯했다. "당신은 원칙이 있고 그 원칙이 사랑보다 우선이니까. 그 여자는 당신의 선택이 이미 정해져 있다는 것을 알았을 거예요."

"나는 선택할 것도 없었어요. 그 여자가 나를 떠난 겁니다."

"당신의 원칙을 아니까 그런 거예요……. 하지만." 그녀가 열띤 어조로 말을 이었다. "만약 '그녀가' 남편과 자식이 있는데 당신 때문에 가정을 버리려고 했다면 당신이 선택을 했겠죠."

"아닙니다. 나는 운 좋은 사내였으니까요."

그녀는 웃지 않았다. 자기만의 상념에 빠져 있었다. 나는 이제 그만 잘 자라는 인사를 할 때라고 생각했다.

내가 쓸 방은 프랑수아즈의 방과 같은 층에 있었다. 그녀의 방과 마찬가지로, 벽에 회칠을 한 좁아터진 방이었다. 그래도 조약돌, 나뭇가지, 줄기 등을 벽난로 위에 올려놓거나 거울 주위에 예쁘게 매달아 놓은 노력이 보였다. 나는 신발을 벗고 침대에 누워 이불을 덮었다. 하지만 잠이 오지 않았다. 나는 다시 일어나서 침대 위 선반에 놓여 있던 책을 한두 권 훑어보았다. 주머니에서 담뱃갑을 꺼내고 성냥을 찾았다. 조금 전에 프랑수아즈의 방에 성냥을 두고 온 기억이 났다. '이 방에도 성냥은 있을 텐데'라는 생각이 들었다. 과연, 벽난로 위에서 성냥갑이 놓여 있긴 했는데 속이 텅 비어 있었다. 그래서 조그만 책상의 서랍을 차례차례 열었다. 어떤 사진이 나의 주의를 끌었다. 활짝 웃고 있는, 어찌 보면 어색한 신혼부부의 사진이었다. 하지만 성냥은 없었다. 그 방을 구석구석 뒤졌지만 성과가 없었다. 나는 복도로 나왔다. 프랑수아즈의 방 문 아래서 한 줄기 빛이 새어 나왔…….

나는 해명할 말이 필요했다. 그 순간 나를 사로잡은 생각이 너무 황당했기 때문이다. 담배는 안 피우고 넘어갈 수도 있었다. 성냥은 핑계였다. 무엇을 위한 핑계? 뭐라 말할지 모르겠다. 나는 원하던 것을 얻었고 그 이상은 바라지 않았을 것이다. 만약 프랑수아즈가 그날 밤 내 품에 안겼다면 그게 오히려 거북하고 떨떠름했을 것이다. 그건 '예정'에 없던 일이었다. 그럼, 나는 무엇을 원했나? 아무것도 원하지 않았다. 단지 내가 어디까지 갈 수 있는지, 지금까지 순조롭게 따라온 사정이 언제 나에게 현실을 일깨워줄지 알고 싶었는지도 모른다.

나는 한참을 망설이다가 문에 다가가 노크를 했다.

"들어오세요, 무슨 일인가요?"

"실례할게요, 성냥을 두고 갔어요."

그녀는 침대에 앉아 머리맡 스탠드 불빛에 책을 읽고 있었다. 나는 감히 그녀를 쳐다보지 못했다.

"벽난로 위에 있어요." 그녀가 차갑게 대꾸한다.

나는 성냥을 집어 들고 뒤도 돌아보지 않고 나오면서 "잘 자요"라고 조그만 목소리로 말한다. 이제 그녀가 대꾸나 해줄지 그것도 자신이 없었다. 그녀의 말투가 너무 차가웠다. 경멸보다는 특정한 두려움 – 내가 아니라 그녀 자신에 대한 – 을 드러낸 말투였다. 나는 그 두려움의 이유를 짐작조차 할 수 없었다. 그렇지만 내가 희망을 두었던 바로 그 지점에 그녀의 두려움이 있다는 것을, 어쩌면 나의 믿음이 그녀의 의심이라는 것을 어렴풋하게나마 감지했던 것 같다.

다음 날 아침, 내가 늘어지게 자는 바람에 프랑수아즈가 내 방으로 와서 노크를 했다. 그녀는 나를 놀리듯 미소 짓고 있었다.

"아홉 시 반이거든요? 약속 잊었어요?"

"무슨 약속요?"

"어떤 여자와 미사에 가기로 하지 않았나요?"

"맞아요, 오늘 일요일이구나. 그리고 내 차……."

그녀의 방에서 간단하게 아침을 먹었다. 우리는 커피를 마시면서 연신 서로 바라보았고 많이 웃었다. 방에서 나가려는 순간, 그녀가 쾌활한 모습으로 돌아보기에 나는 그 옆으로 다가가 두 팔로 벽을 짚어 그녀를 감쌌다. 키스하고 싶었지만 그녀가 고개를 돌렸다.

"프랑수아즈, 내가 당신 좋아하는 거 알아요?"

"그런 말 하지 마세요!"

"왜요?"

"당신은 날 모르잖아요."

"나는 사람 보는 눈이 있어요."

"내가 당신을 실망시킬 수도 있죠."

그녀는 이미 내 팔을 밀어내고 문으로 향하고 있었다.

내 이야기는 여기서 끝날 수도 있었다. 프랑수아즈로 인해

나는 모드를 위시해 그 밖의 모든 것을 잊었다. 나는 양심상 모드에게 한 번 전화를 걸긴 했지만 그녀는 집에 없었다. 그렇지만 내가 몰아냈다고 생각했던 그 밤의 기억이 수면으로 떠오르는 상황이 있었다. 그래서 프랑수아즈 앞에서 그 일을 두 번은 언급하게 됐고, 두 번 다 나는 충실한 기만으로 대처했다.

보름 후, 우리는 손을 잡고 그라 거리를 거닐며 상점들을 구경하다가 우연히 비달을 만났다. 그는 프랑수아즈에게 마치 아는 사람에게 하듯 인사를 했다. 나는 놀랐다. 프랑수아즈는 몹시 불편해 보였다.

"클레르몽은 좁은 바닥이지. 아무튼, 이 나쁜 놈! 이제 기별도 안 하냐."

"그저께 전화했었어. 네가 안 받은 거야."

"어제랑 그저께는 툴루즈에 있었어. 자, 너에게 전할 말이 있는데……."

비달이 프랑수아즈 쪽을 흘끔거렸다. 그녀는 상념에 빠져 우리 말을 듣고 있지 않는 것처럼 보였다.

"……우리의 친구는 갔다."

"그녀가 떠났어?"

"아니, 아직은. 모드와 송별 여행을 다녀왔어. 이제 막 돌아왔지. 그녀는 곧 다시 떠날 거야. 이번에는 나 없이."

"언제?"

"아마 내일일걸. 일이 금방 정리됐어."

"오늘 저녁에는 집에 있을까?"

"응, 아마도."

"내가 전화해볼게. 그럼, 또 보자!"

"새해 복 많이 받아라." 비달이 우리 두 사람을 빈정대는 눈으로 바라보면서 말했다.

나는 전화하지 않았다. 프랑수아즈에게 모드에 대해서 말하지도 않았다. 나의 미 대륙 생활에 대해서는 그토록 질문이 많던 프랑수아즈가 나의 최근 과거사에는 관심이 없어 보였다. 그녀는 비달과 나의 친구라는 여자가 누구인지 묻지도 않았다. 오히려 내가 비달에 대해서 그녀에게 물어봤다.

"비달을 알아?"

"그냥. 대학교수잖아."

"당신은 철학과가 아니잖아."

"그게, 클레르몽은 좁은 바닥이야." 그녀는 비달과 똑같이 대답했다. "아무튼, 잘 아는 사이는 아니야. 당신 친구야?"

"고등학교 동창이야. 저 친구에게 뭐 안 좋은 감정이라도 있어?"

"그런 거 아니야. 잘 알지도 못하는 사람이고, 그게 다야!"

나는 프랑수아즈가 그 얘기를 꺼린다는 느낌을 받았기 때문에 더는 묻지 않았다. 나도 더 진지한 문제들에 관심이 쏠려 있었다. 나는 프랑수아즈의 유보적인 태도를 이해하기가 힘들었다. 다소 어리석은 수줍음 때문에 그러는 건지, 나에 대한 감정이 미지근해서 그러는 건지 헷갈렸다. 나는 그녀도 나만큼 애정과 열정을 느낀다고 볼 만한 신호들을 발견했다. 그런데 그런 감정을 드러내지 않으려고 그녀 자신을 힘들게 하고 있었다. 자기 입으로는 차마 말할 수 없는, 뭔가 뚜렷한 이유가 있을 성싶었다. 나의 열정적인 고백에 그녀는 매번 어색하게 굳은 표정을 지었지만 속으로는 기쁜데 화답하지 못해 안타까워하는 눈치였다. 어떤 면에서 그녀는 극도로 예민했고 내가 쏟아내는 찬사를 못 견뎌 했다. 특히, 나에게 그녀가 유일무이한 사람, 찾기 힘든 사람, 내가 상상하고 바랐던 완벽의 극치라고 말하면 – 나는 정말 온 세상에 그렇게 외치고 싶었다 – 펄쩍 뛰었다. 그저 겸손에서 우러난 반응은 아니었다.

어느 날, 우리 두 사람은 클레르몽이 내려다보이는 언덕에 올라갔다. 눈발이 촘촘하게 떨어졌다. 나는 도시와 종탑을, 공장과 낮은 하늘에 흩어지는 연기를 굽어보았다. 나는 프랑수아즈를 만나고서 내가 여전히 다른 도시들과 맺고 있던 인연들에서 풀려났다. 그때까지는 늘 망명 생활하는 기분이었는데 이제야 세상의 중심에 온 것 같았다. 진짜 나로서, 진짜 내 자리에, 진짜 내 여자와 와 있는 기분…….

"우리는 원래부터 알았던 사이 같아……. 당신은 그런 생각

안 들어?"

"그랬으면 좋겠다." 그녀가 다소 초조하게 대꾸했다.

"뭐가 그랬으면 좋겠다는 거야?"

"우리가 처음부터 '늘' 알고 지낸 사이였으면 좋겠다고."

"나는 늘 당신을 알고 있었어! 당신을 보자마자 친숙하게 느꼈지. 완전히, 계속 알고 지냈던 사람 같았어."

나는 다가가서 그녀를 품에 안았다. 하지만 그녀는 뻣뻣하기만 했다.

"사람 인상은 어긋나기도 해." 프랑수아즈는 그렇게 말하면서 나를 밀어내려고 했다.

나는 그녀를 다시 붙잡았다.

"내가 잘못 봤어도 할 수 없지! 그리고 나는 잘못 보지 않았어."

나는 그녀의 얼굴을 잡고 입을 맞추려 했다. 하지만 그녀는 끝내 뿌리치고 나를 밀어냈다. 나는 다시 그녀를 껴안았다.

"키스해줘!"

프랑수아즈가 다시 빠져나가서는 한 발짝 걸어갔다.

"나랑 키스하기 싫어? 왜 그래?"

"아무것도 아니야."

"모르겠어, 당신 이상해." 나는 내 자리에서 꿈쩍도 하지 않았다.

"아니, 나는 분별 있게 행동하는 거야."

나에게는 그녀의 고집 센 옆얼굴과 신경질적으로 머플러를 비비 꼬아대는 손밖에 보이지 않았다.

"들어봐, 프랑수아즈. 나는 서른네 살이고 당신은 스물두 살이야. 그런데 사춘기 어린애들도 이렇게는 안 해. 나를 못 믿어서 그래? 내가 여자와 진지하게 사귀지 않을까봐?"

"아냐, 당신은 그러겠지."

"그럼?"

그녀는 잠시 뜸을 들였다. 그러고는 또렷한 음성으로 확실하게 말했다.

"애인이 있어." 그녀는 돌려 말하지 않았다.

나는 말문이 막혔다.

"당신한테? ……지금?"

"실은, 있었다고 해야겠지. 오래전 일도 아니야."

나는 가만히 그녀에게 다가갔다.

"그 사람 사랑해?"

"사랑했어."

"누군데?"

"당신은 모르는 사람. (그녀가 살짝 미소를 지었다.) 안심해, 비달은 아니니까."

"그 남자가…… 당신을 떠났어?"

"아냐, 좀 복잡해. 그 사람은 유부남이야."

"아, 그렇군."

내 목소리가 무뚝뚝하게 튀어나왔고 프랑수아즈는 울음을 터뜨렸다. 나는 잠시 그녀가 실컷 울도록 기다려주었다. 그다음에 이렇게 말했다.

"이봐, 프랑수아즈, 내가 당신을, 당신의 자유를 얼마나 존중하는지는 알 거야……. 날 사랑하지 않는다면……."

"그렇지 않아, 당신은 바보야!"

"내 말은, 나를 사랑한다는 확신이 없다면……."

"나도 당신이 좋아. 내가 사랑하는 사람은 당신이야!"

"그 사람은?"

"사랑했어. 그때는 미쳤었지. 다 잊었다고 당신에게 말할 수도 있겠지만 정말로 사랑했던 사람은 잊을 수 없잖아. 당신을 처음 만나기 직전에도 그 사람을 다시 봤어."

"그 사람을 자주 봐?"

"아니. 그 사람은 클레르몽을 떠났어. 완전히 끝난 사이라는 건 말할 수 있어. 다시는 만나지 않을 거야. 안심해, 정말 끝났어."

나는 팔을 내밀어 그녀의 목을 다정하게 감쌌다.

"이봐, 프랑수아즈. 당신이 원하는 시간만큼 우리는 기다릴 수 있어. 내가 그 일 때문에 당신을 덜 사랑하거나 덜 존중할 거

모드 집에서의 하룻밤 167

라 생각했다면 오산이야. 일단 나한테는 그럴 권리가 없어. 그리고 분명히 말할 수 있는데, 나 기분이 좋아. 응, 진짜야. 나도 당신을 대하면서 불편한 마음이 있었거든. 나도 연애를 해봤고 어떤 관계는 아주 오래 갔어. 그러니까 이제 우리는 대등해!"

"그래, 하지만 그 여자들은 유부녀가 아니었겠지."

"그래서?"

"그리고 아메리카는 멀잖아!" 그녀가 보일 듯 말 듯 미소를 지었다.

"음, 또 하나 고백할 게 있어. 우리가 처음 만난 날 아침 기억나? 그날 아침에도 나는 어떤 여자 집에서 나왔어. 그 여자랑 잤어."

이 말을 듣고 프랑수아즈는 잠시 생각에 잠겼다. 그러다 갑자기 고개를 들고 다시 평온해진 얼굴로 눈물을 닦았다.

"다시는 이런 얘기 하지 말자……. 당신도 그게 좋지?"

두 번째 언급이 있었던 때는 그로부터 5년 후다. 브르타뉴에서 우연히 모드와 만났다. 프랑수아즈와 첫째 아이를 데리고 바닷가로 내려가다가 모드와 정면으로 마주쳤다. 그을린 피부에 머리칼을 휘날리고 있던 모드는 예전보다 더 아름답고 젊어 보였다. 나는 모드에게 내 아내를 소개하고 싶었다.

"그런데, 우리 아는 사이죠? ……뭐, 얼굴만 알지만. 결혼 축하해요……. 왜 나에게 연락 안 했어요?"

"툴루즈 주소를 몰랐어요."

"내가 떠나기 전에 전화할 수도 있었잖아요."

"전화했어요. 했을걸요."

"거짓말하지 말아요. 내가 기억력이 좋거든요. 비겁하게 사람을 저버려놓고는……." 그녀는 프랑수아즈를 향해 싹싹하게 미소 지으면서 이 말을 덧붙였다. "뭐, 당신한테도 이유가 있었겠죠."

프랑수아즈는 안절부절못하면서 그 자리에서 벗어날 구실만 찾고 있었다. 그녀가 아들의 손을 잡고 이렇게 말했다.

"애가 놀고 싶어 해서…… 먼저 실례할게요."

프랑수아즈가 저만치 멀어지자 모드가 말했다.

"그렇구나. 저 여자였어. 희한하기도 해라. 내가 왜 그 생각을 못 했을까."

"저 여자?"

"그래요, 당신 아내, 프랑수아즈."

"당신한테 저 사람에 대해서 말한 적도 없는데?"

"뭐라고요! 금발의 가톨릭 신붓감 얘기를 그렇게 해놓고서. 나는 기억력이 좋답니다!"

"그땐 저 사람을 만나기 전이에요. 어떻게 당신한테 저 사람 얘기를 할 수 있겠어요?"

모드 집에서의 하룻밤

"왜 거짓말을 하죠?"

"내가 저 사람하고 처음 말해본 게 그날…… 내가 당신 집에 갔던 저녁 바로 다음 날이에요."

"저녁? 밤이라고 해야죠. '우리의' 밤. 난 아무것도 잊지 않았어요. 당신은 그 밤에도 계속 저 여자 얘기를 했죠."

"그래요…… 어떻게 보자면 그 말은 맞네요."

"저 여자는 내 얘기 안 하던가요?"

"당신 얘기를? 왜요?"

"아무것도 아니에요……. 당신네는 여전히 잘 숨기고 사는군요. 됐어요, 이미 식은 재를 들쑤시지 맙시다. 뭐, 다 옛날얘기니까!"

"그런데 당신은 진짜 하나도 안 변했어요!"

"당신도 그래요."

"그런데 아주 머나먼 일처럼 느껴지기도 해요."

"다른 일보다 더 멀게 느껴질 것도 없고, 결국은 다 마찬가지죠……. 나 재혼하는 거 알아요?"

"축하해요."

"축하할 일은 아니에요! 별로예요. 요즘 들어 안 좋게 흘러가고 있어요. 어떻게 해야 잘하는 건지 모르겠지만 나는 확실히 남자 운은 없었네요."

그녀가 희미하니 서글프게 미소지었다. "……다시 만나서 반가 있어요. 비록 알게 된 사실이…… 음, 그 얘기는 하지 않는 게 좋겠다."

그녀가 손을 내밀었다.

"자, 그럼, 잘 가요!"

"여기 오래 있을 건가요?"

"아뇨, 오늘 저녁 떠나요."

"클레르몽에는 가끔 와요?"

"아뇨, 한 번도 안 갔어요. 당신은 툴루즈에 올 일 있어요?"

"절대 없죠. 그래도 사람 일은 모르는 거죠. 어쩌면 5년 후에 우리가 또 볼지!"

"그래요, 5년 후. 얼른 가세요. 내가 끔찍한 얘기를 한다고 당신 아내가 오해할지 몰라요."

나는 맨발로 모래를 헤집고 있던 프랑수아즈 곁으로 돌아갔다. 그녀는 의문과 두려움이 가득한 눈으로 나를 한 번 쳐다보더니 고개를 숙였다.

"모드가 당신한테 인사해달래. 오늘 저녁에 남편과 배로 돌아간대. 희한하네, 나는 당신과 모드가 아는 사이인 줄 몰랐어……."

프랑수아즈가 몹시 놀라는 얼굴을 했다. 나는 계속해서 말했다.

"모드가 클레르몽을 떠날 때만 해도 내가 당신을 몰랐지

……. 아, 아니다! 당신을 막 알게 된 때였구나. 우리보고 하나도 안 변했대. 저 여자도 참 그대로네…….”

프랑수아즈는 마음의 동요를 감추려고 괜히 모래를 한 줌 집었다가 손가락 사이로 흘려보냈다. 나는 내 말이 그녀를 침묵으로 몰아넣는다는 것을 눈치채지 못했다.

"……희한하네, 못 본 지 5년이나 됐는데……. 사람들은 참 안 변해! 못 알아본 척할 수도 없었어! 그리고 참 좋은 여자거든……. 알아? 내가 당신을 처음 만났던 아침에 바로 저 여자 집에서 나왔거든. 하지만…….”

나는 '아무 일도 없었어'라고 말하려다가 순간적으로 깨달았다. 프랑수아즈가 혼란스러워하는 이유를. 나에 대해서 뭔가를 더 알게 되어서가 아니라 내가 자기에 대해서 뭘 더 알게 됐을까봐 안절부절못한다는 것을. 사실, 나도 그 순간에 – 그 순간에야 비로소 – 알았다. 그래서 나는 정반대로 말했다.

“그게 나의 마지막 일탈이었어. 참 이상도 하지. 하필 그녀였다니. 그렇지 않아?”

“웃기는 일이긴 하지. 어쨌든 옛날 일, 아주 오래전 일이야. 그 얘기는 하지 않기로 했잖아.”

“그래, 하나도 중요하지 않은 일이야. 수영할까?”

나는 프랑수아즈의 손을 잡고 파도를 향하여 달려갔다.

La Collectionneuse
✦
수집가

아이데

아이데는 얼굴이 동그랗고 광대뼈가 튀어나왔다. 커다란 초록 눈, 들창코, 도톰하고 선이 뚜렷한 입술. 머리가 꽤 작고 어깨는 넓고 각졌다. 가슴은 동그랗고 약간 들려 있으며 배는 납작하고 이집트 여자들처럼 골반이 좁다. 허벅지가 길고 탄탄하며 무릎이 섬세하고 발목은 가늘어서 탄력 있는 걸음걸이가 돋보인다. 수영 실력이 선수급이라서 남자들 상대로도 너끈히 이긴다.

다니엘

다니엘 - 다니엘 포메뢸이 우리 이야기의 인물이 되어주었다[12] - 은 1960년대에 붓을 집어던지고 오브제 제작에 뛰어든 화가들 중 한 사람이다. 미술평론가 알랭 주프루아는 그들을 '오브젝퇴르Objecteurs[13]'라고 지칭하고 동일 제목의 기사를 『콰

---

12 실제로 다니엘 포메뢸이 다니엘 역을 맡아 연기했다.
13 (원주) 포메뢸 외에도 레노, 아르망, 스포에리, 쿠도 등이 있다.

드름』에 기고했다. 1966년의 일이다. 주프루아가 다니엘의 집을 방문했다. 그가 최신작 중 하나에 감탄한다. 작은 노란색 물감통에 면도날들을 빙 둘러 부착한 작품. 평론가가 그 작품을 들고 요리조리 살펴보았다. 그는 이렇게 평했다.

"다들 자신의 끝까지 가봐야 해. 그렇게 해보지 않은 사람들은 베르사유 정규군 같아. 그들은 자신의 끝까지 갔던 사람들을 포위했어. 자신의 끝까지 가는 사람들은 필연적으로 포위당하고 공격적으로 변하지……. 예를 들어, 이게 완벽해. 더 잘 만들 수가 없어. 이런 건 유일해. 어떤 것에도 근거하지 않되……아야!"

그는 손가락을 베였다. 엄지에서 핏방울이 흐른다.

"면도날 같은 독자적인 사유로 둘러싸여 있어. 들고 있을 수가 없네, 보면 알지!"

다니엘이 미소를 짓는다.

"일부러 그렇게 만든 거야."

"자네는 사람들이 자네 작품에 베이는 게 좋나?"

"응, 하지만 자네는 아니야. 자네가 이미 칼날이니까 그럴 필요는 없지."

"베이는 건 거북하지 않아. 어차피 나는 위험한 사람들하고만 어울려 지내. 자네를 보면 18세기 말의 멋쟁이들이 생각나. 그들은 겉으로 보이는 모습에, 남들에게 일으키는 효과에 극단적으로 신경을 쓰고 살았지. 그게 이미 대혁명의 시작이었어. 멋은 어떤 거리를 만들어내지……"

그는 다니엘을 응시한다. 다니엘은 군청색 셔츠에 노란색 편물 넥타이를 보란 듯이 매고 있었다. 주프루아가 말을 잇는다.

"……자네는 그런 거리를 만든단 말이지. 오브제로 그렇게 하기도 하지만 자네는 오브제 없이도 할 수 있어. 면도날은 말이야. 침묵일 수도 있고…… 멋부리기일 수도 있어. 어떤 노란색……"

아드리앵

아드리앵과 그의 세계를 그리려면 전원으로 이동해야 한다. 이 사건의 외부 인물인 로돌프의 집 공원으로. 우리는 그 인물에 대해서 이 이야기에서 몇 번이나 언급될 로돌프라는 이름밖에 모를 것이다.

6월 초다. 나무는 아직 초록이 짙다. 새들이 날카로운 고음으로 지저귄다. 아드리앵은 두 여자와 대화 중이다. 둘 다 대단한 미인들이고 아드리앵처럼 단순하면서 세련된 옷차림을 하고 있다. 여자들의 머리칼이 어깨 위에서 흩날린다. 한 명은 금발, 다른 한 명은 갈색 머리다. 네르발을 기리는 뜻에서 그들을 제니와 오렐리아라고 부르기로 하자.

그들의 대화 주제는 사랑과 아름다움이다. 두 여자가 완전히 정반대되는 의견을 개진한다. 오렐리아는 아름답다고 느끼는 사람을 사랑하게 마련이라고 주장한다. 제니는 사랑하기 때문에 상대가 아름다워 보인다고 말한다. 아드리앵은 제니의 주장에 좀 더 기운다.

"굉장히 못생겼지만 한없이 멋진 남자가 있을 수 있어. 그런 남자를 사랑하면 추는 자동으로 미가 돼."

"나는 못생겼다고 생각한 사람에게서 멋을 느낀 적이 없어. 그런 건 불가능해. 못생겼으면 그걸로 끝이야." 오렐리아가 말했다.

"뭐가 끝이라는 거야?" 제니가 묻는다.

"뭐가 됐든 끝이라고! 심지어 피상적인 관계조차도 불가능해. 그 사람이랑 5분 동안 차 마시는 것도 싫어. 상대가 정말 추하면 난 가버려. 너희들이 보기에 못생긴 사람하고 내가 친해지는 거 봤어?"

"그렇지만 나의 우정에 미와 추는 문제가 되지 않는걸. 나는 나랑 친한 사람이 잘생겼는지 못생겼는지 모르겠어."

"5분 만에 친구가 되지는 않지. 여러 번 봐야 친해져. 그런데 추하다고 생각하는 사람을 어떻게 여러 번 봐? 나는 그냥 피해 버려. 안 되는데 어떡해!"

"추함은 문제가 안 돼. 아름다운 사람이 아무리 많아도 나는 아름다움 이상의 그 무엇이 있는 사람들에게만 끌려. 절대적인 미모의 인물에게는 질릴 것 같아."

"내가 그리스적인 미를 말하는 게 아니잖아. 절대미는 존재하지 않아. 누군가가 아주 사소한 이유로 아름다워 보일 수 있어. 코와 입 사이의 어떤 특징, 그걸로도 충분해."

"그럼 아무나 네 마음에 들 수 있겠네." 아드리앵이 말했다.

"아냐!"

"적어도 기회는 있겠지."

"어휴, 아니라니까! 그게 비극이지. 내가 아름답다고 생각한 사람은 극소수야. 그래서 나는 인간관계가 말도 안 되게 좁지. 나는 꼴보기 싫은 사람은 두 번 다시 안 봐. 그런데 꼴보기 싫은 사람이 하나둘이 아니니……."

"생각이 바뀐 적은 없어? 한 번도?" 제니가 묻는다.

"없어. 나는 내가 모르는 사람 집에 저녁 먹으러 가자는 말을 들으면 '그 사람은 무슨 일 해?'가 아니라 '그 사람 인물은 괜찮아?'라고 물어보지."

"추한 사람은 빼도 박도 못할 죄인이야?" 아드리앵이 묻는다.

"응."

"지옥에 가?"

"응, 그럴 만하지. 추는 다른 사람들에 대한 모욕이야. 사람은 자기 외모에 책임이 있어. 가령 어떻게 말을 하느냐에 따라

코의 움직임이 다르고 어떻게 생각하느냐에 따라서 더 늙기도 해. 게다가 나는 부동의 미를 말하는 게 아니야. 움직임, 표정, 걸음걸이, 그런 게 다 중요하지……."

오후가 끝나가는 때, 아드리앵과 제니는 정답게 팔짱을 끼고 공원 한쪽을 거닌다. 해가 이웃 숲의 꼭대기로 떨어지면서 그림자가 길어지고 빛은 힘이 빠진다.

"런던에는 얼마나 있을 예정이야?"

"적어도 다섯 주."

"패션 촬영 때문에 계속 매여 있을 것 같아?"

"아니, 그렇지만 만나기로 한 친구가 많아. 나는 7월의 런던이 참 좋아."

그들은 멈추었다. 아드리앵이 제니와 마주본다. 제니가 두 팔을 그의 목에 두른다. 두 사람은 서로 눈을 보았고 그 후 오랫동안 입을 맞춘다. 한참 있다가 제니가 떨어져 나와 꿈을 꾸듯 고개를 숙인 채 제자리에서 맴을 돈다.

"차라리 바닷가에 가자. 로돌프가 별장 빌려준대." 아드리앵이 말한다.

"할 일이 너무 많아."

"조금 전에는 그렇게 말하지 않았잖아. 단 며칠이라도 다녀오자."

"그럴 것까진 없어. 네가 런던에 오면 되잖아?"

"내가 거기 가서 뭐해?"

"바닷가에 가면 뭐할 건데?"

"사업과 관련된 사람들을 만날 거야."

"사업? 내가 네 사업을 믿은 적 있어? 알잖아!"

"판매에 입회하고 출자자도 닦달해야 해. 중국 골동품 수집가인데 내 화랑에 투자하고 싶어 해."

"오히려 런던에 가면 너에게 도움 될 사람들을 많이 만날 수 있을 것 같지 않아?"

"나는 믿을 만한 사람들만 만나고 건실한 일만 해. 그리고, 일단 가자. 보면 알아."

"안 가."

"왜?"

"우리 중 누구 하나는 이따금 건실한 일을 해야 하니까."

"내가 건실하지 않다는 거야? 왜 너는 함께 있을 수 있는데 늘 딴 데로 가버려? 너랑 가고 싶어. 정말 그랬으면 좋겠다고."

"왜 네가 런던에 가는 건 안 돼?"

"말했잖아, 그럴 수가 없다고."

"좋아, 그렇다면……"

제니가 갑자기 아드리앵을 두고 혼자 공원 위쪽으로 향한다. 아드리앵은 그녀를 바라볼 뿐 반응하지 않는다. 잠시 후, 그도

발걸음을 옮긴다. 의자에 앉아 있는 오렐리아와 제니를 본척만 척 지나쳐 집 안으로 들어간다. 꼭대기 층까지 계단을 올라간다. 소일거리를 찾는 사람처럼 이 방 저 방을 오가다가 잡동사니 몇 개에 꽂혀서 감정이라도 하듯 관찰한다. 그러다가 어느 문을 쓱 밀고 들어간다. 서랍장 위에 1925년에 만들어진 소형 누드 조각상이 있다. 아드리앵이 그 조각상을 들고 이 각도 저 각도로 살핀다. 마침 비행기가 집 위로 지나가는 중이다. 비행기 소음에 다른 소리는 다 묻혔다. 하지만 비행기가 저만치 멀어지자 비로소 그 방에서 뭔가가 들썩거리는 소리와 신음이 귀에 들어온다. 아드리앵이 고개를 돌린다. 침대를 차지한 남녀가 있다. 그는 얼른 그 방을 박차고 나온다. 하지만 그의 눈이 여자의 눈과 마주쳤다…….

아드리앵 이야기

도착하자마자 다니엘에게 그리 좋지 않은 소식을 들었다. 로돌프가 초대한 여자가 머물고 있어서 우리의 휴식에 방해가 될지도 모른다나.

"뭐라고 부른다고? 마이테?"

"아이데."

"그게 뭐가 문제야. 게다가 나는 여자들한테 다 똑같이 관심 없어. 어떤 사람인데 그래?"

"그냥 그런 여자야, 얼굴이 동그랗고 머리가 짧아……. 매력 있어."

"여기서 자?"

"기본적으로는 그래. 여기저기서 빌붙어 지내는 듯. 가끔은 남자들하고도 오고……."

나는 혼자 있고 싶었지만 다니엘은 함께 있어도 나에게 부담 되지 않는 사람이었다. 한 해 내내 정해진 일과나 일정 없이 지내던 나는 규칙을 두고 싶었다.

꼭대기 층의 내 방은 수도원처럼 철제 침대만 놓여 있었지만 마음에 들었다. 일단 일찍 일어나기로 했다. 내가 새벽빛을 보는 때는 밤을 꼬박 새우고 난 다음밖에 없었다. 나는 이제 아침을 일반적인 방향에서 읽어내기로, 다시 말해 지구상의 존재들 대부분과 마찬가지로 기상과 시작 개념과 연결해서 읽기로 작정했다. 활력과 압박감을 동시에 느끼면서.

내 생활 리듬을 몇 시간 앞당겨서 저녁 즈음에는 충분히 지쳐서 외출의 유혹에 빠지지 않도록 하는 것이 중요했다. 그렇다면 무엇으로 소일하고 싶었나? 그냥 '아무것도' 하지 않기. 나는 한 번쯤 진정한 휴가를 누리고 싶었다. 내 일은 남들이 일을 하지 않을 때 으레 시작되곤 했다. 저녁 모임, 주말, 바닷가, 산에서.

하지만 그해에는 오로지 내 화랑 일에만 관심을 쏟았다. 그

일 말고는 안중에 없었고, 준비 단계를 마치고 이제 기다리기만 하면 되는 때가 왔다. 10년 만에 처음으로 할 일이 없는 시간이 주어졌으므로 나는 정말 아무것도 하지 말아보자는 계획을 세웠다. 그동안 경험해보지 못한 수준까지 무위도식을 밀고 나갈 작정이었다.

로돌프의 별장은 18세기 말 시골 귀족 집처럼 생겼다. 일층에 테라스가 있고 위로 두 층이 더 있으며 합각에 둥근 창을 낸 집. 반쯤 무너진 아치가 딸려 있는 낡은 집은 코르크 떡갈나무 숲 기슭에 자리 잡고 있었다. 굴곡진 오솔길이 그 숲을 가로질러 작은 만으로 이어지는데 거기까지 가면 약간 바닷가 분위기가 났다. 오전에는 그쪽에 인적이 없었다. 사람 목소리가 철썩이는 파도 소리, 매미의 울음에 겹칠 일이 없었다. 나는 그 순간의 인상에 집중하는 데 방해가 되는 모든 추억을 차단했다.

그 정도가 아니라, 아예 생각을 하지 않으려고 노력했다. 마침내 홀로 바다를 마주하는 것이다. 유람선과 휴양지의 관례에서 벗어나 매년 미뤄왔던 어린 시절의 꿈을 실현한 셈이었다. 화가 혹은 자연학자의 호기심에서 벗어나, 다 비워낸 눈으로 바다를 바라보고 싶었다. 내 마음이 시키는 대로 살았다면 수집과 식물 채집을 평생의 업으로 삼았을지도 모른다. 나는 보라색 성게와 갈색 바닷말을 배경 삼아 갈마드는 빛과 그림자만

하염없이 바라보았고 물에 들어가 일종의 마비 상태에 빠졌다. 온몸에 힘을 빼고 움직임을 최소화하면서 물에 둥둥 떠 있으면 기분이 좋았다. 그러한 수동적 상태, 완벽한 여유는 그 계절에 처음 바다를 접할 때 느끼는 행복 이상을 추구하기 위한 것 같았다. 나는 한 달을 대략 그런 식으로 보내리라 상상했다.

그렇기 때문에 다니엘 아닌 다른 사람이 별장에서 지내는 것을 참기 어려웠다. 정작 세상에서 유일하게 내 곁에 두고 싶은 여자는 먼 곳에 가 있었다. 나는 내 편에 섰다. 그녀의 생각을 멀리 밀어내기란 – 영원히, 내 생각은 그랬다 – 그리 고통스럽지 않았다. 그러나 다른 여자의 존재를 참을 수 있을 정도는 아니었다. 하물며 로돌프가 돌봐주는 시시껄렁한 여자들 중 한 명이라니.

다니엘도 나의 규칙을 따르게 하려 했지만 허사였다. 그는 여전히 내가 해수욕을 마치고 하루 일과를 거의 끝낸 기분으로 돌아올 즈음에나 침대에서 일어났다. 나는 해수욕 외의 시간은 주로 테라스 앞에 우뚝한 초록 떡갈나무 그늘에서 책을 읽으며 보냈다. 그냥 손에 맨 처음 잡히는 책을 읽었다. 장자크 루소의 플레이아드 전집 제1권. 내가 독서를 무위도식으로 간주한다는 이유로 다니엘은 짜증을 냈다. 그 역시 나름대로 무위를 추구하되 나보다 훨씬 더 솔직하고 과격한 방식에 기대고 있었다. 그 방면에 관한 한 그를 진정한 고수로 보지 않을 수 없었다.

"네가 정말로 아무것도 안 해?" 그는 묻곤 했다.

"응."

"아무것도?"

"진짜로, 실증적으로 아무것도 안 해. 여기 온 이후로 다 손 뗐어. 점점 더 아무것도 안 하고 있어. 이런 식으로 차차 완전한 무위에 도달할 거야."

그는 내 옆 나무 그늘에 드러누워 자기 머리 위 무성한 가장귀를 쳐다보고 있었다.

"그건 아주 어려워. 어마어마하게 공을 들여야 할걸."

"나는 그냥 자연스럽게 되던데. 성향이 그런가."

"응, 하지만 자기 본성을 따라가는 게 본성을 억누르는 것보다 피곤해. 게다가 네가 아무것도 안 한다고 할 순 없지. 책을 읽잖아."

"책을 안 읽으면 생각을 하게 되잖아. 생각이 실은 제일 골치 아프고 시간 잡아먹는 일인데? 우리는 생각을 너무 많이 하는 것 같아. 독서는 특정한 방향으로, 그 책의 방향으로 생각하게 만들지. 나의 방향으로 생각을 하고 싶지 않아서 책을 읽는 거야."

"맞아, 평생을 살면서 진짜 생각다운 생각은 서너 가지가 다지. 늘 생각을 하는 사람은 없어."

"그거야. 나는 아무것도 찾지 않아. 그냥 책이 눈에 보이면 읽는 거야. 루소가 보이면 루소를 읽지. 하지만 돈키호테를 읽을 수도 있어. 지금은 여자를 사귈 생각이 전혀 없어도 예쁜 여자가 내 품에 뛰어들면 그냥 받아들이는 것처럼."

"아이데가 네 침대에 들어온다면?"

"누구? 아, 그 여자! 왜? 그 여자가 네 침대에 들어온 적 있어?"

"아니. 그 여자는 늘 누가 있어. 그리고 24시간에서 48시간 정도는 신의를 꽤 잘 지키더라……."

별장에 도착하고 사나흘이 지났다. 새벽 두 시에 옆방에서 사람 말소리, 발소리, 수돗물 트는 소리가 나서 자다가 깼다. 소음이 제법 오래가기에 나는 조용히 해달라는 뜻으로 그쪽 벽을 한 번 쳤다. 다음 날, 해수욕을 마치고 정오에 즈음해 돌아왔다가 그 방 창에 어떤 여자가 자기 또래 남자와 서 있는 것을 보았다. 나중에 내가 그늘에서 책을 읽고 있을 때 그들이 잔디밭으로 내려왔다. 다니엘에게 얘기를 들었을 때는 예전에 로돌프의 집에서 보았던, 귀찮게 달라붙고 짜증 나게 했던 여자를 상상했다. 하지만 아이데와 그 여자의 닮은 점은 머리모양밖에 없었다. 그리고 거리가 멀어서 얼굴에서 특별한 인상을 받지는 못했다. 내가 관상을 잘 보는 편은 아니다. 하지만 무슨 상관인

가. 어차피 그녀의 사정에, 그리고 그녀에게도, 나와 뜻을 맞춰 가면서 지낼 기회는 주지 않을 작정인데. 그녀는 풀을 쪼아먹는 닭들에게 조약돌을 던지고 있었다. 정원사가 키우는 닭들이었다. 그녀가 돌멩이가 닭에게 명중할 때마다 히스테리컬하게 까르르 웃었다. 너무 멀리 던진 돌멩이가 내 발치에 한 번 떨어졌다. 나는 인상을 확 쓰면서 고개를 돌렸다. 그녀는 미안하다는 몸짓을 대충 해 보였다.

하지만 그녀는 며칠 전 로돌프의 시골 본가에서 남자와 침대에 있을 때 다짜고짜 들이닥쳤던 사람이 나라는 것을 알아보았다.

"우리 본 적 있죠." 점심을 먹으러 테라스로 갔더니 그녀가 더없이 천연덕스럽게 말했다. 다니엘과 나는 그 자리에서 아이데가 데려온 그 샤를리라는 남자를 곯려주려고 했다. 샤를리는 자신의 정복을 그다지 자랑스러워하지 않는 것 같았고 아이데는 우리가 하는 짓이 재미있다는 듯 구경했다.

샤를리가 '무슨 일'을 하는지 묻기에 나는 의사이고 시력 전문가라고 대답했다. 그러고는 프리쉬니크[14] 같은 데서 사는 안경보다 다니엘 것처럼 철제 안경테에 끼운 작고 파란 렌즈가 더 좋다고 말했다.

---

14 프랑스 전국에 널리 퍼져 있던 대형 잡화점. 2003년에 폐업했다.

"싸구려로 아무거나 사면 위험하죠."

"하지만 이건 싸구려가 아닌데요! 1만 5000프랑이나 줬어요. '폴라로이드' 제품이에요!"

"네, '편광'은 완전히 케케묵은 이론입니다." 나는 다 안다는 듯이 대꾸했다. "지금은 색상으로 태양광을 효과적으로 보호한다는 옛날 생각으로 돌아가는 추세죠. 해로운 태양광선을 차단하는 색으로는 파랑과 마젠타, 두 가지가 있어요."

나는 다니엘의 안경을 샤를리에게 건넸다. 그는 세상 둘도 없이 진지한 얼굴로 그 안경을 써보았다.

"'마젠타'가 뭡니까?"

그가 안경 쓴 모습이 어찌나 그로테스크하던지 셋 다 박장대소했다. 나는 샤를리가 그 자리를 박차고 나갈 줄 알았다. 하지만 그는 디저트까지 다 먹고 아이데를 자기 오토바이에 태웠다.

다음 날 밤도 옆방의 소음은 계속됐다. 목소리를 들으니 그 남자가 맞았다. 나는 벽을 주먹으로 쾅 치면서 "아가씨, 조용히 좀 합시다!"라고 소리 질렀다. 그날 밤 이후로는 더 봐주지 않겠노라 작정했다. 다음 날 정오에 '샤를리'가 테라스에 내려오자 다니엘이 나섰다.

"형씨, 여기서 나가주시죠."

샤를리는 그를 등지고 돌아섰다.

"나는 당신한테 볼일 없어요. 알지도 못하는 사람인데."

이번에는 내가 나섰다.

"이봐요, 당신이 내 휴식을 방해했잖아요. 유감스럽군요. 센 놈이 법이지."

나는 그가 난간에 걸쳐놓은 스웨터를 홱 던졌다. 그가 돌아서니 다니엘이 여전히 험악한 표정을 짓고 있었다. 그 사이에 아이데가 문간으로 나와서 우리를 보고 있었다. 샤를리가 그녀에게 갔다.

"가자! 우리 아버지, 일주일은 있어야 집에 와. 우리 집으로 가자."

"싫어." 그녀는 해맑게 미소 지었다.

"뭐?"

"싫다고!"

"저 웃기는 놈들하고 같이 지낼 건 아니지?"

"맞는데?"

그는 농담이라고 생각했는지 아이데를 빤히 바라보았다. 그러더니 어깨를 으쓱하고 뒤도 돌아보지 않고 떠났다. 그가 계단으로 사라지자마자 아이데는 아침을 차려놓은 철제 탁자로 왔다. 그녀는 사발에 차를 따르더니 옛날 사람처럼 공손한 자세로 내밀었다.

그 후로 고분고분하게도 그녀는 남자를 데려와 재우지 않았다. 저녁 여덟 시 이후에는 전화 통화만 했다. 밖에 나가면 으레 새벽에, 내가 일어나는 시각에야 들어왔다. 그녀를 데려다주는 남자가 전날 그녀를 데리러 왔던 남자와 꼭 일치하지는 않았다. 하지만 어느 날 저녁, 아이데가 나에게 운전기사 노릇을 부탁했다.

"차 좀 태워줄래?"

"뭐하러?"

"약속이 있어."

"누구랑?"

"당신은 모르는 사람."

"차를 쓸 수 있는 남자를 만나."

그때 나는 테라스에서 그녀를 반쯤 등지고 앉아 있었다. 그녀는 응접실 문간에 서서 난처해하고 있었다.

"진짜 안 돼?"

"아니, 할 수 있는데 하기 싫어."

그녀는 질렸다는 몸짓을 하고는 안으로 들어갔다. 내가 다시 그녀를 불렀다.

"아이데?"

"뭐야?"

"이 딱한 여자야, 사람이 왜 그리 격조가 없어. 봐, 다니엘과 나는 소박한 삶과 덕에서 행복을 찾았어."

만화책을 산더미처럼 쌓아놓고 소파에 널브러져 있던 다니엘이 그윽한 눈길로 아이데를 바라보았다. 그 눈길에는 마음을 풀어주는 힘이 있었다.

"내일 아침 일곱 시에 나랑 해수욕하러 갈래?" 내가 말했다.

"가지 뭐."

그녀는 다니엘에게 만화책을 몇 권 빌려서 안락의자에 자리를 잡고 읽기 시작했다.

이튿날 아침에 그 방을 노크했더니 아이데는 이미 옷을 갈아입고 나갈 준비가 되어 있었다. 나는 그녀가 내 말을 곧이곧대로 받아들여서 놀랐지만 기분이 나쁘지는 않았다. 그로써 상황은 말끔히 해결됐다. 아이데도 다니엘처럼 내 고독의 일부가 된 것이다. 어차피 거기 있어야 할 여자라면 내 편으로 규합하는 편이 나았다. 그래서 나는 우리의 관계를 당장 솔직담백한 우의로 승격시켰다. 하지만 그녀가 나에게 정확히 그 반대를 바란다는 것도 알고 있었다. 그녀는 무례하면서도 정중한 구애를 원했다. 내가 여자를 대하는 방식이 좀 그렇긴 했다. 물론 아이데 말고 다른 여자에 대해서 말이다. 그래도 며칠은 우리 셋 다 서로의 일과를 배려하고 집안일을 나눠 하면서 매우 쾌적하게 생활했다. 아이데는 같이 지내기 편한 여자, 우리 기분을 잘 맞춰주면서도 우리의 행동이나 강박에 물들지는 않는 여자였다.

그렇지만 그 상황은 왠지 불안정한 면이 있었다. 아이데는 내가 가정하는 그녀의 술책을 교묘하게 감추었지만 나는 모를 수 없었다. 아이데의 그 신중함이 거슬렸다. 그래서 나는 다 엎어버릴 각오를 했다. 내가 은연중에 물렁해지느니 돌이킬 수 없이 파투를 내고 싶었다. 어느 날, 나는 절대 해서는 안 될 말을, 일부러 서툴게, 그녀에게 마구 퍼부었다.

우리는 그때 산책 중이었다. 나의 지프는 숲 기슭에 세워두었다. 나는 아주 짧은 원피스를 입고 있었던 아이데가 풀이나 덤불에 상처를 입지 않도록 다리 뒤로 모포를 대주었다. 나는 그녀보다 조금 낮은 위치에서 그녀의 정강이를 어루만지며 슬슬 삐뚤어진 말을 꺼냈다.

"프로방스 포도주가 세상에서 제일 나빠." 나는 길 반대편으로 펼쳐져 있던 포도밭을 가리키면서 말했다. "아주 고약해! 게다가 나는 이제 프로방스 포도주는 안 마셔. 좋아하지 않는 술 마시기, 하고 싶지 않은 일 받아들이기, 싫어하는 사람 만나기, 다 잘못된 거야. 심지어 아주 부도덕한 일이지. 간단히 말해, 나의 가장 큰 잘못은 첫인상을 확인해보려고 하는 거야. 일례로, 코가 마음에 안 드는 여자는 다리가 아무리 예뻐도 마음이 안 가는 걸 난 알고 있었어."

"흥, 그럼 만지지 마!" 아이데가 다리를 살짝 오므리면서 차분하게 말했다.

"그뿐만 아니라," 나는 또 말했다.

"뭐가?"

"들어봐, 아이데, 널 힘들게 하고 싶지 않아. 네가 날 쫓아다니면 내가 불편해."

"나 그런 적 없어!"

"있어! 여자가 나한테 관심 있으면 나도 안다고. 이런 상황이 아니었으면 넌 나를 가질 수도 있었을 거야. 나는 약하고 지나치게 친절하거든. 도덕적으로 행동할 줄 알아야 해. 내가 널 함께 잘 여자로 생각하면 너의 결점들이 다 보여. 그렇지만 너도 장점이 있지."

"그렇게 생각해?"

"차라리 다니엘을 공략해. 당연히 그 친구가 너보다는 한참 위지. 하지만 다니엘의 도덕은 나보다 훨씬 유연하거든."

"세상에 남자가 너희 둘밖에 없는 줄 아나 봐. 남자가 부족하진 않아." 아이데는 여전히 날을 세우지 않고 침착하게 대꾸했다.

"알아, 아이데, 너 좋다는 사람 너무 많지. 우리 둘 다 그게 비극이지……."

나의 공격은 명백한 헛발질이었다. 내가 아주 불쾌하게, 혹은 우스꽝스럽게 뱉었던 말은 그녀의 무관심이라는 잔잔한 물 위에서 미끄러졌다. 나는 그녀에게 반드시 획득하고 말 오브제에 지나지 않았다. 적어도 내가 생각하기에는 그랬다. 나의 가치는 단번에 평가되었고 내게서 비롯된 그 무엇도, 장점이고 단점이고 간에, 거기에 영향을 미칠 수 없었다.

그래서 나는 그녀를 피하는 수밖에 없었다. 나는 아침에 그녀가 잘 때 살금살금 내 방에서 나왔다. 바위 위에서 내려다보다가 그녀가 나타난다 싶으면 이쪽 만에서 저쪽 만으로 자리를 옮겼다. 하지만 그러한 숨바꼭질이 내게 소중했던 비움의 생활을 지켜주기는커녕 오히려 비극과 불균형의 요소를 몰고 왔다. 그 때문에 나는 점점 더 그녀에게 관심이 쏠릴 수밖에 없었다. 그런 점에서 다니엘은 매우 고약한 상담역이었다. 그는 특유의 수수께끼 같은 태도로 나에게 생각할 거리를 계속 제공했다.

"이봐, 나 좀 도와줘." 하루는 내가 말했다.

"나 쟤랑 밖에서 자고 싶어."

"그게 중요한 게 아니야……. 너 가져!"

"네가 가지고 나는 냅둬!"

"내가 도와달라고 하잖아."

"아니, 이 친구야, 나는 그런 일은 안 해. 저 여자랑 자. 내가 너라면 직진할 거야."

"아, 그래, 그럼 직진은 네가 해!"

"아, 싫어! 이제 애쓰고 싶지 않아. 설령 내가 그러고 싶다고 해도 잘될지 확신이 없어."

"네가 저 바람둥이 계집애를 쓰러뜨리는 건 일도 아닐 것 같은데?"

"아냐. 이제 어떤 여자도 쫓아다니지 않겠다고 결심한 지 한참 됐어. 그런 거 너무 피곤해. 하지만 너는 달라. 저 여자가 너를 쫓아다니는 거니까 받아들여. 매력 있는 여자잖아."

"그래서 싫어. 다들 침을 질질 흘리는 엉뚱한 여자들에겐 질렸어. 모두가 공유하는 여자들. 기운이 안 나."

"오! 도착증에는 나도 아직 관심 있는데! 하지만 저 못생긴 계집애와는 상관없어."

"이봐!"

"쟤는 나를 원하지 않을걸."

"좀 진지하게 굴어, 다니엘!"

"아니, 나 진지해! 여자가 많은 남자일수록 내가 보기엔 수상하다고. 중요한 건 호감이 아니라 비호감이야. 그래서 우쭐하기도 해. 저 여자의 수집품에 끼지 않는 것도 꽤 기분 좋다고!"

"하지만 나를 위해서 하는 일인데?"

"아, 됐거든?"

"다니엘, 내 친구, 나하고 멀어지기냐……."

일시적 은둔을 결심했지만 세상과 완전히 끊고 지낼 수는 없었으므로 어느 날 저녁 초대를 받아들였다. 사업상의 이유가 있기는 했지만 그날의 외출이 나의 초반 결심에 조종^{弔鐘}을 울렸음을 감추지는 않겠다. 내 생각은 웬만큼 분명해졌고 나의 크나큰 실수를 깨닫기 시작했다. 싸움은 - 만약 싸움이 있었다면 - 나와 그녀가 아니라 나와 다니엘의 문제였다. 다니엘은 우리의 아이러니와 은폐를 공격하는 면에서 놀라운 실력을 보였다. 나는 새벽에 별장으로 돌아오면서 게임이 변조되었고 으뜸패는 나한테 없다는 예감이 들었다. 그 상황에서 내 기대를 벗어나는 어떤 사실이 바로 그 순간 드러났으니…… 아이데가 다니엘의 침대에 있었다. 반쯤 열린 문 사이로 침대 위에 뒤엉킨 네 개의 다리가 보였다.

다음 날, 다니엘은 보란 듯이 아이데에게 싫은 태를 내고 있었다. 나는 그런다고 헷갈리지 않았지만 - 다니엘은 내가 다 봤다고 이미 짐작하고 있었다 - 놀랐다. 그 새로운 공략의 대가를 치르는 사람은 그녀였고, 내가 푸대접했을 때보다 훨씬 더 타격을 입은 눈치였다. 나는 그게 언짢았다.

이제 우리 둘 모두와 사이가 틀어진 그녀는 예전처럼 밤 외출을 일삼았다. 이때부터 노골적인 적의의 시대가 열렸다. 적의를 드러내는 재주로는 우리가 용호상박이었을 것이다. 나는 주로 공개적으로 비난을 했다. 다니엘은 영향력을 휘두르거나 칼같이 끊었다. 아이데로 말하자면 자기를 변호하는 사람이 없어도 끄떡없었다.

"아이데를 정의할 단어를 찾았어. '수집가.' 아이데, 너 그렇게 생각 없이 아무하고나 자다가는 가장 저급한 부류로 떨어질 거야. 순박하지만 혐오스러운 인간 있잖아⋯⋯. 그런 식으로 계속 남자를 수집하다가, 요컨대 그러다가, 큰일 난다." 내가 말했다.

"맞아. 하지만 수집을 잘하지도 못해." 다니엘이 말했다.

"나는 수집가가 아니야!"

"그런 말 하지 마, 그게 너의 유일한 장점인데."

"전혀 그렇지 않아. 나는 찾으려 애쓰는 거야. 뭔가를 발견해보려고 찾아다니는 거야. 내가 실수할 수도 있는 거잖아."

다니엘이 킬킬댔다.

"찾은 것을 취할 뿐, 수집은 하지 않는다네. 게다가 이 여자는 거리 두기라는 게 뭔지 몰라."

"아니, 나는 이용하는 거야. 아무거나 이용한다는 말은 맞을지도 몰라. 핵심은, 내가 거기서 뭔가 끌어낸다는 거야."

"아이데, 긁어모으면 결국 무더기가 돼. 무더기는 받쳐주는 게 없으면 무너지게 마련이고."

"너 역시 긁어모으잖아!"

"나야 야만인이니까. 내가 너랑 잔 건 아무 의도도 없었어."

"앞뒤가 전혀 맞지 않아. 너는 나보고 아무거나 긁어모은다고 흉보면서 똑같은 일을 자랑하고 있어!"

"너는 야만인이 아니니까 야만인처럼 행동할 권리가 없어.

수집가 197

나는 있어! 늘 어딘가에서 뭔가를 죽이고 있어야 해. 내가 너랑 잤든 안 잤든 아무 차이 없어. 나는 너를 처음 본 순간 이미 너랑 잤거든."

"어디서 아이데를 처음 봤는데?" 내가 물었다.

"춤추는 모습을 봤어. 너는?"

"사랑을 나누는 모습. 육체적인 의미로, 어떤 남자랑 침대에서 사랑을 나누고 있었어. 나는 그 방에 아무도 없는 줄 알고 들어갔었지."

"그렇다면 너도 아이데와 잔 거야. 남자들은 모두 그녀와 잤지. 잡년! 수집가는 딱하게도 수집품을 늘릴 생각밖에 없어. 수집가는 절대로 단 하나의 오브제에 만족하지 못하고 항상 세트를 갖춰야만 해. 순수와는 거리가 멀지! 중요한 것은 처분, 삭제란 말씀. 컬렉션 개념은 순수 개념과 정반대야……."

그 시기에 아이데가 최소한 나의 호기심을 차지하긴 했다. 결국 따지고 보면 그녀는 내 관심을 독차지했다. 내가 처음에는 거부했고, 그 후에는 배경의 일부처럼 받아들였던 그녀가 이제 다니엘도 뒤로 밀어낼 만큼 중심을 차지하고 있었다. 아이데가 별장에 남아 있던 어느 저녁, 나는 그녀에게 같이 외출하자고 했다. 아이데는 그러자고 하면서 다니엘에게도 같이 가자고 했지만 거절당했다. 별일은 없었지만 그 밤에 만났던 다른 여자들은 나의 파트너를 돋보이게 했고 불면의 시간과 흥분이 가세한 탓에 나는 판도를 슬쩍 바꿔버렸다. 둘 다 졸리지는 않았고, 나는 산길을 좀 걷다가 집에 들어가자고 했다. 아이데의 행동 패턴대로라면 잘 따라오리라 생각했다. 나를 정복해서 어떻게든 자기 컬렉션에 집어넣고 싶어 할 거라고. 그리고 그녀의 태도와 행동의 결과는 – 물론 다니엘과의 일까지 포함해서 – 우리가 알게 된 이후로 그녀가 나의 관심을 유발하는 가장 확실한 수단, 혹은 가장 빠른 수단이었다고 생각할 수 있었다. 요컨대 그게 목표였다면 기꺼이 인정하건대 그녀는 그 목표에 도달했다.

집에 돌아오는 길에 우리가 늘 해수욕을 즐기는 만에 가기로 했다. 거기서 좀 위험하더라도 나의 가설을 확인하고 싶었다. 나는 다니엘에 대해서 다시 말을 꺼냈다.

"알지, 다니엘을 되찾는 방법은 간단해." 나는 사근사근하게 말했다.

"이제 관심 없어."

"네가 만났던 남자들보다는 다니엘이 훨씬 괜찮지."

"여기선 그럴지도! 어쨌든, 내가 알아서 할 일이야."

"맞아. 하지만 너희가 척지고 있으니까 내가 불편해."

"이런 상황이 웃겨. 더할 나위 없는 행복이 나를 슬프게 하네."

"한 번은 특별한 사람에게 사랑받는 것도 행운이지."

"네가 무슨 상관이야?"

"마음 편하게 지내려고 여기 왔는데 네가 방해하니까."

"다들 자기에게만 충실하게 살면 나도 방해 안 할게."

"아이데, 화해하자!"

"우리가 싸웠어?"

"싸웠지!"

"쉴 새 없이 싸움을 건 사람은 너야."

"기본적으로는 허물없이 대한 건데 네가 나쁘게 받아들이는 것 같아."

"나도 너에 대해서 똑같이 생각해."

"그럼, 아무 문제 없는 거지?"

"나는 그래. 하지만 너는 배배 꼬아서 생각하기 좋아하잖아."

"나한테 너는 절반만 호감이니까……."

"우리는 다르지 않고, 그건 좋아. 같이 지내기에 문제없어."

아이데는 모래에 앉아 있었고 파도가 간간이 그녀의 발을 적셨다. 나는 약간 물러나 바위에 기대어 있었다. 아이데가 나를 돌아보면서 미소를 짓고는 한참 그대로 있었다.

"아이데! 너의 미소가 무슨 뜻일까 자주 궁금했어."

"아무 뜻도 아닌데."

"나도 그렇게 생각했어."

이제 그녀가 내게 과감하게 다가오지 않으리라는 것은 확실했다. 그녀는 조금씩 나를 끌어들이고 타협하게 만들었다. 우리는 모래에 나란히 누워서 잠들었다. 눈을 뜨니 정오가 훨씬 지나 있었다. 아이데가 나에게 딱 붙어 있다. 잠에서 깨어나 얼른 떨어지려고 하는 그녀를 붙잡는다. 내가 키스를 해도 비몽사몽이던 그녀가 문득 정신이 난 듯 나를 뿌리친다. 그 급작스러운 거부가 짜증 난다. 나는 더 세게 그녀를 붙잡고 잠깐이지만 실랑이를 한다. 아이데가 내 얼굴에 발로 모래를 뿌리고 도망간다. 나는 눈을 비비면서 자갈 섞인 모래톱에서 그녀를 쫓아간다. 그녀도 잘 못 뛰었지만 나는 더 못 뛰었다. 그녀는 별장으로 향하는 비탈길에 들어섰다. 마침 다니엘이 그 길로 내려오는 중이다. 아이데가 다니엘에게 달려가 보호를 애원하듯 껴안는다. 그는 아이데를 자기 품에 안고 빈정거리는 눈빛으로 나를 내려다본다.

"수영할래?" 내가 외친다.

아이데가 다니엘에게 귓속말을 한다.

"나 졸려. 같이 갈래?"

그러고는 다니엘을 별장으로 끌고 간다…….

첫판은 아이데가 이겼다. 나는 그녀를 모욕했고 그녀는 복수했다. 지극히 정상이다. 그녀가 정말 다니엘에게 끌림을 느꼈을지도 모르지만 나는 믿기지 않았다. 그 커플은 작위적이었다. 사이가 나쁜 척하더니 이제 지나친 애정 표현을 일삼고 있었다. 자기들끼리 연기를 하는 건지, 나 보라고 그러는 건지? 하지만 나를 의식해서 그러는 거라면, 그렇게 쉬운 여자가 내가 경솔하게 멍석도 깔아놓은 마당에 그렇게 비틀린 방식으로 날 가지려 한다? 본능이 하는 일에서 논리를 찾으려 했던 게 잘못일지도 모른다. 아이데는 즉흥적으로 공략하거나 공략당하는 것을 좋아했다. 내가 늘 그런 기회에 찬물을 끼얹고 나 좋은 때만 원하니 골이 났을지도. 그녀의 진짜 복수는 – 그녀도 알았을까? – 내 생각을 장악했다는 바로 그 사실이었다. 나는 내 정신의 기쁨과 지배를 지키고 싶었으면서 그녀가 침략한 부분을 간과했다.

당장은 그 부분이 크지 않았다. 사업이 다시 골치 아파졌기 때문이다. 여기서 하는 이야기는 당시의 당연하고도 몹시 진지한 고민에 대한 것이다. 중국 골동품 수집가와 만나는 자리를 마련해야 했다. 게다가 그는 내가 시작하려고 하는 화랑 사업의 물주가 될지도 모르는 사람이었다. 교류와 흥정에 엄청난 시간을 쏟은 결과, 나는 그 미국인 수집가가 탐내는 진귀한 송나라 꽃병을 드디어 손에 넣었다. 그 사람이 이제 곧 오기로 되어 있었다.

아이데와 다니엘의 상황은 다시 안 좋게 흘러가고 있었다. 둘 다 자기 체면을 구기지 않고 끝을 내기 원했다. 하지만 선수를 친 사람은 다니엘이었다. 그는 아주 자기다운 방식대로 셔터를 내렸다.

저녁 식사 후였다. 우리 셋 다 응접실에 있었다. 나는 안락의자에 앉아 있었고 그녀는 침대에 누워 있었으며 다니엘은 벽난로에 팔을 괴고 거울을 보면서 타일 바닥에 발을 구르고 있었다. 발 구르는 소리가 점점 커졌다. 벽이 울리기 시작했다. 나는 내 책을 내려놓고 드라큘라인지 뭔지를 읽고 있던 아이데가 언제 버럭할지 지켜보았다.

"그만해!" 그녀가 외쳤다.

다니엘은 더 세게 발을 굴렀다. 잡동사니 장식품들이 흔들렸다.

"그만하라고." 그녀가 짜증을 냈다, "그만하면 됐잖아! 저런 머저리는 보기도 힘들다니까! 가끔, 내가 여기서 뭘 하는지 모르겠어!"

다니엘이 갑자기 고개를 돌렸다.

"닥쳐, 이 머저리 계집애, 짜증 나게 하지 마. 너는 말도 하지 마. 우리 둘 다 너에게 관심을 보인 게 운좋은 줄 알아. 아드리앵 말이 맞았어. 너는 너한테 달려드는 사내새끼들하고 잘 맞

아. 너한테 뭐라도 있을 줄 알았던 내가 바보였어. 너의 그 비천한 하찮음을 벗어날 의향이라도 있는 줄 알았지……. 아이데, 난 너의 하찮음에 매혹됐어. 네가 못생겼다는 생각조차 안 했어. 네가 가장 괜찮을 때는 네 이목구비, 네 시선이 솔직하게 추해 보이는 어떤 순간들이지. 그럴 때 넌 좀 감동적이야. 하지만 네가 예쁠 때, '눈부실' 때조차도, 아, 나 좀 웃을게! 너는 미의 가장 아랫급, 미가 부재하고 타락한 단계를 나타내지……. 너는 완전히 재생 불능이야. 아, 인상파 화가라면 표현 가능할지도! 그래도 난 너 때문에 시간을 너무 많이 잃지는 않았어. 어쨌든 더 이상의 시간 낭비는 없어. 이걸로 끝. 잘 자."

다니엘은 나가다 말고 뒤를 돌아보더니 이렇게 말했다.

"난 내일 떠나. 세이셸 제도 유람선에 초대받았어."

"이런! 내가 너한테 말했던 수집가 샘이 내일 오후에 온댔어." 내가 말했다.

다니엘이 어깨를 으쓱하고 나가버렸다. 그가 쏟아내는 말에 대꾸도 못한 아이데가 그제야 분통을 터뜨렸다.

"완전히 미쳤어, 별 볼일 없는 화가 새끼. 나도 저 인간 때문에 시간만 버렸어! 나도 떠날 거야. 이 집에 일 분도 더 못 있겠어."

아이데가 전화를 걸더니 로돌프의 친구 '펠릭스'를 바꿔달라고 했다. 하지만 그 사람은 없었다.

"갈 데가 있으면 내가 차로 데려다줄게." 내가 말했다.

그녀는 대꾸하지 않고 다른 번호로 전화를 걸었다. 아무도 받지 않았다. 아이데는 성질을 내면서 전화를 끊고 잠시 어쩌지 못한 채 구시렁댔다. 그러다 결국은 나를 무섭게 쏘아보았다.

"나 안 가. 너희들뿐만 아니라 나도 이 집 써도 좋다고 허락받았어. 로돌프에게 편지를 써서 너희를 내보내라고 할 거야."

"로돌프가 네 말에 콧방귀라도 뀔 것 같아?"

"닥쳐!"

침묵이 길어졌다. 아이데는 책을 들여다보고 있었지만 글자가 눈에 안 들어오는 기색이 역력했다. 그녀는 내 시선을 느꼈고 나를 쳐다보지 않을 수 없었다. 나는 미소를 지었다. 그녀는 기계적으로 미소를 짓다가 말았다.

"다니엘이 오후 내내 이 집을 나가겠다고 선언할 생각을 했을까?" 나는 타협적으로 말을 걸었다.

"어찌 됐든 나한테는 마찬가지야. 이러는 거 정말 싫어. 아무튼, 이제 끝났어. 나는 여기 남지만 둘 중 아무하고도 말 안 할 거야. 내가 저 맞은편 방 쓸게."

"마음대로 해!"

다시 침묵이 내려앉았다. 아이데가 책을 내려놓고 멍한 표정으로 라이터를 켰다 껐다 했다. 나는 줄곧 그녀를 주시하고 있었다.

"아이테." 내가 한참 있다가 말했다.

그녀는 대답하지 않았다.

"아이테!"

"왜?" 그녀가 차갑게 대꾸했다.

"우리가 너무 못되게 굴었어."

"말 안 하겠다고 했잖아."

나는 미소를 지었다.

"이봐, 아이테. 너와 다니엘의 일은 나랑 상관없잖아. 왜 나한테 그래? 내가 너한테 뭘 어쨌다고?"

"닥쳐! 네가 다니엘의 대가리에 바보 같은 생각을 쑤셔 넣었잖아."

"무슨 생각? 나는 생각이 없어. 나는 계속 너에 대해서 좋게 말했어."

"내 홍보는 내가 해!"

"들어봐, 내가 너에게 홍보는 단 한 가지는 생각보다 유머 감각이 없다는 거야. 나는 내가 좋아하는 사람들만 비난해. 내가 정말 널 나쁘게 생각했으면 너한테 그런 얘기도 안 할걸."

아이테는 대답하지 않았다. 나는 일어나서 위스키병을 들고 잔 두 개를 채운 후 소파로 가지고 왔다.

"우리의 화해를 위해 마시자. 용서해줘, 아이테. 내가 너무 나빴어."

"설마!"

"진짜야! 네가 날 부추겼어. 난 누가 나한테 미끼를 던지면 거절을 못 해. 나는 너의 생각이 짜증 났던 게 아니야."

"나는 아무 생각이 없어."

"그래, 나는 네가 너 자신이 뭘 원하는지 모르는 게 짜증 났어. 그걸 이해하기까지 너무 오래 걸렸지."

"내가 원하는 걸 '갖지' 못했어도 내가 원하는 게 뭔지 '아는' 건 가능해."

"뭘 원하는데?"

"사람들과 정상적인 관계를 맺는 것. 어떻게 해야 하는지 모르겠지만 나한테는 늘 그게 너무 어려워. 그 부분에서는 내가 원하는 걸 가져본 적이 거의 없어……. 아니, 한 번도 없어."

"다니엘을 원했어?"

"원하긴 했지만 진심은 아니었어. 그런 건 원한 게 아니야. 나는 다니엘과 친하게 지내는 게 좋았나 봐. 어쩌면 너하고도."

"나랑은 그렇지."

"흥!"

"알잖아, 내 식으로는, 딴에는 널 좋아하는 거야. 그것도 꽤나."

"쉬지도 않고 날 비난했으면서. 다니엘은 너 때문에 날 비난하고."

"다니엘은 독자적으로 의견을 수립할 수 있어. 그리고 애초에 모든 걸 망친 계기가 있잖아. 네가 이 집에 말도 안 되는 놈들을 데려왔잖아."

"나는 아무도 안 데려왔어!"

"처음에 데려왔던 그 남자는 뭐야?"

"아, 그 사람!"

"널 데리러 오는 남자들은 뭐고?"

"그들이 날 데리러 올 만큼 머저리라고 해도 그건 그들 문제야. 게다가 나 마지막으로 외출한 게 보름 전이야."

"그래서 보름 전부터 나도 아무 말 안 하잖아. 오늘 저녁에도 뭐라고 안 했잖아."

"내 편을 들어주진 않았잖아."

"알잖아, 나 게으른 거."

"내가 가버리면 속이 시원하겠어?"

"전혀 그렇지 않아. 너 매력 있어."

"날 못생겼다고 생각하면서!"

"그런 말 한 적 없어. 네 방식은 내 타입 아니라고 했지. 하지만 너는 네 타입 그대로 완벽해."

"저급한 타입?"

"둘 사이의 타입. 게다가 내 취향이 꼭 훌륭하라는 법도 없지."

"위선자!"

나는 아이데의 손을 잡았다. 그녀는 뿌리치지 않았다.

"위선이 아니라 매력이야. 내가 널 멸시한다고 생각하지 말아줘, 아이데. 오히려 그 반대야. 너는 네가 만나고 다니는 애인들보다 백 배 천 배 나아."

"내 애인들이 아니야, 나는 애인이 없어. 애인이 있다고 해도 그 사람들은 아니야……. 그리고 난 내가 원하는 사람이면 누구든 만날 자유가 있어!"

"아니, 넌 자유롭지 않아. 내가 못생긴 여자를 공략할 자유가 없는 것과 마찬가지지."

"나 말이야?"

그녀가 손을 뺐다. 내 손은 여전히 그녀의 무릎에 놓여 있었다. 나는 그녀의 검은색 벨벳 바지의 돋을무늬를 매만졌다.

"네 경우는 다르지. 나는 늘 너 같은 여자들 때문에 시간을 버렸어. 하지만 넌 예외야. 너랑은 절대 시간을 낭비하지 않을 것 같아. 요컨대, 넌 위험한 여자야……. 넌 날 안 믿겠지. 그렇지만 단 한순간이라도 네가 내 마음에 안 들 거라고 생각했다니 이해가 안 된다."

하지만 그녀는 내 말을 듣고 있지 않았다.

"오늘 저녁은 그만. 나 졸려." 그녀가 일어났다.

그러고는 고개를 숙여 내 뺨에 가볍게 뽀뽀를 했다.

"그래. 그만 자러 가자." 내가 말했다.

아이데의 억제된 분노에서 상처받은 자부심이 처음으로 뿜어나왔다. 그래서 그날 저녁 그녀는 한없이 매력적이었다. 만약 그녀가 내 손을 잡고 자기 방으로 데려갔다면 나는 단 1초도 망설이지 않았을 것이다. 하지만 그녀는 그러지 않았다. 다니엘과 내가 입힌 모욕을 다 씻어내기 전에는 그럴 수 없었다. (어떤 방법으로 그럴 수 있었겠는가? 나는 방법을 몰랐고, 그녀는 나보다 더 몰랐을 것이다.) 나도 장난으로라도 그녀를 붙잡으려고 할 만큼 어리석지는 않았다.

"어휴!" 그녀가 먼저 가면서 말했다. "정말 기쁘다! 두 사람과 끝나서!"

"나랑은 시작도 안 했어."

그녀는 문간에서 뒤를 돌아보았다.

"했어, 질리게!"

샘은 이튿날 오후 2시에 찾아와 꽃병을 보고 탄복했다. 그가 꽃병을 감상하고 있을 때 다니엘이 트렁크를 들고 응접실에 나와서 전화로 택시를 불렀다. 내가 운전을 해주겠다고 했는데 그가 거절했다. 샘과 다니엘은 초면이었으므로 내가 소개를 했다. 그러나 다니엘은 미국인이 내미는 손을 잡지도 않고 경멸조로 웃어댔다.

"이분이 너의 '수집가'? 선생, 나는 수집가들에게 관심 없습니다. 나는 수집가를 만날 기회가 거의 없으니 당신이 아주 우스꽝스럽다고 말하렵니다."

"다니엘! 그만! 죄송합니다. 이 친구 지금 발작하는 거예요."

"나는 수집가들을 좋아하지 않아요." 다니엘은 꿈쩍도 하지 않았다. "그런 사람들 보면 못 참겠어요. 아드리앵, 난 너의 술책에 끼고 싶지 않아. 나는 사람들에게 아부할 필요가 없어, 특히 그들에게는. 잘 있어!"

그는 트렁크를 들고 자신의 '퇴장'을 거만하게 지켜보고 있던 아이데에게 손짓을 했다.

"와봐……, 너에게 할 말이 있어."

아이데는 일어나서 그를 따라갔다. 두 사람은 테라스로 나갔다. 샘은 기분이 상했다기보다는 다소 놀란 듯했다. 그는 여전히 침착했다.

"친구들도 당신만큼 돌았군요." 샘은 그렇게만 말했다.

"양해 바랍니다. 한바탕 터뜨리고 싶었나봐요. 저 여자하고 틀어져서요."

"매력적이네요. 여자친구인가?"

"아뇨, 아닙니다."

"그럼 당신 여자친구?"

"아니에요. 여기 살면서 이 남자 저 남자하고 자요. 음, 남자가 많아요. '수집가'죠."

"수집가? 나하고 공통점이 있네요! 당신도 컬렉션에 들어갔습니까?"

"아뇨."

"들어갔어야죠."

"들어가고 싶어요?"

"내가?"

"안 될 것 없죠. 세상에서 제일 쉬운 여자인데!"

"나는 어려운 여자들만 좋아합니다."

"샘! 마음이 있으면 있다고 해요."

"그게 문제가 아니죠. 내가 저 여자 마음에 들어야지."

"그건 됐어요. 내가 하라고 하는 일은 다 하는 여자예요."

"당신의 권모술수는 여전하군요!"

택시가 왔다. 차 문소리가 났다. 샘이 테라스에 다가가 밖을 내다보는데 차가 부웅 하고 떠났다. 그는 고개를 돌리고 놀리듯 내 눈을 똑바로 바라보았다.

"저 여자가 같이 떠난다는 걸 알고 그런 말을 한 겁니까?"

"떠나요? 그럴 리가 없는데."

"확신해요?"

아이데가 짐도 없이, 돈도 없이, 달랑 여름 원피스 차림으로 떠날 리 없다는 것을 알면서도 나는 잠시 당황한다. 혹시 계획적으로 꾸민 일이면? 다니엘이라면 그러지 말란 법도 없다. 아니, 나를 놀려먹은 사람은 샘이다. 테라스에서 발소리가 들리고 그녀가 햇살을 받으며 자기 자신을 희생제에 바치는 재물의 꼿꼿하고 의연한 모습으로 나타났다.

그녀에게 우리의 작전을 설명하기란 전혀 어렵지 않았다. 샘이 우리를 집에 초대했으므로 나는 그녀를 데리러 방을 갔고 그녀는 외출 준비를 했다.

"저 사람은 우리가 자기 집에서 하룻밤 묵고 가기를 바라. 그런데 나는 내일 오전에 약속이 있어서 좀 곤란해. 하지만 너는 자고 와도 돼. 내가 일 끝내고 오후에 데리러 갈게."

"내가 정확히 뭘 해야 해, 저 사람하고?"

"너 하고 싶은 대로 해. 하지만 네가 거절한다면 저 사람은 기분이 상하겠지. 다니엘도 떠난 마당에."

"요컨대, 나를 꽃병에 끼워파는 거네!"

"꽃병만이 아니야. 나한테 중요한 프로젝트 자금을 따내야 해. 화랑을 여는 일이야. 사업에서는 어떤 분위기를 만드는 게 중요해······. 우호적인 분위기."

"나는 그런 일 해주는 거 좋아. 특히 너한테······. 게다가 너랑 있는 것보다 저 사람이랑 있는 게 안전하겠어."

"그 말은 두 가지 뜻으로 들리는데." 나는 그녀의 머리칼에 가볍게 입을 맞추었다.

"한 가지 뜻밖에 없어!"

그러고서 그녀는 코웃음을 쳤다.

물론 이 공모는 나에게 허풍에 불과했다. 샘으로 말하자면, 이런 유의 허구에 장단을 맞추기 좋아했다. 아이데가 신속하게 나를 따랐으므로 나는 기분이 좋았다. 우리는 그 전날 기만적인 대화를 나눌 때보다 백 배는 더 사이가 좋아졌다. 저녁은 별일 없이 지나갔고 때가 되자 저마다 자기 배역을 성실하게 연기했다. 새벽 세 시에 나는 나가봐야겠다고 마음먹었다.

"늦었네요. 아침 일찍 니스에서 약속이 있어요." 내가 일어서면서 말했다.

"방 있으니 자고 가요." 샘이 말했다.

"고맙습니다만 두세 시간 자고 일어나면 더 힘들어요. 차라리 꼴딱 새는 게 낫죠. 그리고 이 친구를 집에 데려다주려면 빙 둘러서 가야 해요."

"아이데는 여기서 자라고 해요. 당신은 당신 마음대로 하시구려."

나는 아이데에게 물었다.

"괜찮겠어?"

"괜찮고말고!"

그녀는 환한 미소로 샘을 농락했다. 샘은 기분이 최고였다.

모든 것이 순조롭게, 지나치리만치 순조롭게 흘러갔다……. 나는 인사를 했고 샘은 저녁을 먹으러 오라고 했다. '내가 좀 자야 할 테니까' 그날 말고 다음 날 저녁을 같이 먹자는 것이었다.

실제로 나는 니스에서 작품 판매를 참관했으나 흥미로운 제안은 하나도 없었다. 그래도 거기 매여서 생각을 하지 않아도 되는 건 좋았다……. 빌라에 돌아오자마자 침대에 쓰러져서 다음 날 오전 늦게까지 한 번도 안 깨고 잤다. 그러나 일어난 후로는 별장에 가만히 있을 수가 없었다. 급히 살 것이 있다는 핑계로 시내로 나갔고 저녁이 올 때까지 이 카페 저 카페를 전전했다. 여기 내려와서 처음으로 권태를 느꼈다. 그럴 바에는 집 안이 아니라 밖에서 심심해하고 싶었다. 빨리 샘과 아이데에게 가고 싶어 안달이 났다. 거기 가봤자 알아낼 수 있는 게 없는 줄 알면서도 그랬다. 그들이 내게 진실을 감추든가 아무 일도 없었든가 둘 중 하나일 터였다. 하지만 그 둘이 게임에 돌입하면서 즐거워했을 생각을 하니 짜증이 났다. 비록 사건이 일어나지 않았어도 사건의 중심은 그들이었고 나는 배제되어 있었다. 그래서 질투가 났고, 조금이라도 질투의 여지가 있다는 것이 웃겼다. 내가 어떤 식으로든 아이데를 그리워한다고 인정할 수 없었지만 그 어느 때보다 그녀가 가깝게 느껴지긴 했다. 그날 저녁 어두운 바깥에서 내가 거부했을 법한 여자들 모두와 헷갈리지 않는, 예외적인 존재로 말이다.

샘의 별장으로 출발할 때가 됐다. 나는 여전히 나 자신과 세상 모두에 심사가 뒤틀린 상태였다. 어떤 여행자가 불분명한 프랑스어로 길을 물어봤는데 내가 얼마나 못되게 대응했는지 나 자신이 부끄러울 지경이었고 결과적으로 기분은 더 상했다. 하지만 더 불쾌하게 할 만한 일이 나를 조금 누그러뜨리기도 했다. 샘과 아이데는 완벽한 한 쌍의 연인처럼 손을 잡고 나를 맞이했다. 어울리지 않는 코미디 냄새가 났고 주인장이 만족을 얻지 못했으리라는 내 생각은 더욱 굳어졌다. 그의 공격적인 태도는 승리의 오만보다 속았다는 모멸감을 더 드러냈다. 그는 내 약점이라고 생각하는 부분을 계속 입에 올렸다. 그로써 아이데 앞에서 나를 모욕한다고 생각했던 것이다. 그가 나의 나태를 비난했기 때문에 나는 게으름을 역설적으로 옹호하고 나섰다.

"아무것도 안 하기, 아무것도 안 하면서 생각하기가 얼마나 힘이 드는데요. 일하는 게 차라리 쉬워요. 그게 성향대로 사는 거죠. 노동의 무기력이라는 게 있어요. 그러한 노동은 전진하는 도피, 일종의 양심 달래기예요."

"그렇게 보면 내가 아는 가장 게으르지 않은 인간이 당신이군요!"

"10년 넘게 휴가도 못 갔는데요."

"당연하죠, 당신은 늘 휴가 중이니까……. 아드리앵, 당신은 늘 자기를 정당화하는 점이 재미있어요."

"아닙니다, 당신은 그렇게 생각할지 모르지만 내 마음에는 아무 거리낌이 없어요."

"거짓말하지 말아요. 돈이 없다는 게 거리끼면서."

"이봐요, 샘, 타라후마라족 얘기 들어봤죠?[15] 타마후마라족은 도시에 내려가 구걸을 해요. 아무 집에나 가서 옆얼굴만 비치면서 아주 오만하게 요구를 하죠. 그 집에서 뭘 내놓든 내놓지 않든, 늘 어느 정도 시간이 지나면 고맙다는 인사 없이 물러나고요……. 나도 옆얼굴만 보이며 구걸하는 사람입니다. 게다가 우리는 모두 누군가의 노예죠. 나는 친구 신세를 지는 것이 나라에서 녹을 받는 것보다 덜 부끄럽다고 생각해요. 요즘은 다들 피상적인 일을 하죠. 경제활동의 4분의 3은 기생적인 활동이에요. 나는 기생충이 아닙니다. 관료와 기술자가 기생충이죠."

"당신은 옛 시대에 향수가 있군요. 나는 요즘 세상이 좋습니다."

"샘, 나도 당신만큼 요즘 사람이에요. 단지, 다가올 시대에 중요한 것은 노동이 아니라 게으름이에요. 다들 노동은 수단에

---

15 아드리앵은 앙토냉 아르토의 『타라후마라 기행』을 염두에 두고 말하는 것이다.

불과하다고 말할 겁니다. 여가의 문명이죠. 그 문명에 이르면 여가는 의미를 잃을 거예요. 40년을 일하고 그다음에야 쉬는 사람들이 있죠. 드디어 쉴 수 있는 시간이 생기면 그걸 어떻게 써야 할지 모른 채 죽어버려요. 진심으로, 나는 노동보다는 게으름으로 인류의 대의를 받든다고 생각합니다. 일하지 않으려면 용기가 필요해요."

"달에 가는 것보다 더 큰 용기가 필요할까요?"

"당연히 달에 갈 수 있어요. 매혹적인 동시에 웃기는 일이죠."

"아드리앵에게는 부자가 되는 게 그런 일, 달에 가는 일이죠. 당신은 부자가 될 수 있어요. 자기 형편을 벗어날 노력을 하지 않는 게 안타깝네요."

"내가 부자가 되지 않을 거라는 증거 있어요? 부자가 아닌 걸 늘 아쉬워했지만……. 하지만 내가 부자라면 당신이 지적하는 나의 '댄디즘'은 한결 수월했겠죠. 영웅심은 전혀 없었을 겁니다. 그런데 나는 영웅심 없는 댄디를 상상할 수 없어요."

이 대화가 이어지는 동안 아이데는 침상에 엎드려 십자말풀이를 하느라 어쩌다 한 번 우리 쪽을 쳐다보는 게 다였다. 샘이 아이데에게 이 문제를 어떻게 생각하느냐고 묻자 그녀는 나는 늘 틀린 말을 한다고, 맹한 사람이나 내 말에 신경 쓸 거라고 했다. 그녀는 잔을 채우기 위해 일어나 샘 옆으로 지나갔다. 샘은 그녀의 허리를 안고 과감하게 허벅지를 쓰다듬더니 치마 속으로 손을 넣었다. 그녀는 재빨리 그 손을 뿌리치고 샘에게 잡히지 않으려고 저쪽으로 달아났다. 예기치 않게, 말도 안 되게, 비극이 일어났으니…….

작은 원탁에 샘이 내 덕에 들여놓은 중국 꽃병이 놓여 있었다. 아이데가 그 원탁을 붙잡고 샘과 맞섰다. 꽃병이 위태롭게 흔들렸지만 그녀는 아무런 조심을 하지 않았다. 오히려 일부러 꽃병을 떨어뜨리려고 그러는 것 같았다.

"조심!" 샘이 외쳤다.

하지만 너무 늦었다. 꽃병은 타일 바닥에 떨어졌고 산산이 부서졌다. 아이데는 한순간 멈칫했다가 신경질적으로 웃었다. 샘은 이미 그녀를 붙잡았고 찰싹 소리가 나게 따귀를 때렸다. 아이데는 비명을 지르며 도망갔다.

"저 여자는 정말 망나니예요." 나는 몸둘 바를 몰랐다.

수집가는 분노보다 절망에 휩싸였다. 나는 안된 마음이 들었다. 내가 깨진 꽃병 조각을 주워 모으려 했더니 그는 힘없는 목소리로 말리면서 내 방은 2층에 마련되어 있다고 했다.

욕실에서 찬물로 뺨을 식히고 있던 아이데를 보았다.

"아이데!"

그녀가 돌아보면서 킬킬댔다.

"웃음이 나냐."

그녀는 웃음을 거두지 않았다. 나는 분개했다.

"송나라 꽃병을 깨는 건 아니지!"

"내가 깨고 싶으면 깨. 게다가 넌 이미 돈 받았잖아."

"송나라 꽃병을 깨는 건 아니지!" 나는 아까 한 말을 되풀이했다.

"일부러 그런 건 아니야!" 그녀가 짐짓 슬픈 척했는데 얼마나 연기를 잘하던지 나도 웃음을 참을 수 없었다.

그녀가 나에게 손가락질을 했다.

"너도 웃네, 뭐!"

"나의 아이데, 진짜 수집가였으면 넌 죽었어. 넌 정말 못 말려. 나도 너를 경계했어야 했는데. 네가 망나니인 줄은 알았지만."

"네가 나를 저 사람과 이틀이나 두지 말았어야지."

"너한테 무슨 짓 했어?"

"아무것도."

"널 귀찮게 했어?"

"전혀. 뱃놀이에 데려가 줬어. 어제저녁에는 카지노에 갔고. 아주 근사하더라……."

"네가 싫어하는 일을 시도한 적은 없었고?"

"내가 저 사람이랑 잤다고 하면 믿을 거야?"

"네가 하는 말이면 믿을 거야. 네가 맞다고 해도 아닐 수 있지, 그건 알아. 하지만 정말일 수도 있다는 것도 알아."

나는 그녀에게 다가가 목덜미에 애정을 담아 입을 맞추었다. 그녀는 거부하지 않고 웬만큼 즐겼다. 내가 귓속말을 했다.

"너는 도덕을 말아먹은 귀여운 잡년이야."

그녀가 피식 웃었다.

"확실한 건, 내가 너의 도덕을 따르진 않을 거야!"

"나 역시 그래! 오늘 저녁은 나의 도덕을 위반하고 싶어."

나는 그녀를 내 품으로 끌어들이고 그 멋진 몸을 껴안았다. 그녀가 고개를 들고 입술을 내밀었다. 나는 생각을 멈추었다. 다만, 자세가 너무 불편해서 그 순간의 열락에 온전히 몰입할 수 없었다.

"올라갈까?"

"아니, 집으로 돌아가자." 그녀가 말했다.

돌아오는 길에도 상쾌한 새벽 공기가 나의 흥분을 지켜주었다. 나의 승리는 나의 패배였다. 그녀가 최강자였을 것이다. 내가 황홀했던 이유는 내 목표에 도달해서가 아니라 그녀가 그녀의 목표에 – 적어도 내가 짐작하기로는 – 도달해서였다. 그녀는 내가 놓은 장애물 앞에서 더욱더 결의를 다졌고 용감하게 뛰어넘었다. 나는 다시 나의 이론으로 돌아왔다. 3주 전부터 그녀는 나를 차지하느냐 마느냐만 염두에 두고 행동한 것 같았다. 다니엘, 샘, 이제 깨진 꽃병까지도 나라는 사람을 정복하는 과정의 지표들이었다. 지금까지 나를 지켜왔던 도덕지상주의의 성채는 무너졌다. 로돌프의 별장에 낙을 누리러 왔는데 남은 여드레 동안 아이데와의 관계를 최대한 즐겁게 누리지 못할 이유가 있을까? 시공간적으로 딱 떨어지는 관계라 생각하니 절대 연애에 대한 은밀한 소망이 충족되었다. 일주일이면 우연한 사랑을 즐기고 흔적을 묻어버리기에 이상적인 시간이었다. 그때까지 그런 사랑은 하룻밤 해프닝으로 치부했는데 말이다.

가생 횡단로에서 반대 방향에서 오는 컨버터블 때문에 어떤 트럭을 추월하려다가 못 했다. 내 차가 서 있는 동안 어떤 남자 둘이 아이데를 알아보았다. 그들은 내 뒤 몇 미터 지점에 멈추었고 아이데는 잠시 차에서 내려 그들에게 인사를 했다. 그들은 이탈리아 어디에 간다고 했다. 아이데가 주소를 받아 적으려고 가방을 가지러 차로 왔다. 그들이 아이데에게 같이 가자고 하는 말이 들렸다. 갈아입을 옷이 없으면 그들이 빌려주겠다고 했다.

그러나 내 뒤에 있던 트럭이 출발했고 나는 그 차를 보내주기 위해 앞으로 가야 했다. 차를 출발시킬 때만 해도 잠깐 길을 터줄 겸, 늑장 부리는 아이데를 재촉할 생각밖에 없었다. 하지만 나는 금세 알았다. 내가 차를 다시 세우지 않으리라는 것을,

처음으로 진짜 결단을 내리는 중이라는 것을…….

이것은 나의 돌변에 대한 이야기다. 몽상은 대번에 사라졌고 처음 여기 올 때의 꿈이 그 자리를 차지했다. 그 여름 휴가 계획을 드디어 실현할 기회였다! 적막과 고독을 마침내 한껏 누릴 수 있으리라. 그런 것들은 나에게 그냥 주어지지 않았다. 나의 자유를 긍정하는 결단을 통해서, 나 자신이 마련해야 했다. 나는 우연이 아니라 나 자신에게 공을 돌리며 승리를 자축했다. 내가 온전히 내 것이 되는 기분 좋은 독립감이 밀려왔다…….

그러나 막상 돌아오자 텅 빈 집의 고요함이 불안해서 밤에 잠도 자지 못했다. 한 시간 후, 나는 수화기를 들고 런던행 비행기 출발 시각을 알아보기 시작했다.

Le Genou de Claire
✦
클레르의 무릎

6월 29일 월요일. 안시 호수. 제롬이 모터보트를 빠세 운하로 몬다. 사랑의 다리 위에서 오로라는 난간에 팔을 괴고 제롬이 점점 가까워지는 모습을 내려다본다. 그가 다리 밑으로 지나갈 때 오로라가 방향을 튼다. 제롬은 보트를 대기 위해 커브를 돌다가 오로라를 보았다. 그는 내리자마자 그녀에게 달려간다.

"오로라!"

"제롬!"

"이런 일도 있구나! 전에 파리를 돌아다니다가 어느 모퉁이에서 널 마주치지 않을까 생각했는데 여기서 만날 줄은 정말 몰랐어!"

"나 여행 왔어. 탈루아르에 방을 구했어."

"탈루아르! 아니, 그럼 나랑 바로 지척이네. 어릴 때 방학마다 내려와 지냈던 집이 있어. 그 집을 이번에 팔려고 내려온 거야. 한 3주는 있을 거야. 신기하기도 해라. 내가 널 찾으려고 얼마나 돌아다녔는지 알아? 그런데도 너 사는 곳을 알아내지 못했지. 너 이제 파리에 안 살아?"

"지금도 파리에 살아. 하지만 이사를 했어. 넌 여전히 모로코에서 지내?"

"아니, 스웨덴으로 옮겼어. 그런데 이 다리에서 뭐 하고 있었어? 이게 사랑의 다리라는 건 알아?"

"커피 찌꺼기 점에서 누굴 만날 거라고 나왔어. 그게 너였구나! 내가 널 부르지 않았으면 넌 날 못 알아봤을 거야. 나 많이 변했지?"

"아니, 전혀. 전보다 더 예쁘고 젊어졌어. 하지만 아까는 보트 운전 중이었잖아. 그리고 난 이제 여자들을 잘 안 봐. 나 곧 결혼하거든. 같이 점심 먹자, 다 얘기해줄게. 네가 너무 두려워하지만 않는다면 다시 데려다줄게."

오로라가 묵고 있는 W 부인의 별장은 호숫가에서 잔디밭을 조금 지나서 있다. 건물 오른쪽은 로비층에 해당하며 외랑外廊이 딸린 널찍한 거실이 있다. 그 위 지붕의 연장선상에 양쪽으로 베란다가 있다. 건물 왼쪽은 층을 높여서 사부아 식으로 나무 발코니를 냈다. 발코니는 울창한 벚나무 가장귀에 반쯤 가려 있다.

W 부인은 제롬의 얼굴과 그의 집안을 안다. 어렸을 때 같이 놀았던 적도 있다. 마지막으로 봤을 때 그는 열한 살이었고 W 부인은 열다섯 살이었다. 제롬은 사실 W 부인의 남자 형제들은 잘 기억한다고, 그 나이 때는 여자들에게 관심이 없었다고

말한다. 하지만 다들 푸피네트[16]라고 불렀던 여덟 살짜리 금발 여자애만은 그의 귀여움을 독차지했다. 오로라가 한마디 한다. "결국 넌 변하지 않았어. 항상 어린 여자들을 쫓아다니잖아."

그때 W 부인의 딸 로라가 책가방을 겨드랑이에 끼고 들어온다. 학년말이다. 로라는 고등학생이고 열여섯 살이다. 성격이 활달하고, 잘 웃고, 말이 많고, 사람 눈을 똑바로 바라본다. 제롬은 당연히 그의 관심을 독차지한다. 로라는 제롬의 집을 안다고, 몇 년 전에 그 집 세입자의 딸들과 친하게 지냈다고 말한다. "숨바꼭질을 하고 정원에 열리는 배를 다 따 먹었죠. 그 집 참 예쁜데 헐어버리지 않았으면 좋겠어요."

제롬은 로라를 안심시킨다. 그 후 차를 마시면서 오로라는 6년 전 부쿠레슈티에서 문화담당관으로 근무할 때 만난 사이라고 말한다. 오랫동안 못 보고 살다가 여기서 우연히 만나서 놀랐다고. 오로라는 제롬이 너무 일찍 편지 쓰기를 그만뒀다고 흉본다. 그는 '작가에게 편지 쓰기'가 너무 부담스러웠다고 변명한다. 오로라는 소설가다.

로라는 제롬에게서 눈을 떼지 않고 그가 하는 말에 계속 주의를 기울이고 있었다. 그가 로라에게 묻는다. "방학이에요?"

"거의요, 내일 방학식 해요."

---

16 인형 같은 여자아이라는 뜻의 애칭.

"나는 학년말 출석은 이런저런 핑계로 슬쩍 빼먹었는데."

"아뇨, 오히려 내일은 꼭 가야 해요. 선생님을 한바탕 골려줄 거예요. 노처녀인데 나이만 많은 게 아니라 성질이 못됐어요! 학생들을 울려야 직성이 풀리는 사람이에요."

"어머!" 로라의 어머니가 외친다.

"그 선생님이 요즘 실실대고 몸을 꽈배기 틀고 하는 꼴이 얼마나 역겨운지 봐야 알아요! 그냥 하는 말이 아니라 정말 '못됐기' 때문에 우리도 '못된' 장난을 칠 거예요……."

"정말로 교사가 학생을 울렸어요?"

"나는 아니에요. 난 사람들 앞에서 절대로 안 울어요."

"눈물 흘리는 소녀를 상상하니 마음이 무너지네요. 더구나 그 소녀가 예쁘다면."

"뭐야, 못생긴 소녀는 울려도 돼?" 오로라가 말한다.

"못생긴 소녀, 예쁜 소녀 다 안 돼."

"흥, 조금은 그렇다고 생각하면서. 너는 검은 속내를 드러내는 걸 부끄러워하지 않지!"

6월 30일 화요일. 제롬의 집은 마을에 있다. 18세기의 부르주아 대저택으로, 별다른 장식 없이 초벽만 바른 벽에 초록색 덧창들이 눈에 띈다. 집 뒤로는 테라스 정원이 있고 그 너머는 한때 포도원이었지만 지금은 황무지다.

제롬의 집을 방문한 오로라가 거실에서 어느 에스파냐 군인이 사부아 점령기에 그렸다는 벽화를 보고 감탄한다.

"이건 돈키호테와 목마야. 그는 자기가 말을 타고 하늘을 난다고 상상했지. 눈을 가린 상태였거든. 풀무 때문에 바람을 가른다고 생각했고 횃불은 태양인 줄 알았지." 제롬이 설명한다.

"일종의 알레고리네. 이야기의 주인공들은 늘 눈을 가리고 있지. 그러지 않으면 아무것도 할 수 없을 거야. 행위가 멈춰버리는 거지. 결국 모두 눈을 가리고 살아. 아니면 안대라도 하지."

"너는 아니야. 너는 글을 쓰니까."

"그래, 글을 쓸 때는 눈을 크게 뜨고 있어야 해."

"네가 풀무를 조작하지는 않고?"

"아, 그렇진 않아. 바람을 일으키는 건 내가 아니라 인물의 충동이야. 이 표현이 마땅치 않다면, 그래, 인물의 논리라고 하자."

"하지만 너도 다소간 개입하잖아."

"아니야. 나는 관찰에 만족해. 절대로 지어내지 않고, 단지 발견할 뿐······."

그들은 침실로 건너갔다. 널찍한 방에 기둥 침대가 놓여 있다. 제롬이 가장 자주 지내는 방이다. 탁자 위에 놓여 있는 스물다섯 살 여성의 초상화가 그 증거다. 그녀는 뤼생드, 제롬이 부쿠레슈티에서 알았던 외교관의 딸이다. 제롬과 그녀의 관계는 폭풍의 연속이었다. 오로라는 그가 아직도 그녀와 사귄다는 사실에 놀란다. 제롬은 그들이 잠시 헤어졌지만 다시 만났고 다음 달에 스톡홀름에 가면 결혼하기로 했다고 말한다.

"지금까지 내 결혼에 대해서 탐탁지 않게 생각했어. 하지만 아무리 헤어지려고 해도 헤어질 수가 없으니 같이 살아야지 어떡해. 결혼을 하는 이유는 그녀와는 함께 살 수 있다고 경험상 알기 때문이야. 그걸 사실로 확인했지. 무슨 의무를 느끼긴 않았어. 즐거운 일이면 즐거운 마음으로 하는 게 좋아. 다른 여자들의 관심을 느끼면서도 어느 한 여자에게 매이는 이유가 뭔지는 모르겠어. 뤼생드를 만난 후로 나는 여러 번 신의를 저버렸고 그녀도 나에게 그렇게 했어. 그 시간을 통해서 다른 여자들은 나에게 다 마찬가지임을 깨달았어. 솔직히 그 여자들 구분도 안 가. 그 여자들은 다 고만고만하니 대등했어. 너처럼 우정으로 맺어진 사이는 빼고……. 그런데 너는? 네 연애는 어떻게 되어가?"

그러나 오로라는 할 말이 없다. 혹은, 말하고 싶어 하지 않는다. 그녀는 1년 넘게 혼자 지냈다. 그 생활이 즐겁고, 그녀도 제롬과 마찬가지로 자신의 즐거움을 좇아 그렇게 산다.

그 후 두 사람은 정원으로 내려간다. 테라스 상단의 개오동나무 오솔길을 따라가면 동그란 화단이 나온다. 화단은 난간과 주목﹡﹡ 울타리로 빙 둘러싸여 있다. 울타리 사이로 저 아래 테니스코트가 살짝 내려다보인다.

"로라가 여기 놀러 온대. 아마 다섯 시쯤 도착할 거야. 내가 쓰려다 만 소설 프로젝트가 기억나서 이 얘기를 하는 거야. 점잖은 삼사십 대 남자가 이웃집에서 테니스를 치는 두 소녀 때문에 심란해지는 내용이지. 하루는 그 소녀들이 친 공이 그의 집 정원으로 넘어와. 그는 무슨 생각이 들었는지 공을 주머니에 감추지. 소녀들이 공을 찾으러 그 집으로 찾아오는데 그는 시치미를 떼고 같이 공을 찾는 척해. 그러다 소녀들이 소득 없이 겸연쩍어하면서 돌아간 후 엉뚱한 곳까지 가서 - 가령 집을 새로 짓는 부지라든가 - 테니스코트에 공을 던져주는 거야. 그런데 거기는 신체가 부자유한 어떤 할머니의 정원이야. 그 할머니는 그런 장난을 못 참아. 소녀들은 입장이 곤란해지지. 그러한 수작질이 서너 번 되풀이되면서 그때까지 무척 금욕적이었던 남자는 점점 더 미친 짓을 저지르는 거야……. 그런데 결말을 어떻게 내야 할지 모르겠어. 네가 나에게 아이디어를 줬어. 이 이야기를 다시 써보고 싶어."

그들은 집 쪽으로 돌아갔다. 오로라가 수수께끼 같은 표정을 지었다.

"너한테 말하지 않았어야 했는데, 그래도 넌 동요하지 않는 편이니까……. 모르겠어? 로라가 널 좋아해."

"아, 그게 너의 소설이야?"

"아니, 로라가 나에게 말했어."

"너에게 말했다면 진지한 것도 아니네. 어쨌거나, 그래서 영감을 얻었군!"

"난 네가 이미 눈치챘을 거라 확신해. 걔가 너를 바라보는 것만 봐도 알 텐데."

"걔는 아주 순진한 눈으로 바라봤어."

"요즘도 순진한 소녀들이 있는 줄 아니?"

"진짜야! 단순하고 직설적인 여자애구나 생각했어. 그 점이 호감이더라. 소녀들의 애정 어린 감정을 다 감지하고 살 수는 없어! 어쨌든, 관찰은 너의 일이지."

"좋은 이야기는 만드는 게 아니야. 흘러나오는 거야."

"내가 너에게 영감을 준 게 아니야."

"맞아, 나는 결코 너라는 인물을 쓸 생각이 없었어."

"개성이 없어서?"

"응, 평범한 인물로는 좋은 이야기를 쓸 수가 없어. 그래서 내 주위에 현존하는 것에서 영감을 얻는 일은 극히 드물지."

"나는 대체로 있는 듯 없는 듯한 사람이지."

그녀가 웃는다,

"음, 어찌 됐든 너는 영감을 주는 인물이 아니야! 네가 결혼식 전날 어린 여자애랑 사고를 치더라도 그걸로 좋은 이야기가 되진 않아."

"자지 않으면?"

"그 이야기가 차라리 낫지. 무슨 일이 일어날 필요는 없어. 결국, 이미 주제는 있거든. 주제는 늘 있어. 모든 주제를 다룬다면!…… 그 주제가 와닿기는 한데 너무 와닿는단 말이야. 내가 절대 할 수 없는 일, 그건 내 삶을 이야기하는 거야. 이미 비슷한 상황들을 겪어봤어."

"아!"

"나보다 어린 남자들에게 관심이 있었어. 그렇지만 끝까지 가지 않는다는 점에서 내 이야기는 너의 이야기와 비슷해질 수도 있지. 나는 그런 남자애들을 결코 사랑하지는 않았어. 나를 기준으로 삼되 이야기의 배경이나 분위기를 옮겨서 써볼 수도 있겠지."

"그렇게 해. 나한테는 기대하지 말고."

"겁나? 네가 위험을 무릅쓸 일은 없어. 어차피 그 애가 마지막 순간에 뒤로 뺄 테니까. 로라는 악의 없이 끼를 부리지. 내가 알아, 나도 그랬거든. 그 애가 늘 네 뒤를 졸졸 따라다니는 게 위험이라면 위험이지……."

7월 1일 수요일. 제롬이 오로라가 묵는 집에 왔다. 오로라의 방은 2층이고 발코니가 나 있다.

"여기 차분하고 좋다."

"사실 너무 아름다워서 일은 잘 안 돼."

제롬이 타자기에 꽂혀 있는 종이를 가리킨다.

"우리 이야기?"

"그 이야기를 쓰려면 무슨 일이 일어나야지."

"안 일어날 텐데!"

"언제나 무슨 일인가 일어나. 네가 그 사실을 거부한대도."

"언제나 난 너의 모르모트고 말이지!"

그 방은 좁다. 제롬은 오로라에게 자기 집에서 묵으라고 권한다. 공간을 더 넓게 쓰고 '그를 관찰하기에도' 여유로울 테니까. 오로라는 제의는 고맙지만 W 부인과 이미 약속이 되어 있고 프랑스 가정과 함께할 기회를 누리고 싶다고 말한다. 파리에서는 작가들만 만나고 지냈다. 드디어 오로라도 여느 사람처럼 다른 사람들과 함께 살 수 있게 됐는데……. "게다가 어떻게 나보고 한 지붕 아래 너와 단둘이 살자고 할 수가 있어? 내가 널 좋아하는 걸 알면서?" 오로라가 제롬의 목에 두 팔을 두르며 이 말을 덧붙인다.

그들은 외랑의 계단을 통해 1층으로 내려온다.

"보다시피 나는 거의 늘 혼자 지내. W 부인은 안시에 직장이 있고 딸들은 늘 밖으로 쏘다니는 것 같아."

제롬이 벽난로 위에 세워진 사진에 다가간다.

클레르의 무릎 235

"누구야?"

"클레르, 다른 딸이야."

"자매가 안 닮았네."

"자매가 아니니까. 그 아이는 어때?"

"오, 그만, 이제 지겨워."

그들은 잔디를 가로질러 호숫가로 갔다. 앉을 자리를 찾던 중에 어떤 의자 아래 바닥에 앉아 있던 로라를 만난다.

"안녕하세요!" 로라가 도발적으로 웃으면서 말한다.

"여기 있었어요?"

"네, 방학했거든요. 너무 이른 것도 아니지요!"

오로라는 과일샐러드를 먹자고 한다. 비밀 레시피라면서 도와주겠다는 제의도 거절하고 혼자 준비를 도맡는다. 덕분에 제롬은 로라와 단둘이 있게 됐다. 로라는 연신 웃으면서 제롬을 관찰한다. 제롬은 진중한 태도를 유지하면서 로라를 비판적인 눈으로 뜯어본다.

"방학을 해서 즐거운 거예요?"

"아뇨, 방학을 해도 저는 여기 남는데요. 학기 중보다 더 나빠요. 친구들이 전부 떠나고 없으니까. 다행히 다음 달에는 저도 영국 첼트넘의 어느 집으로 떠날 거예요. 사실, 슬프지는 않아요. 그거랑은 달라요. 방학이니까 슬픈 거죠. 저한테 방학은 머물지 않기, 어디론가 떠나고 마구 움직이니까요. 뭐, 어쨌든 클레르가 도착하기를 기다려야만 해요."

"클레르?"

"클레르는 언니예요. 사실 친언니는 아니지만요. 우리 엄마가 클레르의 아빠와 재혼했거든요. 저의 친아빠는 돌아가셨어요. 이제 며칠만 있으면 클레르가 와요. 우리는 정말 사이가 좋아요……. 엄마가 이혼을 해서 유감이에요."

"클레르의 아빠와 이혼했어요?"

"네, 네, 맞아요. 엄마는 남편이 두 명 있었지만 지금은 혼자 살아요!"

오로라는 시원한 음료를 가지고 돌아왔다.

"로라가 방학이라서 슬프대. 이해가 가. 나는 어린 시절을 보냈던 장소로 돌아오니까 슬퍼. 처음에는 너무 갑갑해서 확 떠나버릴까 했어. 추억이 너무 많아서 견디기 힘들더라고!" 제롬이 오로라를 향해 말한다.

"추억을 더 보탤 생각은 없고?" 오로라가 묻는다.

"확실히 없어!"

"스웨덴을 좋아하세요?" 로라가 묻는다.

"네, 아주 좋아해요. 하지만 나라 자체가 좋다기보다는……."

"'기후'가 좋다는 거야." 오로라가 그의 말을 중간에 끊고 나섰다. "스웨덴 기후가 너한테 잘 맞는다고 백 번도 더 말했잖아. 제발 그 '기후' 말고 다른 이야기하자고!"

클레르의 무릎

7월 2일 목요일. 제롬이 오로라를 만나러 왔다. 호숫가를 산책하던 중에 제롬이 왜 이제 곧 결혼한다는 이야기를 로라 앞에서 못 하게 하느냐고 오로라에게 뭐라고 한다. 오로라는 누가 봐도 기만적인 자세로 부인한다.

"이봐, 친구, 난 아무것도 방해하지 않았어! 그게 도대체 무슨 이야기야?"

"잘 알면서 왜 그래. 내 말을 중간에 끊고 '기후'가 어쩌고저쩌고 했잖아."

"그건 사실이잖아! 너는 추운 날씨가 좋다며, 더운 건 딱 질색이라며."

"이봐, 됐어, 그만해!"

"왜 결혼한다는 얘기를 하려고? 그 사람들이 관심이나 가질 것 같아?"

"모르모트 역할은 나하고 안 맞아. 네가 그 어린애한테 무슨 말을 했는지 모르지만 다음에 보면 내가 말할 거야."

"말해!"

7월 3일 금요일. 제롬은 W 부인 집에서 커피를 마시다가 자신의 결혼 소식을 알리는 데 성공한다.

"스웨덴에서 살려고 하는 건 순전히 개인적인 이유 때문이에요. 다음 달에 결혼하거든요."

"나한테도 말을 안 하고 있었네요." 오로라가 그렇게 말하면서 로라의 눈치를 살핀다.

"뤼생드는 유니세프에서 일해요. 지금은 아프리카에서 임무 수행 중이지요."

"멀리 헤어져 있어서 힘들겠어요. 더구나 이런 때." W 부인이 말한다.

"그래서 만나면 훨씬 더 애틋하고 좋지요. 이 사람들은 습관이 되어 있답니다." 오로라가 말한다.

"맞아요, 6년 전에 처음 만나서 그 후로 자주 떨어져 지냈어요."

"이제는 떨어지지 않겠지요?"

"그렇겠지요, 잠깐이면 몰라도."

"잠깐씩 떨어져 지내는 시간이 정을 더 깊게 해주죠!" 오로라가 말한다.

"그럴 수도 있겠네요. 내가 너무 배타적인가 봐요. 나 개인적으로는 옆에 없으면 못 견디거든요. 그래서 두 번 결혼하고도 혼자가 됐나?" W 부인이 말한다.

"하지만 아빠는 돌아가셨잖아요. 경우가 다르죠." 로라가 언짢게 대꾸한다.

"죽었든 떠났든 내가 혼자 남기는 마찬가지지."

"어쨌든 엄마 잘못은 아니에요!"

클레르의 무릎 239

"내가 언제 내 잘못이라고 했니? 쟤는 꼭 엄마 말에 토를 달아야 직성이 풀리나……. 내가 왜 이렇게 살아야 하나 몰라. 나는 혼자고 사랑이 필요해. 나의 어리석음은, 내가 어리석었다면 말이지만, 사랑을 너무 믿었다는 거겠지. 너는 행복할 거다. 사랑을 믿지 않으니까."

"내가요?"

"그래, 너와 네 또래 친구들. 너희에게 사랑은 케케묵은 감정이지."

"그렇게 말한 적 없어요! 그리고 남들이 어떻게 생각하든 상관 안 해요. 엄마, 딸 세대가 바보 같은 게 내 잘못인가요? 그리고 엄마 말은 사실이 아니에요. 엄마가 살아오면서 지금보다 더 많이 사랑을 누렸던 때는 없죠. 그냥 약간의 위선일 뿐이잖아요. 엄마는 가끔 아무 말이나 하는 것 같은 때가 있어요!"

"로라! 얘 말본새 좀 봐요!"

"의미있는 말을 피하려고 아무 말이나 하고 싶진 않아요. 쉿! 나는 이런 거 대화로 치지도 않아요. 그런 대화는 몰라요."

로라가 자리를 떠나 정원 구석으로 달려갔다. W 부인은 로라가 친구들과 여행을 떠나지 못해서 저기압인 것 같다고 말했다.

"제가 대신 사과할게요. 요즘 쟤가 왜 저러나 몰라. 사람들 앞에서 저렇게 바락바락 대드는 건 처음 봤어요. 친구들이 다 떠나서 심심한가 봐요. 친하게 지내는 애들하고 코르스 섬에 가고 싶어 했는데 그렇게 먼 곳까지 쟤만 보낼 수 없어서 허락 안 했어요. 게다가 며칠 있으면 친한 언니도 오고 그다음 달은 영국에서 보낼 예정이에요. 그만하면 기분전환은……."

W 부인이 말하다 말고 손목시계를 보았다. 그녀가 자리에서 일어났다.

"이런, 이런, 두 시 십 분이네. 사무실에 늦게 들어가겠어. 오로라, 세 시에 로라보고 장 보러 가라고 말해주면 고맙겠어요."

W 부인이 가고 나서 제롬이 오로라에게 쏘아붙였다.

"아주 고맙군 그래!"

"가서 로라 좀 위로해줘. 그 김에, 엄마가 시킨 심부름도 일깨워주고."

정원은 호수를 따라 북쪽으로 호두나무가 울창한 들판과 이어져 있다. 로라가 물가에 앉아 있다. 아까 일어나면서 챙겨온 비스킷 부스러기를 백조들에게 던져준다. 로라가 제롬의 인기척을 듣고 고개를 들었다가 얼른 외면한다. 제롬이 멈춰 선다.

"세 시에 엄마 심부름 해야 한다는군요."

"엄마가 보냈어요?"

"아뇨, 보낸 사람은 오로라지만…… 여기 좋네요. '당신의' 자리인가요?"

"그래요, 사람들 때문에 마음 상할 때면 여기 와요……. 당신이나 우리 엄마에게 마음 상한 건 아니에요. 나와 엄마는 사이가 좋아요. 다만 엄마가 자꾸 내 말을 이상하게 꼬아서……."

"아니에요, 어머님은 매력 있으세요. 아주 세련되게 양해를 구하셨어요."

"제 성질이 유별나다고 말씀하시진 않고요?"

"전혀요. 오히려 좋게 말씀하시던데요."

"알아요, 엄마는 사람들 앞에서 나를 자랑스러워하시죠. 하지만 정작 내가 있는 자리에서는 왜 그러시는지. 그게 엄마 성격이에요. 어쨌든 엄마니까 나도 가만히 있으려고 노력하지만 내가 따지기 시작해도 결국은 엄마에게 져줘야만 하죠. 그 점만 빼면 엄마와 나는 잘 맞아요. 나는 엄마를 좋아해요."

"어머님도 그렇겠죠."

"다른 사람들 앞에서 그렇게 박차고 나오지 말걸. 엄마가 속상하셨을 텐데. 엄마가 뭐라고 했어요?"

"난 잘 몰라요. 코르스 섬에 못 가게 해서 많이 속상한가보다 그러셨어요."

"그렇지 않다는 거 엄마도 알면서! 내가 안 가겠다고 했는데! 저기요, 여기서 지내는 거 전혀 싫지 않아요. 그냥 좀 갑갑할 뿐이죠. 심심할 거면 여기 아닌 다른 데서 심심하고 싶네요. 친구들이 다 떠났어요. 나도 내가 코르스 섬에 갈걸 그랬나 싶기도 해요."

"희한하네요, 나는 요 며칠간 그 반대를 느꼈는데. 주위가 다 아름다우면 따분하려야 따분할 수가 없죠."

"아름다운 건 맞아요. 하지만 이 풍경이 나를 숨 막히게 해요."

"그럼, 저기로 올라가요!"

"어릴 때는 클레르와 늘 산에 올라갔어요."

"나도 내가 즐겨 찾는 곳이 많은데. 언제 한번 같이 가죠. 산 타는 거 무섭지 않아요?"

"전혀요. 험하게 깎아지른 지형이 무섭다는 게 아니에요. 지나치게 아름답기 때문에, 그런 이유로 너무 오래 보면 피곤하고 거의 메스껍게 느껴지죠. 가끔 떨어져 있을 필요가 있어요."

"아! 내가 뭐랬어요! 사랑하는 사람들끼리도 때때로 떨어져 있어야 한다니까요."

"맞아요! ……오로라가 너무 오래 혼자 기다리겠어요."

로라는 일어나 몇 발짝 뛰어가더니 뒤를 돌아보았다. 제롬이 달려가서 그녀가 내미는 손을 잡았다. 그들은 잠시 손을 잡고 걸었다. 그러다 어느 순간, 로라는 제롬의 손을 뿌리치고 앞으로 달려갔다.

7월 4일 토요일. 제롬이 몰고 간 보트를 W 부인 집 근처에 댔다. 로라가 제롬을 맞이하러 나왔다. 그녀가 오로라는 오늘 집에 없다고, 친구들이 차를 몰고 내려와서 제네바에 데려갔다고 알려준다. 닷새나 엿새는 있어야 돌아온다나.

"그럼 로라 혼자 지내야겠네. 심심하겠다. 무슨 책 읽어? 재미있어? 책 좋아하면 우리 집에 많으니까 같이 가볼래?"

로라는 제롬의 집에서 뤼생드의 사진에 주목했다.

"아주 예쁘지만 냉혹해 보여요. 좀 덜 차가운 여자랑 사귈 줄 알았는데."

"우리가 별로 안 어울린다는 거야?"

"첫눈에 보기에는 좀 그래요."

"실은 네 말이 맞아. 뤼생드가 내 이상형의 외모는 아니거든. 아니, 난 이상형 자체가 없어. 나는 외모는 안 따져. 적어도 '받아들일 수 있는' 수준만 넘으면 여자들의 외모는 다 거기서 거기 같아. 중요한 건 정신이지."

"맞아요, 하지만 외모에서 정신이 보이죠."

"너는 뭘 봤는데?"

"두 사람이 정신적으로 자못 다른 것 같던데요."

"엄청 강조하는구나! 네 말이 맞아. 내가 네 나이 때 머릿속으로 그렸던 이상형은 뤼생드와 완전히 딴판이었어. 육체적으로든 정신적으로든 그녀가 나를 위해 '태어난' 사람처럼 느껴지진 않아. 그래서 뭐? 나를 위해 태어난 여자면 얼마나 지루하겠어. 나는 새로움을 느낄 수 없을 테고 지리멸렬해지겠지. 뤼생드랑 결혼하면 그럴 일은 없어. 지난 6년간 우리는 서로에게 싫증 낸 적 없고 앞으로도 쭉 이렇게 살지 못하란 법 없지. 너는 우리 관계에 열정이 너무 부족하다고 생각해?"

"네. 나는 처음부터 내가 사랑하는 사람이 여기 있구나 느끼고 싶어요. 6년이나 지나서 그게 뭐예요. 나는 그런 건 '사랑'이 아니라 '우정'이라고 불러요."

"사랑과 우정이 그렇게 다르다고 생각해? 결국 그 둘은 같은 거야."

"아뇨. 나는 내가 사랑하는 사람들의 친구가 아니에요. 나는 사랑하면 못되게 굴어요."

"아, 그래? 나는 아니야. 나는 우정 없는 사랑을 믿지 않아!"

"그럴 수도 있겠죠. 하지만 내 경우, 우정은 나중에 와요."

"먼저와 나중은 중요하지 않아. 어쨌든 우정에는 아주 아름다운 것이 있는데 나는 그것이 사랑에도 있기를 바라. 그건 바로 상대의 자유를 존중하는 태도지. 소유한다는 생각 없이."

"나는 소유욕이 강해요. 아주 심하죠."

"소유욕을 부려서는 안 돼. 그러면 네가 못 산단다."

"알아요. 나는 불행하기 위해서 태어난 애 같아요. 하지만 불행해지지도 않을 거예요. 성격이 유쾌하고 오로지 유쾌한 것들만 생각하죠. 사람은 불행해지기를 원할 때 불행해져요. 나는 심심할 때도 유쾌한 순간들이 있다고 생각해요. 어쨌든, 울어

클레르의 무릎 245

봐야 소용없잖아요. 나는 이미 세상에 태어났고 그건 아주 멋진 일이니까 실컷 재미를 볼 거예요."

"네가 말하는 '재미'는 뭐니?"

"삶이죠. 가령, 오늘 나는 아주 기분이 좋아요. 그런데 내일은 슬플 거예요. 그러면 나는 다른 생각을 하려고 노력해요. 뇌가 어떤 것에 대해서 깨어 있는데 그게 아주 멋진 거라면 그날은 온종일 즐겁게 지낼 수 있죠……. 하지만 내가 사랑에 빠진다면…… 어휴!"

"왜 그래?"

"사랑에 빠지면 거기에 완전히 정신이 팔려서 삶이 행복이라는 사실을 망각하고 말아요."

"잊으면 안 되잖아. 사랑 때문에 삶을, 혹은 살아가는 낙을 희생해서는 안 돼. 나는 네가 그쪽으로 충분히 상식적이리라 믿어."

"진짜요?"

"진짜야."

"당신을 믿을게요."

"아!"

"실은 사랑에 빠지는 게 기분 좋지는 않아요. 솔직히 별로잖아요. 발을 동동 구르고, 다른 일에 흥미를 잃어버리고, 사는 것 같지도 않고, 그런 거 정말 질색이라고요!"

"아! 이번에도 내 말이 맞다는 거 알겠지, 내 말이 맞지 않아?"

"맞긴 뭐가 맞아요!"

그들은 정원으로 간다. 제롬은 자기네 정원의 장미가 아름답지 않느냐고 자랑한다. 그가 로라에게 장미로 꽃다발을 만들어 주겠다고 한다. 로라는 거절한다.

"엄마가 뭐라고 하겠어요?"

"순수한 꽃 선물인데."

"엄마는 그래도 내가 선물을 받는 건 이상하다고 생각할걸요. 그럴 만도 하고요."

"음, 그럼 어머님께 내가 드리는 걸로 해."

"다음에 올 때 직접 드리세요."

"그래야겠다."

"이 꽃으로 드려요."

"이 한 송이만?"

"한 송이만요."

제롬이 그 꽃을 꺾어서 내민다.

"이건 어머님에게 드리지 않을 거야."

"그래요, 내 방에 꽂아둘게요."

"무슨 생각을 할 거야?"

"당신에게 받은 꽃이라는 생각."

"어머니가 이상하게 보시지 않을까?"

"한 송이 정도는 괜찮을 거예요. 오히려 아주 좋게 보실걸요. 실은……."

"실은?"

"실은, 아무것도 아니에요."

7월 5일 일요일. 제롬이 저녁 초대를 받아 W 부인 집에 어마어마한 크기의 꽃다발을 들고 간다. 다른 손님이 한 명 더 있다. 자크 D라는 사십 대 남자다.

저녁 식사 후 대화는 이 고장의 아름다움, 좀 더 정확하게는 '관점'을 주제로 펼쳐진다. D는 맞은편 호숫가가 투르네트 봉峰과 당 드 랑퐁 산맥의 야생적인 경관이 정면으로 보여서 더 좋다고 말한다. W 부인도 이 위풍당당한 산 아래 사는 것보다 맞은편에서 바라보는 편이 더 나을 것 같다고 한다. 산 밑에서 왠지 짓눌리는 느낌이 든다나. 로라는 의견이 다르다. 그녀는 산이 밑에서 올려다볼 때 더 아름답다고 한다. "요람에 들어온 것처럼, 산이 우리를 보호해주는 느낌이 나요." 로라가 특히 좋아하는 지점은 투르네트 봉 아래 콜 드 로col de l'Aulp다. 그녀는 제롬에게 내일 당장 그곳을 보여주겠다고 말한다. 그는 숲을 가로질러 해발 1000미터까지 올라갈 마음이 별로 없다. 비록 그 자신도 어렸을 때 마르고 닳도록 올라갔던 코스지만. 로라는 세 시간만 올라가면 된다고, 자기는 마음 같아서는 꼭대기까지 올라가서 거기 있는 산장에서 묵고 오고 싶다고 말한다.

W 부인이 로라에게 제롬의 배려를 남용하지 말라고 한다.

"엄마는 우리 둘이 산장에서 자는 게 싫어서 그러죠?" 로라가 맹한 말투로 묻는다.

그러고는 제롬을 돌아본다.

"음, 어쨌든 내일 데리러 오세요."

로라가 그 말만 남기고 당황해하는 어머니, 자크 그리고 '기왕이면 둘보다 셋이라고' 제롬을 둔 채 일어난다.

"당신에게 쟤를 맡겨도 될지 모르겠어요. 저 아이가 당신을 너무 좋아해요." W 부인이 말한다.

"아닙니다, 부인, 따님은 연기하는 거예요!"

"그 연기에 자기가 걸려든 게지요."

"로라도 제가 곧 결혼한다는 사실을 압니다!"

"농담이에요. 어쨌든 진지한 사람을 상대하게 되어 좋네요……."

"제가 진지한 사람인지는 잘 모르겠네요. 저보다는 따님의 진중함을 더 믿으셨으면 하는데요?"

"결혼을 한 달 앞두면 진지해질 것 같은데요?"

"로라도 부인처럼 생각하겠군요."

7월 6일 월요일. 콜 드 로. 제롬은 주위를 에워싼 투르네트, 랑퐁, 루의 우뚝한 봉우리들을 보면서 감탄한다. 수풀이 우거지거나 바위투성이인 봉우리들이 짙푸른 호수에 비친다. 제롬은 그곳의 풍경이 산 아래서 올려다볼 때만큼 위압적이라고 말한다. 그러나 로라는 그렇게 생각하지 않는다. 그들은 앉아 있다. 제롬이 소녀의 어깨에 팔을 두른다. 소녀는 가만히 그에게 기댄다.

"이러고 있어요. 괜찮죠?"

"응, 좋아."

"정말?"

"정말."

"약혼녀와 있으면 더 좋을 텐데요."

"아, 그거야 그렇지."

"'그거야'가 무슨 뜻이죠? 내가 당신이 나랑 있을 때보다 약혼녀랑 있을 때 더 즐겁기를 바랄까요?"

"응, 어차피 나는 네가 아니라 그녀에게 갈 거야. 너랑 있는 게 더 좋다면 네 곁에 남겠지. 하지만 네 곁이 더 좋을지 어떻게 알아? 비교해서 무슨 소용이 있어? 나는 지금 '좋아.'"

제롬이 그녀의 팔을 어루만졌다.

"……있잖아, 너는 신중하지 못한 것 같아. 내가 너라면 날 믿지 않을 거야."

"믿어서 이러는 게 아니에요. 풍부한 경험을 해보고 싶은 마음이 웬만큼 있으니까 계산된 위험을 무릅쓰는 거죠. 내가 보기엔 당신이 더 위험해요. 당신은 결혼한 거나 다름없지만 나는 자유의 몸이죠."

"하지만 나도 자유의 몸이야. 나는 뤼생드의 자유를 존중하고 그녀도 내 자유를 존중해. 그녀는 자기가 하고 싶은 대로 뭐든지 할 수 있어. 단지 나를 불쾌하게 하는 일은 하지 않기를 바란다고 할까, 아니 그러지는 않을 거라 믿는 거야. 이 사람이 좋아하는 일을 저 사람이 불쾌해하는데 그 둘이 같이 사는 건 미친 짓이지!"

"당신이 나랑 있는 걸 알면 그 여자가 좋아할까요?"

"물론이지, 내 감정이 순수한 우애라는 걸 안다면 말이지만. 우리는 각자 어떤 친구를 사귀든 간섭하지 않아."

"가령, 오로라 같은 친구도요?"

"응."

"나는 오로라가 좋아요. 아주 호감 가는 사람이에요."

"둘이서 내 얘기도 했어?"

"당연하죠."

"오로라가 뭐래?"

"나보고 당신을 경계하라고 하던데요."

로라가 도발적인 눈빛으로 제롬을 바라본다. 제롬은 그녀를 조금 더 자기 쪽으로 끌어당겼지만 로라는 벌떡 일어난다. "걷죠!" 그들은 손을 잡고 산길을 걷는다. 그러다 숨이 차서 잠시 쉬어간다. 제롬이 로라를 껴안는다. 그녀가 고개를 든다. 둘은 입을 맞춘다. 그러나 로라가 얼른 그를 뿌리치고 뛰어간다. 제롬을 로라를 쫓아 비탈길로 내려간다. 그는 이내 로라를 따라잡고 그녀를 껴안는다.

"놔요!"

"놨어! 이제 더는 놀지 않겠다는 거야?"

"그래요! 진지하게 사랑하고 싶어요. 나를 좋아하고, 나 역시 좋아하는 남자를 만나고 싶어요!"

"이봐, 귀여운 아가씨, 너는 앞날이 창창해."

"꼭 우리 엄마처럼 말하는군요! 그게요, 나는 결혼을 아주 일찍 할 거예요. 열여섯 살에도 결혼하는 여자는 많아요."

"그건 예외적인 경우지. 나는 별로 좋게 안 봐. 네 나이에 결혼해서 좋은 점이 뭐가 있는지 모르겠어."

"우리 엄마가 재혼하는 거 알아요?"

"누구…… 혹시 어제 저녁 먹으러 왔던 그 사람?"

"맞아요, 자크. 그러면 나는 같이 살기가 힘들어지겠죠."

"하지만 대학에 갈 거잖아. 너 혼자 리옹이나 그르노블이나 파리에서 살면……."

"네, 물론이죠……. 할 말이 있어요. 하지만 너무 가까이 오지 말고 좀 물러나세요. 당신을 조금 좋아했다는 생각이 들어요. 당신 같은 사람이 나타나서 나를 데려간다면, 그 사람이 나를 사랑한다면, 나는 따라갈 거예요."

"어머님이 뭐라고 하실까?"

"기뻐할걸요."

"나처럼 나이 많은 남자라도?"

"나이는 중요하지 않아요. 내 또래 남자애를 좋아했던 적도 없고요."

7월 7일 화요일. 로라가 정원 벤치에 제롬과 나란히 앉아 자기 속내를 털어놓는다.

"나는 내 또래와 안 맞아요. 또래 남자애들은 너무 바보 같아요. 내가 너무 어린애 같고 소녀 같겠지만 겉으로 보이는 모습을 믿으면 안 돼요. 내가 나이에 비해 아주 애늙은이라는 얘기를 하는 거예요. 엄마는 이혼 이후로 어린 나를 붙잡고 속내를 털어놓았지요. 그래서 아주 어릴 때부터 또래 여자애들보다 조숙했어요. 내 친구들은 나보다 정신연령이 낮아요. 나는 결혼하면 아주 잘살 거예요. 당장 결혼을 하겠다는 얘기는 아니지만, 아무튼 그래요!"

"요즘 같은 시대에 네 나이에 결혼해서 좋은 점이 뭐가 있어. 지금이 루이 14세 시대도 아니고! 어머님은 네가 원하는 대로 살게 해주실 거야."

"그렇게 빨리는 안 될걸요! 엄마는 당신이 생각하는 것보다 나에게 애착이 커요. 뭐, 결국은 엄마가 맞긴 해요. 엄마가 조언을 해줘요. 그게 짜증 나고 성가시죠. 하지만 엄마 조언이 자주 맞아요. 그 이유는……."

"이유는?"

"난 제정신이 아니니까요. 아무 짓이나 저지르고 싶을 때가 있어요. 난 엄마를 사랑해요. 내가 미친 짓을 하면 엄마는 괴로워하겠죠. 그래서 나는 얌전하게, 아주 얌전하게 살아요. 남자들을 다 퇴짜 놓으면서요. 아주 냉혹한 태도를 지어내면서요. 하지만 난 완전히 미쳐버릴 수 있어요. 나는 그게 더 어울려요. 하지만 지금은 얌전한 사람으로 지내죠. 한 발짝만 넘으면 미쳐 돌아버릴 거예요. 왜 그러지 않느냐고요? 엄마가 날 붙잡고 있어서요. 하지만 나에게 아빠가 있다면, 가령 클레르의 아빠 같은 사람이 있다면 난 완전히 반대로 치달았을 거예요."

"클레르는 더 '미쳤나' 봐?"

"아뇨. 클레르가 좋아하는 남자가 여기에 휴가를 보내러 와요. 두고 보면 알겠지만 둘이서 잠시도 떨어져 지내지 않죠. 나는 어떤 남자도 그렇게 사랑해보지 못했어요. 내가 불안한 건…… 아니, 나도 그런 적 있어요. 어렸을 때, 굉장히 어렸을 때예요. 열두 살 반에 어떤 남자를 처음 사랑했어요. 그 사람은 사랑했어요. 그 후로는 아무도 사랑하지 않았다고 말할 수 있죠."

"요컨대 로라의 연애는 4년 전에 끝났군!"

"지금은 누군가를 사랑하고 싶긴 한데 주위에 또래 남자애들밖에 없어요. 그 애들은 두려워요. 본능적인 두려움을 느껴요."

"어째서 '두려움'일까?"

"본능적이라니까요. 자기보존 본능. 잘생긴 남자일수록 더 두려워져요."

"상대에게 저항할 수 없다는 걸 알기 때문에?"

"아뇨. 그보다 훨씬 모호해요. 어린 남자에게 좀체 끌리지 않는 이유는 나는 당연히 그 또래를 사귀어야 한다고들 생각하기 때문이죠. 그래도 심심하면 그런 남자와 산책 정도는 나가요. 심심할 때는 아무나 곁에 있어도 그 사람을 좋아하는 기분이 들죠. 성가신 문제는 그렇게 한동안 지내고 나면 그 사람이 어깨에 힘을 주고 '그 여자는 날 좋아해'라고 사방에 떠들고 다닌다는 거죠. 자기가 뭐라도 되는 줄 안다니까요. 그러면 끝나는 거예요. 어린 남자에게서는 안정감을 느끼기 힘들어요. 아버지가 될 수 있을 법한 남자 옆에서만 마음이 편해지죠. 아버지의 사랑이 그리운가 봐요. 나이 많은 남자를 만나면 아버지를 되찾은 것 같아요. 그 사람이 하는 일을 같이 하고 내 의견도 내면서 늘 곁에 붙어 있고 싶어요. 나이 차 많이 나는 상대를 만날 때 기분이 좋아요."

로라는 몸을 뒤로 젖혀 제롬의 어깨에 머리를 기댄다.

7월 8일 수요일. 제롬이 W 부인의 집 근처에 내린다. 그가 걸어가기 시작한다. 잔디밭에서 일광욕을 하던 소녀가 일어나 그에게 다가온다. 제롬이 자기 이름을 밝힌다.

"당신이 클레르? 로라는 없어요?"

"방금 나갔는데요. 뱅상이 데리러 와서요."

"누구?"

"뱅상이라고, 학교 친구예요. 살랑슈에 갔다가 돌아왔대요."

"오로라는 아직 제네바에서 안 왔죠?"

"네, 그런가 봐요. 아무튼, 나는 못 봤어요."

"그러니까 당신 혼자 있군요. 파리에 살아요?"

"네."

"운이 좋네요. 오늘 날씨가 참 좋아요."

"네, 좋네요."

제롬은 대화를 이어나가려고 했지만 클레르는 '네' 혹은 '아니오', '맞아요'로만 대꾸하다가 문득 문 앞에서 나는 자동차 소리에 고개를 돌린다.

"네, 다음에 또 봅시다." 제롬은 더 붙잡지 말자 싶어 인사를 한다.

그는 다시 보트에 오른다. 출발하는 순간, 뒤를 돌아보았다. 열여덟 살에서 스무 살 사이 청년이 차에서 내려 클레르에게 달려온다. 클레르는 두 팔 벌려 그를 맞이한다.

7월 9일 목요일. 제롬은 자기 방에 있다. 자동차 한 대가 길에서 경적을 빵빵 울려댄다. 오로라와 그녀의 루마니아인 친구다. 제롬은 그들을 맞이하러 내려간다. 셋이서 테라스에서 잔을 든다. 오로라는 '외교적 기밀' 말고는 할 말이 없다고 하면서 자기 친구를 공모자의 눈으로 바라본다. 하지만 제롬은 분명히 할 말이 많아 보인다.

"예스인 동시에 노야. 아무 일도 없었어. 거의 없었지. 하지만 너는 영감을 얻을 수밖에 없을걸! 보세요, 선생. 나도 비밀은 많답니다." 제롬이 말한다.

"직업적 비밀이야. 이 사람은 나의 모르모트거든. 제롬, 나에게 내일 얘기해줘. 아주 상세하게……."

7월 10일 금요일. 잔디밭 끄트머리, 호숫가 벤치에서 제롬은 오로라에게 자신의 '실험'을 보고한다. 실험은 그 자신에게 유용했다. 연애의 가능성이 없다는 보완적 확증을 얻었으므로.

"엄밀히 말해, 나를 유일하게 사로잡을 수 있는 건 호기심뿐이야. 그래도 그 여자애가 너의 시나리오에 따라서 나를 무시

했던 것은 아닌지 알고 싶었어. 일전에, 어떻게 나오는지 '보려고' 그 애와 키스를 했지. 솔직히 크게 마음을 먹어야만 했어. 있잖아, 내가 그 애의 손을 잡았을 때도 그냥 어린애 손을 잡거나 오랜 친구와 대화를 나누다가 손을 잡는 느낌이 아니라(제롬이 오로라의 손을 잡는다) 그 접촉이 주는 쾌감을 생각하니까 마음이 불편해졌어. 우리는 손을 잡고 걸었지. 마음이 무겁더라. 막연한 죄책감을 느껴서가 아니라 부담감, 말하자면 쓸데없는 행동을 한다는 부담감 때문에. 뤼생드 아닌 다른 여자에게 진짜 마음이 갔다면 그녀를 배신한 기분이 들었을 거야. 그런데 그냥 쓸데없는 행동을 하는 기분만 들더라고. 뤼생드가 전부야. 전부에는 아무것도 덧붙일 수 없어."

"그럼, 그 실험은 왜 한 거야?"

"너를 위해서. 너에게 맞춰준 거야."

"흥!"

"그리고 실험이 실패하는 걸 보고 싶었어. 확신할 수 있는 건 아무것도 없지. 내가 여자들을 삼간다면, 여자들에게 말을 걸지 않기로 한다면, 여자들의 접근을 거부한다면, 뤼생드에 대한 애정을 의무처럼 여기면서도 그 의무를 기뻐하기 때문이야. 그녀와 결혼하는 이유는 다른 여자 아닌, 그녀와 같이 있는 게 좋기 때문이야. 내 의지는 전혀 개입하지 않았어. 확신이 없었는데 이제는 알겠어."

"모든 사랑에는 의지가 어느 정도 작용해……."

"의지가 최소한인 게 좋아. 의지가 얼마나 적게 작용하는지 깨달아서 기분 좋아."

7월 12일 일요일. 버찌가 잘 익었다. 오후에 버찌를 따기로 했다. 모두 나와 있다. 제롬, 발코니에서 글을 쓰고 있는 오로라, 의자에 앉아 책을 읽는 W 부인, 클레르와 로라, 클레르의 연인 질과 로라의 학교 친구 뱅상. 클레르도 로라와 마찬가지로 열여섯 살이다. 클레르는 우아한 몸가짐, 낭창낭창한 허리, 가느다란 손목과 발목이 인상적이다. 로라가 쾌활하고 재미있는 소녀라면 클레르는 거만한 듯 무심한 매력이 두드러진다. 그녀의 두 가지 특징적인 얼굴은 질을 우상처럼 우러러보는 열정적인 표정, 그리고 낯선 사람들에게 무관심한, 거의 불신에 가까운 표정이다. 그래도 자신에게 익숙한 몇몇 사람들과의 자리에서는 착하고 싹싹한 소녀다. 질은 키가 크고 근육질 몸매에 얼굴도 잘생겼다. 그는 큰 소리로 또랑또랑하게 말하고 클레르조차 가끔 못 봐줄 정도로 거만한 데가 있다. 클레르는 자주 반발하지만 실랑이는 늘 그녀가 져주는 방향으로 빠르게 마무리된다. 뱅상은 체격이 왜소하고 얼굴은 못생긴 편이지만 맑고 예쁜 눈과 영리한 분위기가 있다. 그는 신랄한 재치가 있고 늘 모든 사람과, 특히 로라와 입씨름을 해댄다. 로라도 한마디도 안

진다. 둘 다 서로를 잘 통하는 학교 친구로만 생각한다. 사실 뱅상은 자기가 인정하는 것보다 좀 더 열중해 있는지도 모른다. 로라 쪽은, 혹시 또 모르지 않나? 로라는 뱅상이 외모로는 이상형의 정반대라고 말하지만 둘은 정신적으로 결이 비슷하고 분명히 어떤 공모 의식도 있다. 로라는 갑자기 제롬에게 시들해진 것 같다. 제롬은 이 낯선 사람들, 급변한 분위기 속에서 헤매고 있다. 그는 따분하다. 그의 시선이 사다리 위에 올라가 있는 클레르의 무릎에 몇 번이나 꽂힌다. 로라가 지나가다가 제롬의 눈길을 포착한다.

7월 14일 화요일. 마을 광장에서 열리는 무도회에 갔다. 어떤 이탈리아 남자가 현장에서 오로라에게 끈질기게 따라붙는다. 제롬과 로라, 질과 클레르가 처음에 춤을 추었다. 뱅상은 조금 슬픈 눈으로 그들을 지켜본다. 그다음 곡은 탱고다. 로라가 이번에는 뱅상에게 같이 추자고 한다. 제롬이 클레르에게 같이 추자고 했는데 클레르는 좀 쉬어야겠다면서 여전히 질에게 매달려 있다. 오로라와 이탈리아 남자가 춤을 추기 시작한다. 혼자 남은 제롬이 뱅상에게 과장되게 몸을 딱 붙이고 있는 로라를 바라본다. 로라가 제롬 옆으로 지나가면서 놀리듯이 바라보고는 그 옆에 있는 안경 낀 뚱뚱한 여자에게 춤을 신청하라는 신호를 보낸다.

7월 16일 목요일. 테니스클럽. 질과 클레르가 벤치에 앉아 코트가 비기를 기다린다. 제롬의 시선은 클레르의 무릎에 무심하게 얹혀 있는 질의 손에 고정되어 있다. 질은 클레르가 자기에게 기대어 있는데도 오로지 시합이 끝나느냐에만 관심이 쏠려 있다.

7월 17일 금요일. 오로라가 제롬의 집에 왔다. 정원 테라스에서 두 사람은 소녀들과 남자 친구들이 테니스 치는 모습을 구경한다. 잠시 후, 그들은 해가 비치지 않는 집 안으로 들어온다.

"테니스 구경보다 너랑 얘기 나누는 게 낫겠다. 그리고 너에게 한마디 해야겠어. 너는 나를 실험에다가 집어넣었으면서 너는 비겁하게 모험이란 모험은 다 피하기야?" 제롬이 말한다.

"실험으로 네가 크게 달라진 것도 없잖아."

"나는 여기 잠시 머무는 사람이야. 내 삶은 다른 곳에 있어. 하지만 너는 다르지. 진지하게, 네 삶이니까."

"나도 잠시 머무는 사람인데."

"그렇다면 너무 오래 머물지 않기를 바라. 너의 아름다운 청춘을 잃어가는 모습이 안타깝다."

"아름다운 청춘은 이미 갔어!"

"남자나 한 명 찾고 앓는 소리는 그만둬."

"올해 안에 찾을걸. 내기할까?"

"누가 그래?"

"커피 찌꺼기 점괘……. 그리고 '남자'라면 누구? 어디 가면 사귈 만한 남자들이 있는데?"

"아무 데든지. 기회는 부족하지 않을걸. 가령 7월 14일 저녁에도……."

"아, 7월 14일!"

"솔직히 그 남자가 그렇게 싫지는 않았으면서."

"결국 남자는 다 좋아. 전부 다 좋아서 어느 한 명을 못 고르는 거야. 왜 이 사람이 아닌 저 사람이냐고. 전부 다 가질 순 없으니 그냥 없이 살래."

"너무 비정상이야, 부도덕하기 그지없고."

"부도덕하지는 않지. 내가 순결하게 사는데 왜 부도덕해? 내가 아무 남자의 품에나 뛰어들어야 해? 뭐 하러? 무슨 의미가 있다고? 무슨 영화를 보겠다고?"

"꼭 아무 남자일 이유는 없지."

"지금으로선 그래. 그 사람이 와야 한다면 오겠지."

"온다고…… 여기로?"

"여기든, 다른 데든. 난 급하지 않아. 네가 하는 말을 듣고 있으니 나 되게 늙은 것 같다! 너에게 고백할게. 작년에도 나는 아주 어린 남자들에게 내 매력이 통하는지 시험해봤어. 일주일

안에 다섯 명에게 성공했어."

"다섯 명!"

"그중에서 세 명하고만 잤어. 제일 잘생긴 애들로."

"기분 좋았어? ……자랑 이상으로?"

"응, 계속 그런 식으로 지낼 수도 있었겠지. 하지만 자존심을 채우고 나니 금세 우울해지더라. 자존심이 금세 살아나긴 했어, 적어도 그 영역에서는. 나는 기다리는 게 더 좋아. 기다릴 줄 알고, 기다림은 기분 좋은 감정이거든."

"너무 오래 끌지만 않는다면 그렇지."

"걱정 마!"

"네 이야기가 내 이야기보다 흥미로운데?"

"아냐, 나는 너와 어린 여자들의 관계에서 더 영감을 얻어. 왜냐하면 그 관계가 더 모호하거든."

"그렇다면 아주 만족하겠다. 나의 연애 놀음은 흐지부지됐어. 이제 일어날 일도 없고, 너에게 할 얘기도 없어. 로라가 친구를 동원해서 내 질투심을 자극하려는 걸까? 나는 그렇게 생각하지 않아. 나의 실험과 마찬가지로, 로라의 실험도 끝났어. 마침표를 찍은 거야. 그 애는 자기 습관으로 돌아갔어. 나는 내 습관으로 돌아갈 거야……. 알아?"

"뭘?"

"아냐, 아무것도. 재미있는 건 이제 네가 아니라 내가 소설을 만든다는 거지. 아이디어가 떠올랐어. 하지만 두려워, 내 생각이……."

"괜찮아, 말해봐."

"네가 알아서 짐작해. 사실이 아니고 아이디어일 뿐이야. 나는 모르모트 역할을 아주 진지하게 받아들였지. 내가 소설 속 인물이라고 생각하면 사실은 느끼지 못하는 감정도 느낄 수 있을 줄 알았어……. 실은 아무것도 못 느꼈어. 어린 여자든 나이 많은 여자든 따라다닐 일은 영원히 없어, 나 개인적으로는…… 너에게 너무 많이 말했다. 이해 못 하겠어."

"넌 마침표를 찍었다고 말하고 싶겠지만 등장인물로서의 너는 그렇지 않아. 그 인물은 실험을 연장하는 중이지."

"아니, 인물도 마침표를 찍었어. 적어도 '이' 실험은."

"그럼 다 끝났어?"

"그쪽으로는 끝났어, 하지만……."

"하지만?"

"순전히 내 정신의 산물을 네가 어떻게 짐작할 수 있을지 모르겠다. 사실은 순전히 아이디어에 불과한 것도 아니야. 로라는 이미 의심하고 있을 거야, 내 생각은 그래. 골치 아픈 건, 말을 하는 동안 중요하지 않은 것이 중요해진다는 거야. 네가 짐작한다면 재미있겠지만 넌 짐작 못 할 거야……. 비밀을 하나 말해주지. '로라하고는' 끝났어."

"그래, 끝났다면서. 그런데?"

"'로라하고는' 끝났다니까."

"설마 클레르하고? 말도 안 돼……."

"그냥 아이디어라니까. 클레르가 날 좋아하는 건 아니고, 음, 말하자면, '내가' 그 애한테 관심이 있어."

"전형적이네, 다른 남자를 사랑하는 그녀."

"단지 그 이유만은 아니야. 클레르가 나에게 관심이 없는데 뭘 어쩌라고? 그녀가 나를 좀 '흔든다'고 해두자. 클레르는 나라는 인물을 흔들어. 어쩌면 진짜 나도 조금 흔들리는지 몰라. 굳이 말할 필요도 없을 만큼 '조금' 말이지."

"그 애한테 흔들려? 어떤 식으로? 그 애의 몸 때문인가?"

"신체적인 존재로서, 라고 말하고 싶은 거라면 맞아. 내가 클레르에 대해서 아는 건 그 부분뿐이니까. 우린 말도 제대로 섞어본 적 없어. 게다가 걔한테는 말을 잘 못 걸겠어."

"오호, 네가 그 아이 기에 눌리는구나!"

"맞아. 그런 여자애들을 대할 때는 뭔가 무력해진다고 할까. 내가 무슨 말 하는 건지 알아?"

"나도 너무 잘생긴 남자를 대할 때 좀 그래. 네가 그런 고백을 하다니 웃긴다."

"아니, 난 원래 엄청 수줍은 사람이야! 일반적으로 내가 먼저 다가갈 필요가 없어서 그렇지. 난 첫눈에 어떤 여자에게 반해서 접근한 적이 한 번도 없다고."

"그런데 이번에는?"

"들어봐, 희한하다니까. 그 애가 뭔가 욕망을 자극하기는 하는데 그 욕망에는 목적이 없어. 목적이 없어서 더 강렬한 욕망이랄까. 순수한 욕망, '아무것도 아닌' 욕망. 난 뭘 하고 싶다는 생각도 없는데 이렇게 욕망을 느낀다는 것 자체가 거북해. 이제 내 욕망을 자극하는 여자를 못 만날 거라 생각했거든. 게다가 내가 걔를 원하는 것도 아니야. 오히려 그 애가 내 품에 달려든다면 내 쪽에서 밀어낼 것 같아."

"질투심 때문인가?"

"아니. 그런데 정작 나는 원하지는 않지만 내가 그 애한테 무슨 권리가 있는 것 같은 기분이 들어. 내 욕망의 힘에서 태어난 권리일까. 그 누구보다 나에게 자격이 있는 것 같은 기분. 일례로 어제 테니스코트에서 그 커플을 바라보면서 모든 여자에겐 약한 부분이 있다는 생각이 들었어. 어떤 여자는 목덜미, 허리, 손이 그렇지. 클레르가 앉아 있는 모습에서 무릎이 딱 그렇더라고. 있잖아, 그 무릎이 나의 욕망을 끌어당기는 자석 같아. 내가 오로지 내 욕망만을 따른다면 그 무릎, 딱 거기에 내 손을 올려놓았을 거야. 그런데 남자친구 손이 클레르의 무릎에 아무렇지도 않게, 아주 바보스럽게 올라가 있더라고. 그 손이 정말 바보 같았어. 나는 충격을 받았지."

"그게 뭐가 어려워. 손을 무릎에 올려놔! 강박관념은 그런 식으로 퇴치해야 해!"

"네가 잘못 생각하는 거야. 어렵고말고. 상대의 동의 없이 만져선 안 돼. 차라리 걔를 유혹하는 게 덜 어려울걸."

7월 20일 월요일. 소녀와 남자 친구 들은 수영을 즐긴 후 다른 친구 몇몇을 더 끌어들여 잔디밭에서 배구를 한다. 제롬과 오로라는 베란다 앞에 앉아 그들을 바라본다.

"사실 나는 아주 마르고 가냘픈 여자를 좋아해. 내가 알았던 여자들, 내가 좋아했던 여자들은 전부 내 취향에 비해 너무 튼튼했어. 뤼생드만 해도 운동선수 같은 몸매지. 그런 면도 싫지는 않았지만 내 취향에는 클레르 같은 몸이 더 좋아."

"아직 시간이 있어. 저 애가 좋으면 넌 아직 미혼이니까 저 애하고 결혼해!"

"하지만 나는 외모는 그렇게 중요하게 안 봐. 내가 이미 말했잖아, 쟤가 나한테 와도 내가 거절한다고. 하지만 거절해도 내 자유로운 결정으로 거절하고 싶어. 그런데 무슨 재수가 옴 붙었는지 모르지만 내가 먼저 원했던 여자는 결코 가질 수 없었지. 내가 여자랑 잘됐던 경우는 전부 나도 그렇게 될 줄 몰랐던 경우, 상대가 먼저 다가왔던 경우지. 욕망이 소유를 따라갔어."

클레르가 갑자기 비명을 지른다. 공을 잘못 받아서 손가락이

클레르의 무릎

꺾인 모양이다. 질이 클레르는 게임을 하는 요령이 없다고 투덜댄다. 제롬이 가서 클레르에게 아픈지 물어본다. 그는 클레르를 오로라에게 데려간다. 오로라는 '마사지'만 좀 해주면 되겠다고 하더니 제롬에게 눈짓을 하고 자기는 주스를 가지러 안으로 들어간다. 하지만 제롬은 그 상황을 이용하지 않고 사근사근하게 클레르와 얘기만 나눈다. 클레르는 그의 말에 잘 웃지만 평소보다 말이 많지는 않다. 단지 자기는 배구를 그렇게 좋아하지는 않는다고, '질에게 맞춰주려고' 하는 것뿐이라고 말한다.

"남자들이 하자는 대로 다 해주면 안 돼요." 제롬이 말한다.

"남자들이 하자는 대로 다 하지 않아요." 그녀가 대답한다.

오로라가 돌아와서 마실 것을 따라준다. 그녀는 제롬에게 잔을 내밀었다가 장난으로 도로 빼앗는다. 잔을 받으려던 제롬이 자칫 균형을 잃고 클레르의 무릎을 짚을 뻔한다. 오로라는 일부러 그랬는지 그 무릎을 눈빛으로 가리키기까지 했다. 하지만 제롬은 클레르의 몸에 닿지 않으려고 안간힘을 썼다.

7월 23일 목요일. 질이 제롬에게 보트를 빌렸다. 그는 운행 수칙에 맞게 연안에서 충분히 벗어나지 않은 상태에서 클레르를 옆에 태우고 호수를 전속력으로 달렸다. 벚나무 그늘에서 책을 읽던 제롬에게 인근 캠핑장 관리인이 항의하러 왔다. 관리인은 자기가 누누이 말했는데도 어린애들이 너무 가까이서 보트를 몰아 수영객들에게 피해를 준다고 따진다. 제롬은 대신 사과를 하고 다시는 이런 일이 없게끔 하겠다고 말한다.

하지만 보트에서 내린 질이 얼마나 건방지게 말대답을 하는지 관리인은 가만히 넘어가지 않겠다고 작정한다. 서로 욕설이 오가고 이제 곧 주먹도 날아갈 것 같다. 관리인이 돌아간 후 제롬은 질과 클레르에게 호통을 치고 그들이 그런 식으로 나오면 다시는 보트를 빌려주지 않겠다고 말한다. 질이 탄식하면서 자기는 규정에 맞게 거리를 유지했다고 큰소리친다. 로라가 큰소리가 오가는 것을 듣고 나와서는 질을 편든다.

"또 캠핑객들이 말썽이지! 제대로 골탕 먹였기를 바라. 만날 잔디밭에 종이 쓰레기나 버리고들 가는 주제에! 캠핑장에서 우리 집에 입히는 손해가 얼마인데! 허락도 구하지 않고 우리 집으로 넘어오고 말이야. 이게 말이 되냐고! 질, 잘했어!"

"내 말 들어, 이 계집애야. 네가 뭐라고 했는지 너희 어머님께 다 말할 거야." 제롬이 말한다.

"말하세요. 엄마도 나랑 똑같은 의견일걸요. 어쨌거나, 아저씨는 손님이에요. 여기서 무슨 일이 생기면 아저씨가 아니라 우리 엄마에게 말을 해야죠······."

7월 24일 금요일. 탈루아르 거리에서 제롬은 장을 보고 돌아가던 로라와 마주친다. 제롬이 보트로 집까지 데려다주겠다고 말한다. 가는 김에 오로라에게 인사나 하고 오겠다고. 로라는 좋다고 말하고 함께 걷는다. 그녀는 또 언제 같이 등산을 갈 수 있는지 묻는다. 그러면서 그날 당일과 이튿날은 영국에 갈 짐을 싸야 하기 때문에 시간이 없다고 한다.

그는 이렇게 헤어지기는 아쉽다고 생각한다. 투르네트 봉에서 태어나기도 전에 죽은 우정이랄까. 하지만 로라는 그들이 여전히 사이가 좋고 그동안 거의 매일 보고 지냈는데 그 이상 뭘 바라겠느냐고 대꾸한다.

"나는 바로 그 이상을 바랐는데."

"나 역시 좋다고 생각했어요. 당신 말마따나 그 이상이 없었던 건 당신 때문이에요. 당신이 늘 거리를 두고 앉아 있었잖아요."

"너를 불편하게 하고 싶지 않았어. 네가 친구들과 함께 있었으니까."

"그들과 있어야 했으니까요. 당신은 그렇게 나이 많지 않아요."

하지만 제롬은 친구들을 잘못 선택했다고 비난한다. 뱅상은 그나마 괜찮지만 질은 못 봐줄 인간이라고.

"질은 클레르의 친구예요. 클레르가 선택한 사람을 내가 어떻게 할 수 있나요?" 로라가 놀라면서 대꾸한다. "게다가 질은 좋은 사람이에요. 그 둘은 아주 잘 어울리죠."

"아, 천만에! 전혀 그렇지 않아. 여자가 백 배는 아까워."

"질이 당신을 두려워하지 않아서 싫은 거겠죠."

"너 제정신이야? 오히려 그 반대야. 나는 성격 좀 있는 사람들을 좋아해. 그런데 걔는 센 척만 하는 최악의 종자야. 클레르는 걔를 버려야 해. 클레르가 눈을 뜨게 해줘."

로라는 왜 제롬이 그렇게까지 마음을 쓸까 생각한다.

"클레르가 사랑하는 사람이고, 그럴 만해요. 당신이 뭣 때문에 이렇게 나오죠?"

"그냥 말한 거야. 아무것도 아냐."

"맞아요, 당신은 아무것도 아닌데 질투를 하죠. 혹시 또……."

7월 26일 일요일. 로라가 떠나는 날이다. 어머니가 제네바까지 데려다주기로 했다. 로라를 부른다. 정원 구석에서 뱅상과 열띤 대화를 나누고 있던 로라가 나온다. 포옹을 한다. 우울해하는 뱅상 앞에서 로라는 제롬의 품에 다소 오래 안겨 있다. 자동차가 출발한다. 다들 베란다로 돌아온다. '사람을 떠나보내는 일은 늘 슬프지. 나하고 관련된 이별이 아니더라도!' 제롬은 생각한다.

7월 28일 화요일. 날씨가 불확실하지만 제롬은 보트로 안시까지 갔다. 다음 날 출발해서 급하게 사야 할 것들을 구매한다. 보트를 물에 대려는 순간, 공원 산책로에서 서로 꼭 껴안고 걸어가는 커플을 발견한다. 질의 얼굴을 본 것 같다. 제롬이 쌍안경을 눈에 대고 확인한다. 남자는 질이 맞는데 여자는 클레르가 아니다.

돌아오는 길에 W 부인의 집에 들른다. 혼자 있던 클레르가 오로라는 외출 중이라고 말한다. 제롬은 오로라가 그날 저녁을 자기 집에서 먹기로 되어 있는데 다시 한번 말해달라고, 여덟 시에 데리러 온다는 말도 전해달라고 한다. 클레르는 잊지 않고 전하겠다고 대답한다. 그러고는 잠시 주저하더니 혹시 안시에 갔다 오는 길인지 묻는다.

"안시에서 오는 길인데, 왜?"

"아무것도 아니에요. 젠장, 별일 아니에요."

하지만 불안한 표정을 봐서는 별일이 아닌 게 아니다.

"안시에 가고 싶으면 내가 데려다줄게. 날씨도 괜찮은 것 같고."

하지만 그들이 셰르 바위를 지나치자마자 날씨가 고약하게 변하는 기미가 명백하다. 바람이 높아지고 거대한 먹구름이 쌓여간다.

제롬은 피할 곳을 찾으려 한다. 그는 가장 가까운 선착장, 개인 소유의 부교로 향한다. 배를 대자마자 소나기가 쏟아진다.

갑작스럽고 거센 소나기. 제롬은 보트에 덮개를 씌울 시간밖에 없었다. 클레르가 먼저 보트 창고에 들어가 비를 피한다. 제롬도 뒤따라 들어온다. 두 사람은 궤짝 위에 대충 앉는다. 클레르는 여름 원피스에 재킷을 입고 있다. 제롬이 춥지 않느냐고 묻는다. 클레르는 아니라고 대답한다. 왠지 걱정이 있어 보인다. 그는 클레르를 흘끔거리다가 잠시 비 내리는 바깥을 바라본다. 쉬이 그칠 비가 아닌 것 같다.

"비가 그치더라도 널 데려다줄 시간이 없을 것 같아. 약속이 있었다면 아무래도 못 지키겠네."

클레르는 평소보다 말수가 많다. 약속은 원래 없었고, 그녀는 질의 집에 편지를 두고 오려 했다. 그르노블의 어머니 댁에 갔던 질이 돌아오자마자 그녀의 편지를 발견하게 하려고. 제롬은 그럴 가치가 없는 남자에게 너무 애쓰지 말라고 말한다.

"너처럼 매력적인 여자가 그런 놈과 사귀는 걸 보니 마음이 아파. 네가 쥐고 흔드는 거라면 또 몰라! 너는 세상 남자들을 다 굴복시킬 수 있어. 그들을 이용해."

"좋은 사람이에요. 당신이나 오로라, 엄마, 로라, 사람들 앞에서 납작하게 숙이지 않을 뿐이죠. 기개가 있어서 그래요. 그리고 당신 의견은 나에게 별로 중요하지 않아요."

"질이 오늘 오후에 뭘 했는지는 너에게 아주 중요할걸?" 제롬은 흥분해버렸다. "말하지 않으려고 했는데 네가 아는 편이 낫겠다. 질은 지금 그르노블이 아니라 안시에 있어. 키가 별로 크지 않은 금발 여자와 함께……."

제롬이 이야기의 서두밖에 꺼내지 않았는데 클레르가 냅다 울음을 터뜨린다.

몇 마디 위로의 말을 건넸지만 클레르의 울음소리는 점점 더 커진다. 그 후 주위는 조용하고 흐느낌, 창고 지붕을 때리는 빗소리, 멀리서 울리는 천둥소리만 들린다. 클레르가 재킷 주머니를 뒤지며 뭔가를 찾지만 손수건은 없다. 그녀는 제롬이 내미는 손수건을 흐느끼면서 받아든다. 그녀는 다리 한쪽은 펴고 다른 쪽은 구부린 자세다. 어두운 바닥을 배경으로 그녀의 무릎이 빛나는 봉우리처럼 확 두드러져 보인다. 처음에는 우는 소녀에게 관심을 쏟던 제롬이 눈을 아래로 떨어뜨린다. 그의 시선이 허벅지를 타고 올라와, 울음에 따라 들썩이는 배까지 왔다가 다시 내려가고……. 제롬이 갑자기 결연한 동작으로 그녀의 무릎에 손을 얹고 손바닥으로 문지르기 시작한다.

클레르는 반응하지 않는다. 약간 시간차를 두고 단지 제롬의 손을 바라볼 뿐이다. 그녀는 그 손이 과감해지면 바로 중단시킬 작정이다. 그런 일은 일어나지 않는다. 딱 그 상태에서 울음은 차차 잦아들고 제롬의 손은 그 자리, 그 리듬을 유지한다. 주위가 조용해졌다. 비도 그쳤다. 클레르는 이제 조용히 허공을 바라본다. 눈물 한 줄기가 뺨을 따라 흘러내리다가 한순간 무지갯빛으로 빛난다. 제롬의 시선이 그 눈물에 미친다. 눈물이 입가에 닿는 순간, 그는 클레르의 무릎에서 손을 거두고 일어난다. "돌아가자!"

오로라는 과수원에서 보리수 찻잔을 앞에 두고 제롬의 고백을 듣는다. 그는 제정신이 아니었다고, 갑자기 사고를 치고 싶은 욕구를 발작적으로 경험했다고 말한다(폭우, 급작스러운 출발?). 의지보다 강력한 그 무엇이, 그가 할 생각 없었던 말과 감히 하지 못했던 행동을 끌어냈다.

"그 애가 계속 울면서 손수건을 찾더라고. 그런데 손수건이 없었어. 내 것을 줬더니 눈을 좀 훔치고는 돌려줬는데 내가 그냥 가지라고 손짓을 했지. 그 순간, 클레르가 날 미워하겠구나 확신했어. 내가 그 애 몸에 손을 대거나 입이라도 벙긋했으면 '날 내버려둬요!' 했을걸. 그래서 나는 그 애가 우는 모습을 거북하게 바라보고만 있었어. 폭로의 통쾌감과 속상함을 동시에 느꼈지. 결국 애를 울리는 지경까지 갔다는 게 부끄러웠어. 혹은, 내가 걔 대신 부끄러웠다고 할까. 잘 알지도 못하는 사람 앞에서 대성통곡을 하는 상황이잖아. 그래서 나도 몹시 거북했어.

그 애가 어떤 위로도 거부할 태세였기 때문에 더욱 그랬어. 내가 손이나 어깨를 잡고 토닥거렸으면 걔가 난리쳤을 거야

……. 어쨌든 클레르는 내 맞은편에 앉아 있었고 그 뾰족하고 작고 연약하고 미끈한 무릎이 바로 내 손 닿는 곳에 있었어. 손만 내밀면 그 무릎이 닿을 찰나였지. 무릎을 만지는 건 절대 해서는 안 될 일인 동시에, 그 상황에선 너무 쉬운 일이었어. 그 동작의 단순함과 불가능성을 동시에 절감했지. 벼랑 끝에서 허공으로 떨어지는 건 한 발만 더 나아가면 되는 아주 쉬운 일이야. 그렇지만 뛰어내리고 싶어도 도저히 그럴 수 없지.

용기가, 엄청난 용기가 필요했어. 내 인생에서 내 의지로 바라지 않은 행동을, 그렇게 영웅적으로 해보기는 처음이야. 하지만 나의 순수한 의지로만 감행한 유일한 행동이기도 해. 그런 기분은 한 번도 느껴보지 못했어. 해야만 하는 행동을 하고 있다는 기분이랄까. 해야만 했잖아? 너에게 약속했지…….

그래서 신속하고 결연하게, 반응할 틈을 주지 않고 그녀의 무릎에 손을 얹었어. 정확한 몸짓이 대응을 예비한 셈이지. 그녀는 무심하게, 살짝 적대적으로 내 손을 바라보기만 하고 아무 말도 하지 않았어. 내 손을 뿌리치거나 다리의 위치를 옮기지도 않았어. 왜 그랬을까? 나도 몰라, 이해가 안 돼. 그런데 실은 알 것도 같아! 그게 말이지, 내가 그 애의 손을 스치거나 이마나 머리칼을 쓰다듬었다면 걔는 분명히 몸을 뒤로 뺐을 거야. 그런데 내 행동이 너무 예상 밖이었던 게지. 처음에는 다른 행동이 이어질 줄 알았는데 딱 거기까지였어. 그래서 그 애는 안심했지. 어떻게 생각해?"

"굉장히 이야기를 잘한다는 생각이 드네. 속기사가 아닌 게 아쉽다. 다 기록하면 좋았을 텐데. 이제 와서 그 애 생각이 너에게 무슨 영향이 있어? 너희는 조형적이고 회화적인 인물상이야. 너희들 생각이 뭐가 중요하냐!"

"알다시피, 여자 울리는 거 나도 싫어. 내가 그랬던 건 걔가 알아야 할 사실이 있어서야. 걔가 눈을 떠야만 했어. 조금이라도 그 애를 경악하게 했다면 내 쪽에서 얼굴이 벌게져서 당장 손을 치웠겠지. 그런데 걔는 경악하지 않았어. 오히려 내가 걔한테 좋은 일을 해준 거야. 나는 욕망에서 우러난 행동이었지만 걔는 그냥 위로로 받아들였거든. 그래서 내 마음이 편안해졌어. 순간적으로 자제력을 잃었다는 두려움이 좀 남긴 했지만……."

이 모든 고백에 오로라는 무척 즐거워했다.

"네 이야기는 매혹적이고 완전히 무해해. 너 스스로 부여한 변태성 외에는 그 어떤 변태성도 없어."

"아니, 나는 결과로 따지면 오히려 도덕적이라고 생각하는데? 일단 너에게 고백했던 매혹을 부숴버렸어. 이제 그 소녀의 몸에 집착하지 않게 됐어. 벌써 가져보고 만족을 얻은 것처럼 말이야. 그리고 어쨌든 나는 '착한 행동'을 한 거잖아. 좋은 일을 한다는 의식이 내가 느낀 기쁨의 일부야. 그 못된 녀석을 클레르와 완전히 떼어놓았지."

"더 나쁜 남자에게 걸릴지도."

"아, 그렇진 않을 거야. 그 애도 배운 바가 있고 스스로 방어할 수 있을걸."

"너는 네 마음대로 안 되는 여자가 있다는 생각을 못 참는구나. 난 그게 재밌어."

"내 마음대로 안 되는 여자들의 존재를 아주 잘 인정하고 있거든? 가령, 너도 그렇지."

"나는 게임에서 제외야."

"그래서 내가 너보고 뭐라고 하는 거야. 너한테 나는 모르모트일 뿐인데 난 너를 각별한 벗으로 생각하지. 게다가 내가 한 일도 결국은 전부 너를 위한 거였어. 너도 잘 알잖아."

"날 생각해서 로라에게 그랬다고? 날 생각해서 클레르에게 그랬어? ……왜, 날 생각해서 뤼생드도 만났다고 하지?"

"내 말 안 믿겠지만 네가 여기 없었으면 내가 로라와 클레르를 어떤 식으로 만났든 아무 일도 일어나지 않았을 거야. 그리고 네가 떠나면 더 이상 아무 일도 없을 거야. 네 덕분에 쾌락의 끝을 봤고, 이제 다시는 그런 일이 없었으면 좋겠어. 이걸로 충분히 만족해."

"뤼생드는?"

"아, 뤼생드! 또 그 이야기! 그래, 이제 뤼생드가 나의 전부가 될 거야. 다른 여자들은 다 날아가고 증발해버렸어. 너는 꼭 마법사 같아!"

"전에는 확신이 없었어?"

"그렇지 않아. 확신이 없었으면 그토록 경솔하게 내 운명을 네 손에 맡기지도 않았어."

7월 29일 수요일. 아침 아홉 시. 하늘은 맑게 갠 파란색이고 호수는 반짝반짝 빛이 난다. 제롬이 마지막으로 보트를 몰아 W 부인의 집으로 간다. 오로라는 그가 오는 소리를 듣고 발코니에서 내려온다. 제롬은 오로라에게 얼른 작별 인사를 하고 클레르에게 안부를 전해달라고 한다. 클레르는 아직 자기 방에 있다. 오로라가 제롬에게 클레르를 깨워줄까 묻는다. 제롬은 쓸데없는 일 하지 말라고 한다.

제롬과 오로라는 포옹을 나누며 서로에게 충고한다. 제롬이 자기는 결혼하는데 오로라는 혼자 살아서 어떡하느냐고 한다. 오로라가 수수께끼 같은 표정을 짓는다.

"혼자? 아냐!"

"아니라니? 남자 생겼어?"

"약혼자가 있어."

"나한테는 아무 말도 안 했잖아! 난 너에게 다 얘기했는데 너는 철저히 속였어!"

"안 물어봤잖아. 게다가 너도 본 사람이야. 소개도 했어."

"아! 제네바에서 데려다준 사람? 괜찮네……."

그는 보트를 타고 돌아간다. 푸른 호수를 배경으로 오로라의 실루엣이 손을 흔들어 작별을 고한다. 그녀가 돌아서는 순간, 질은 집 앞에 이제 막 차를 세웠다. 질이 다가와서 클레르가 집에 있는지 묻는다. 하지만 이미 클레르는 계단을 내려오는 중이다. 오로라는 한바탕 난리법석을 보고 싶지 않아서 먼저 방으로 올라간다. 그렇지만 그녀의 방 발코니, 벚나무 가지 뒤에 숨어서 구경을 하지 않을 수 없다. 그 커플은 잔디밭을 왔다갔다 하면서 고래고래 소리를 질러가면서 싸운다. 그들의 대화가 단편적으로 들린다. 질의 변명이 차츰 클레르의 확신을 무너뜨리는 것 같다. 그는 사실 그르노블에 가지 않았다……. 이런저런 사정이 겹쳐 자동차를 몰 수 없게 됐다……. 배를 타러 갔다가 뮈리엘이라는 여자를 만났다. 뮈리엘은 자기가 좋아하는 학교 친구와 잘될 수 있도록 질이 도와주기를 원했다, 기타 등등.

두 사람은 물가의 벤치에 나란히 앉았다. 둘이 꼭 붙어서 입을 맞춘다. 청년은 왼쪽 팔로 소녀의 어깨를 감싸고 오른손으로는 무릎을 어루만진다.

L'Amour l'après-midi

✦

오후의 연정

프롤로그

오전 여덟 시. 나갈 준비를 한다. 우비를 걸친다. 침대 머리맡에 놓아둔 책을 가져가려고 방에 잠시 들른다. 옆방에서 아이 목소리가 들린다. "엄마!"

나는 욕실 문을 가볍게 노크한다.

"엘렌!"

"들어와." 아내가 말한다.

문이 열리자 욕조에서 나오는 아내의 벌거벗은 뒷모습이 보인다. 그녀는 샤워타올을 몸에 두르면서 나를 향해 돌아선다.

"지금 나가? 이따가 봐." 아내가 뺨을 내민다.

"미안, 오늘 아침은 일이 많아. 아리안이 우는데 그냥 나가봐야겠어."

"나가봐, 내가 알아서 할게."

나는 엘렌의 허리를 안고 그녀의 축축한 어깨에 입을 맞춘다.

"어머…… 당신 옷 젖겠어!"

"젖으면 어때. 우비도 입었는데!"

우리는 생라자르 역에서 30분 거리에 있는, 파리의 서쪽 근교에 산다. 이 시각에는 플랫폼에 사람이 많다. 객차 안은 더 혼잡하다. 주머니에서 책을 꺼내기도 힘들 만큼 승객들이 빽빽하게 서 있다.

　열차 안에서 읽기에는 신문보다 책이 낫다. 단지 판형이 작아서 그런 것만은 아니다. 신문은 주의력을 충분히 끌어당기지 못할뿐더러 현실에서 벗어나게 하지도 못한다. 요즘 나는 모험담에 빠져 있다. 오늘 들고 나온 책은 부갱빌의 『세계여행기』다. 나의 출근길, 퇴근길은 호흡을 끊지 않고 독서에 몰두하기에 좋은 시간이다.

　퇴근 후 집에서는 다른 종류의 책을 읽는다. 나는 여러 권을 한꺼번에 읽기 좋아한다. 각각의 책은 나름의 시간과 공간이 있지만 모든 책이 나를 현실의 시공간에서 떠나게 한다. 하지만 내가 아무것도 없는 독방에 갇혀 있다면 책을 읽지 않을 것 같다. 어떤 물리적 존재가 내 옆에 꼭 있어야만 한다.

　대학생 시절에는 공부할 때만 빼고 늘 저녁을 먹은 후 밖에 나갔다. 엘렌과 나는 이제 외출을 거의 하지 않는다. 그녀는 생클루 고등학교에서 영어를 가르친다. 저녁에는 수업 준비를 하거나 학생들 답안을 고친다. 이따금 정신이 딴 세상에 다녀오면 내 곁에 있는 그녀가 더 애틋하게 느껴진다……. 어째서, 세상의 많고 많은 아름다움 가운데, 나는 '그녀의' 아름다움에 감응했을까? 지금은 잘 모르겠다.

열차 안, 맞은편에 앉은 젊은 여자가 답안지를 무릎에 쌓아놓고 고치는 중이다. 약지에 반지가 있는 걸 보니 기혼 여성이다. 교사처럼 보이지 않지만 엘렌도 그 점은 마찬가지다. 이따금 그녀는 고개를 들고 허공을 바라본다. 눈이 참 예쁘다.

이제는 여자들을 봐도 선택할 만한 부류인지 외면할 만한 부류인지 잘 모르겠다. 나의 취향을 확신할 수 없을 뿐 아니라 무슨 기준으로 판단을 한단 말인가. 여자가 나를 끌어당기기 위해 반드시 갖춰야 할 '그 무엇', 내가 한눈에 알아볼 만한 그것이 뭘까.

결혼을 하고 나니 모든 여자가 예쁘다. 예상 밖의 직업을 가진 여자들에 대해서는, 내가 과거에 거의 다 파헤쳤던 신비감이 되살아난다. 그 여자들의 삶이 궁금하다. 어차피 그 삶이 내가 이미 아는 것 이상을 알려주지는 않을지라도. 만약 3년 전에 내가 저 여자를 만났다면 어떻게 됐을까? 그래도 저 여자가 내 관심을 끌어당겼을까? 저 여자에게 반해서 함께 아이를 만들게 됐을까?

생라자르 역에서 인근 거리로 쏟아져 나가는 인파 속에서 걷는다.

나는 대도시가 좋다. 시골과 근교는 답답하다. 혼잡하고 시끄럽긴 해도 군중 속에서 살아가는 기분이 싫지 않다. 바다를 좋아하듯 인파를 좋아한다. 묻히고 매몰되는 기분이 좋다는 게 아니라 외로운 거품처럼 그 표면에서 떠다니는 기분이 좋다. 언뜻 보면 주위의 리듬에 떠밀려 사는 것 같아도 일단 흐름이 꺾이면 나 자신의 리듬을 되찾기에 더 좋다. 인파는 마치 바다처럼 원기를 북돋우고 몽상을 촉진한다. 나의 생각은 거의 다 거리에서 나왔다. 내 일과 관련된 생각조차도.

나는 역에서 바로 지척인 라 페피니에르 거리에 친구 한 명과 회계사무소를 차렸다. 사무소는 비서실, 내 사무실, 나의 동업자 제라르의 사무실로 꾸며져 있다.

두 비서 중에서 파비안이 도착한다. 나는 이미 급히 보내야 할 서신을 타자기로 작성 중이다. 파비안은 늦어서 미안하다고 하고 나는 내가 일찍 왔다고 말한다. 그녀가 편지를 마저 작성하겠다고 한다. 나는 아직 머릿속으로 내용이 정리가 안 됐다고, 필요하면 나중에 다시 작성을 부탁하겠다고 대답한다. 나는 그 대신 파비안에게 자료를 찾아오라고 지시한다.

나는 편지를 작성하면서 파비안이 서류철을 뒤지는 모습을 별 생각 없이 바라본다. 그녀는 예쁘고 우아하고 몸매가 좋다. 뛰어난 외모가 일솜씨를 갉아먹지는 않는다. 제라르와 나는 둘

다 일솜씨를 더 높게 치지만 첫 번째 장점에도 무감각하지는 않다. 점잖고 형식적인 관계일지라도 젊고 예쁜 사람들과 함께 일하면 좋은 자극이 된다. 이 말인즉슨, 나는 환심을 사려는 태도를 아주 거두지는 않았다. 오히려 그 반대다. 파비안은 어차피 내가 건드릴 수 없는 여자이기 때문에 친절하게 굴어도 괜찮다. 그녀는 약혼자가 있다. 그러니까 나는 중년 부인이나 늙은 아주머니들에게는 절대 보내지 않을 미소와 눈빛을, 분명히 제한된 선 안에서, 구사할 수 있다. 하지만 우리의 대화는 일에 한정되어 있다. 구설수는 피한다. 파비안은 속내를 얘기하는 법이 없고 나 역시 그렇다. 그녀에 대해서, 그녀의 생활에 대해서 아는 부분은 전부 그녀가 자주 약혼자에게 전화를 걸어서 하는 말을 본의 아니게 단편적으로 주워들은 결과다.

오늘 아침에는 소동이 다소 있었던 것 같다. 파비안이 출근하자마자 그 남자가 사무소로 전화를 했다. 그녀는 전화를 받더니 짜증스럽게 대답했다. 지금은 통화할 시간이 아니다, 자기는 괜찮다, 그쪽도 진정해라, 자신은 약간 짜증이 났을 뿐이다, 할 일이 많다, 왜 모두에게 폐를 끼치느냐 등등. 파비안이 내 쪽을 보고 예쁘게 미소를 지었고 나는 통화에 방해될까 봐 잠시 멈추었던 타자를 다시 치기 시작했다.

또 다른 비서 마르틴이 도착했다. 그녀도 상당한 미인이다. 그녀가 처음 보는 외투를 입고 왔는데 파비안이 외투가 예쁘다고 감탄한다. 제라르가 바람처럼 들이닥치자 수다는 중단되고 마르틴은 속기록을 들고 제라르의 사무실로 따라 들어간다.

오후 한 시, 비서들이 업무를 중단한다. 두 여자는 카페에 내려가 샌드위치를 먹는다. 제라르는 집에 다녀온다. 그는 이 동네에 산다. 나는 식당이 혼잡한 시각을 피하려고 두 시까지 쭉 일을 한다. 게다가 보통은 제대로 된 식사를 하지 않고 두 시에서 세 시 사이에 간이식당 같은 데서 차게 먹는 간단한 먹거리를 사 먹는다. 사업상의 오찬이나 회식 자리는 잡지 않으며 약속은 가급적 전부 퇴근 후로 잡는다.

생토귀스탱 광장 카페테라스에서 '영국식 한 접시'를 비우고 있었다. 가끔 마주치는 동창이 내 앞으로 지나간다. 이 지역 모 회사에서 홍보담당관으로 일하는 친구다. 동창이 나를 알아보고 다가온다. 나는 앉으라고 권한다.

"지난번에 제라르를 봤어. 너희 사업 아주 잘나가는 것 같더라."

"잘 되어가. 너무 잘 되어서 탈이지. 덩치를 키워야만 하는데 그러면 관료주의도 들어오겠지. 나는 아직 좀 기분 내키는 대로 하고 싶어. 가령, 남들이 밥 먹을 때는 일하고 남들이 일할 때 밥 먹는 정도는 내 마음대로 하고 싶다고."

"하지만 나도 그래!" 동창이 웃는다. "원래는 시간표가 있는데 꼭 따라야 할 의무는 없어. 네가 무슨 특권을 누리는 것처럼 얘기하는데 너 같은 사람들 많아. 주위를 봐."

"이 시각에는 주로 여자와 퇴직자 들이 나와 있지."

"저기 서류가방을 든 사내들은 뭐야?"

"세일즈맨이겠지……."

"변호사든가……."

"교사이거나…… 첩보원일지도 모르지! 그래, 안심이 되네. 거리에는 어느 시간대나 사람이 많은 게 좋아. 파리가 좋은 점도 그거야. 시골이나 근교의 오후보다 더 음산한 건 없을걸!"

"뭐야, 너도 '오후의 불안'이냐? 나는 파리도 오후 네 시를 넘으면 그렇게 기분 좋게 느껴지지 않아. 우리의 바보 같은 점심 습관 때문이려나."

"그래서 난 점심을 안 먹어. 쇼핑을 하면서 불안을 달래지. 진짜 불안이 있는지 없는지 모르겠지만."

나는 백화점 안을 돌아다닌다. 마주치는 사람들은 대개 여자인데 몇몇은 아주 멋쟁이다. 나는 셔츠 코너를 둘러보지만 아무것도 구입하지 않는다.

그다음에는 나와서 오스만 대로를 따라 걷는다. 어느 셔츠 가게 진열창 앞에서 발길이 멎었다. 그 가게에 들어가기로 한다.

하늘색 저지 셔츠를 입어보기로 한다. 점원이 나에게 아주 잘 어울릴 거라고 했다. 거울을 봤는데 그렇게까지 마음에 들지는 않는다.

"초록색은 싫으세요?"

"네, 그건 싫어요."

"지금 이 셔츠가 손님 안색과 잘 맞는데요."

"네, 그런데 내가 찾던 물건은 아니에요."

"어떤 점이 마음에 안 드세요?"

"뭐가 마음에 안 드는 건 아니고요. 그냥 확 꽂히지 않는다고 해두죠. 파란색이 나에게 잘 어울린다는 건 아는데 분위기를 바꿔보고 싶어서요."

"그럼, 초록색으로 하세요!"

"초록색은 안 어울려요……. 음, 생각해볼게요."

다른 상점에 들어가서 터틀넥 스웨터를 보여달라고 했다. 아주 예쁜 아가씨가 있어서 여기 점원인가 보다 했는데 그 여자가 사장이지 싶다. 그녀는 내 말을 듣고 까르르 웃더니 내 눈을 똑바로 보고 말했다.

"아뇨, 손님 사이즈는 없어요. 흰색이랑 베이지색이 있긴 한데 별로예요. 다음 주에 다시 오세요."

내가 나가려고 했더니 그녀가 자기 뒤에 놓여 있던 니트를 내밀었다.

"봐요, 영 별로잖아요. 손님한테 안 어울릴 것 같다니까!"

옷 선반을 훑어보는 나에게 그녀가 다시 말했다.

"저 물건은 손님 사이즈가 없고요, 저쪽에 있는 건 셔츠류예요."

그녀는 나에게 상의도 하지 않고 카운터에 상품을 늘어놓았다.

"그래도 이건 색깔이 손님한테 잘 맞을 것 같네요. 가령, 이건 어떨까."

그 여자는 셀로판 봉투에서 옷을 꺼내더니 압핀을 제거하고 내 몸에 대보았다.

"색은 잘 받네. 손님 눈 색깔이 돋보이잖아요. 입어보세요, 그러면 더 쉽게 결정이 날 거예요."

"하지만 난 셔츠를 사러 온 게 아닌데요!"

"상관없어요. 입어보는 건데 어때요. 안 어울리면 살 필요 없어요!"

"아니…… 이미 말했잖아요, 이거 안 살 겁니다."

"그래도 입어봐요, 어떤가 보게!"

나는 그만 넘어가서 탈의실로 들어갔다. 실제로 그 셔츠는 나한테 찰떡처럼 어울린다. 마치 나의 얼굴색과 신체 사이즈를 고려해서 만든 맞춤옷 같다. 가격도 나쁘지 않다. 나는 커튼을 걷고 나온다. 흠을 잡으려야 잡을 수가 없어서 좀 당황스러운 기분으로 그녀를 본다.

"목이 좀 올라오는 것 같아요." 나는 소극적으로 둘러댄다.

그녀가 깔깔대고 웃는다.

"전혀요! 거기 압핀 하나가 남아 있어서 그래요."

그녀가 다가와서 압핀을 제거하고는 셔츠 자락을 살짝 아래로 당기면서 손가락으로 옷감을 매만진다.

"퓨어 캐시미어라서 부드럽고 가볍고 다림질도 필요없어요."

"이거 살게요."

생라자르 역 시계가 여섯 시를 가리킨다. 인근 거리와 지하철에서 쏟아져 나온 인파가 우르르 계단을 올라 플랫폼을 따라 퍼진다.

여섯 시 반. 나는 아직 사무실에서 손님과 상담 중이다. 파비안이 노크를 하고 얼굴을 살짝 내민다. 이미 외투를 입고 있다.

"먼저 가봐도 될까요?"

"그래요, 고마워요, 내일 봅시다!"

집에 돌아왔다. 아리안이 문소리를 듣고 나를 찾는다. 방에 갔더니 애 엄마가 이제 막 재우려고 했던 모양이다. 엘렌이 내 손에 들린 쇼핑백을 보았다.

"알아맞혀 볼까, 스웨터 맞지?"

"아니, 셔츠야. 잘 산 건가 모르겠네. 당신이 한번 봐줘."

방에 들어갔더니 침대 위에 내가 오늘 점심을 먹고 둘러봤던 백화점 쇼핑백이 놓여 있다. 나는 셔츠를 입어보면서 엘렌에게 큰 소리로 묻는다.

"당신 오늘 쇼핑했어? 몇 시쯤? 우리 잘하면 마주칠 수도 있었겠다. 희한하게, 우리는 마주치지도 않네!"

엘렌이 셔츠에 감탄하면서 옷감을 만져보고 뺨을 대본다. 그녀의 머리칼이 내 입술을 스친다. 그녀가 물러나면서 말한다.

"쇼핑하느라 좀 늦게 들어왔어. 그래서 저녁 준비가 아직 덜 끝났어!"

나는 주방에 가서 감자 껍질 벗기는 일을 거든다.

"당신이 좋다고 하니 다행이야. 상술에 넘어갔나 싶었거든."

"당신이 그렇게 남의 말에 휘둘리는 사람은 아니잖아!"

"맞아, 그런데 점원이 수완이 좋더라고. 자기는 물건을 팔든 말든 상관없다는 식으로 나오는 거야. 실제로 물건도 괜찮았고. 마음에 쏙 들었어. 그런 일 별로 없거든."

나는 사무실에 있다. 파비안이 문을 연다.

"열두 시 반에 나가도 될까요? 누가 점심을 같이 하자고 해서요."

내가 고개를 끄덕이자 그녀가 덧붙인다.

"아! 제가 아직 말씀 안 드렸죠, 저 곧 결혼해요. 이번 여름에요."

나는 축하의 말을 전하고 결혼 후에 일을 그만두는지 묻는다.

"아뇨, 계속 일하고 싶어요. 약혼자는 자기 아버지 사업에 저도 합류하라고 하지만 저는 따로 일하는 게 좋아요. 그 사람도 나에게 일 문제로 이래라저래라 하고 싶지 않을 거예요. 게다가 꼭 일을 해야 하는 건 아니에요. 집에서 살림만 해도 되지만 그건 왠지 서글퍼서요. 차라리 가정부를 고용하고 내가 출근을 할래요."

우리는 엘렌의 동료 M 부인과 낭테르 대학 강사라는 그녀의 남편 집에 저녁 초대를 받았다.

"아내와 같은 일을 한다고 해서 더 가까워지지는 않았어요. 아네스는 '수학' 선생이고 나는 문학을 가르치다 보니 소통이 결코 쉽지 않아요! 오히려 당신네 부부가 직업상 더 가까워질 수 있을 겁니다." M 씨가 말한다.

엘렌과 나는 실소했다.

"엘렌은 내 일에 대해서 아무것도 몰라요!"

"프레데릭은 내 논문 제목도 모를걸요!"

"그건 그래. 그래도 당신 때문에 다시 영어를 들여다보기 시작했어. 쿡 선장의 흥미로운 여행기도 원서로 읽었다고!"

나는 사무실에서 제라르와 우리 또래 손님 한 명과 이야기꽃을 피운다. 진지한 얘기를 끝내고 차를 마시기로 한다. 파비안이 찻잔을 내온다.

"사교 모임에서 가장 짜증 나는 부분은, 왜 다들 아내를 데려오느냐는 거야. 집에서 따분한 걸로는 부족한가? 권태를 밖까지 끌고 나오면 좋냐고. 그리고 내 아내는 의사이고 프레데릭의 아내는 교사잖아. 두 사람 모두 자기 일에서 해야 할 부분이 있어. 우리 일에서 해야 하는 부분까지 짐지울 필요가 있느냐고!"

마르틴이 찻주전자를 들고 나타난다. 제라르는 마르틴에게 저녁 모임에 함께 가줄 수 있는지 묻는다. 그녀는 이 제안을 그리 진지하게 받아들이지 않는 눈치다.

"알아, 약혼자에게 물어봐야 하지? ……아, 둘이 깨졌다고! ……다른 사람이 있어? 하여간 이 여자들하고는 뭘 할 수가 없네. 우리 비서들은 언제나 '약혼' 상태라니까! 약혼은 진지한 거지, 외출은 꼭 둘이서 해야 하고. 우리 부부는 함께 외출한 적이 거의 없어. 나는 아내를 사랑하고 부부의 신의를 잘 지키고 있지만 때때로 아름다운 여성을 모임에 동반해도 좋잖아. 내가 예쁜 여자를 만나서 살살 환심을 구할 희망이 없다면 왜 사교 모임에 가는 건지 모르겠어. 지극히 작은 보상일 뿐인데!"

거리를 거닐면서 여자들을 지나친다. 카페테라스에 앉아서도 지나가는 여자들을 바라본다.

나는 여자에게 접근하는 것이 불가능하다. 무슨 말을 할 수 있을지 모르겠고, 말을 붙일 이유도 없다. 나는 여자에게 '아무것도' 바라지 않고 어떤 제안을 하지도 못한다.

그렇지만 결혼이 나를 가두고 옥죄는 기분은 들기 때문에 벗어나고 싶다. 내 앞에 무한히 펼쳐진 잔잔한 행복의 전망이 나를 어둡게 한다. 고통스러운 의심, 불확실성, 끔찍한 기다림의 시간, 그리 오래전도 아닌 그 시간이 아쉬울 때가 있다. 나는 첫사랑들로만 – 그리고 지속 가능한 사랑들로만 – 이루어진 삶을 꿈꾼다. 나는 불가능을 원한다…….

연인들을 보면 나 자신이나 나의 예전 모습보다 그들 자체와 그들의 장래 모습을 더 생각하게 된다. 이것이 내가 대도시를 사랑하는 이유다. 사람들은 지나가고 사라진다. 그들이 늙어가는 모습은 보지 않아도 된다. 파리의 거리에 가치를 더하는 것은 매 순간 스치고 지나가는 여자들, 늘 어딘가로 이동하는 여자들이다. 여자들이 자신의 매력을 의식하든 그렇지 않든, 내가 나의 매력을 암묵적으로 여자들에게 확인받듯 그녀들도 나에게서 그 매력을 확인받기 좋아하면 그것으로 충분하다. 미소도, 은근한 눈길도 필요하지 않다. 나는 마음 깊이 끌림을 음미하되 정말로 끌리지는 않는다. 그러므로 엘렌과 멀어지기는커녕 그 반대다…….

나는 그렇게 스쳐 지나가는 미인들이 내 아내의 아름다움의 필연적인 연장선이라고 생각한다. 그들의 아름다움이 내 아내의 아름다움에서 얻는 부분이 있고 더 풍부하게 더해주는 부분이 있다. 엘렌의 아름다움이 세상의 아름다움을 보장하고, 그 역逆도 성립한다. 나는 엘렌을 껴안으면서 세상 모든 여자를 껴안는다.

하지만 다른 한편으로, 내 삶이 지나가고 다른 삶들이 내 삶과 평행선상에서 펼쳐진다고 느낀다. 내가 모르는 어딘가로, 내가 모르는 기쁨을 향하여 바삐 걸어가는 그들의 발걸음에서, 그 삶들과 영영 괴리된다는 좌절감, 그 여자들 한 명 한 명을 잡아놓을 수 없다는 좌절감을 순간적으로나마 느낀다.

나는 꿈을 꾼다. 실제로 모든 여자가 내 것이 되는 꿈. 몇 달 전부터, 시간이 빌 때면, 몽상에 빠지기를 즐긴다. 꿈은 날이 갈

수록 상세해지고 풍부해진다. 아이 같은 몽상, 어쩌면 열 살 때 읽은 책에서 영감을 받았을까. 나는 상대의 의지를 마비시키는 자기장을 발사하는 펜던트를 목에 걸고 다니는 상상을 했다.

나는 카페테라스 앞으로 지나가는 여자들에게 그 펜던트를 써먹는 상상을 한다.

'첫 번째 여자'가 무심하게 걸어간다. 나는 약간 격식을 차려 옆으로 다가간다.

나   실례합니다, 지금 바쁘신지요?
여자 솔직히 별로 안 바빠요.
나   한 시간 정도 괜찮으실까요?
여자 괜찮아요, 사실.
나   저한테 한 시간 기분 좋게 버려주실래요?
여자 솔직히 잘 모르겠어요.
나   실험해보죠. 그러면 알게 되겠죠.
여자 맞아요, 알게 되겠죠. 멋진 아이디어예요!

'두 번째 여자'는 주저한다. 내가 그녀에게 미소를 보내자 그녀도 웃어 보인다.

나   부인, 당신에게 키스하고 싶어요.
여자 나도요. (그녀가 내 목을 얼싸안는다.)

나   남편이 보면 어떡해요!

여자   그 사람은 없어요. 우리 집으로 가요.

'세 번째 여자'는 개를 산책시킨다. 나는 빙빙 돌면서 그녀에게 다가간다. 그녀의 허리를 팔로 안는다. 그녀가 고개를 들고 황홀한 듯 나를 바라본다.

나   당신과는 말이 필요하지 않아요.

여자   당신 의도는 아주 뚜렷하게 알겠는데요!

내가 마침 지나가는 택시를 불러 세운다.

'네 번째 여자'는 길모퉁이 보도에서 손님을 기다리고 있는 것 같다.

나   아가씨, 일하는 중인가요?

여자   1만 프랑.

나   나는 2만 프랑인데요.

여자   공짜네요, 뭐!

여자가 나에게 수표를 써준다.

'다섯 번째 여자'는 어떤 남자와 함께 있다. 내가 그녀에게 걸어간다.

나   아가씨!

남자 뭣 때문에 그러시죠?

나 당신에게 말을 건 게 아닙니다.

남자 (당황해서) 아! 좋습니다. (뒤로 물러난다.)

나 (여자에게) 나랑 갈래요?

여자 동행이 있는데요.

나 두고 갑시다.

여자 저 사람이 뭐라고 하겠어요?

나 내가 알아서 할게요. (남자에게) 여자친구를 좀 데리고 가도 될까요?

남자 확실하게 말하는데, 안 됩니다.

나 어느 쪽을 택할 겁니까? 내가 여자를 데리고 가든가, 아니면 내가 당신한테 지랄을 하든가. (눈을 무겁게 뜨고 이를 박박 간다.)

남자 (물러나면서) 정말이지, 재촉하기는!

'여섯 번째 여자'는 광장을 가로질러 달려간다. 나는 그녀의 팔을 잡는다. 그녀가 성난 얼굴로 돌아본다.

나 같이 갈래요?

여자 아뇨.

나 왜요?

여자 다른 남자 집에 가는 길이니까.

나   나는…… 음…….

여자   '음!' 소리는 쓸데없이 왜 해요! 무슨 말을 해도 소용없어요! 나는 그 사람만 사랑하고 그 사람과 함께여야만 즐거워요. 여기엔 이론의 여지가 없어요!

나는 불안하게 펜던트를 살핀다. 분명히 고장은 아닌데…….

1부

클로에의 방문을 받았을 때 나의 정신 상태는 대충 이러했다. 나는 그저 다시 만나 반갑다는 말밖에 할 수 없었다. 그녀는 내가 죽었다고 생각하고 싶은 과거를 되살아나게 했다. 클로에는 나의 열렬한 연애를 지켜본 사람이었다. 내가 미친 듯이 좋아했던 여자의 이름은 밀레나인데 그녀와 헤어지고 얼마 안 되어 엘렌을 알게 됐다. 그리고 나 역시 그녀의 혼란스럽기 그지없는 연애의 증인이었다. 클로에가 내 친구 브뤼노와 사귀었기 때문이다. 브뤼노도 결혼을 했다는 소식만 들었지 못 보고 산 지 몇 년 됐다. 브뤼노는 클로에에게 푹 빠졌었지만 그녀는 거의 대놓고 바람을 피웠다. 브뤼노는 자살을 기도했으나 미수에 그쳤다. 나는 그 친구가 클로에와 헤어지게끔 최선을 다해 도왔다. 클로에도 다 안다. 그러므로 나는 클로에와 겉으로는 친구 사이를 유지했지만 그녀가 내심 나를 좋아하지 않을 거라 생각했다.

지적으로든, 정신적으로든, 사회적으로든, 클로에는 어떤 부류인지 알 수 없는 여자였다. 배움은 짧았지만 예리한 직관이나 때때로 자기 방식대로 행복을 추구하는 모습은 놀라웠다. 그녀는 여러 면에서 평범했지만 어떤 영역들, 가령 색채 따위에 대해서는 확고한 취향을 드러냈다. 클로에는 도덕에 얽매이지 않았다. 그녀는 계산된 악의를 드러내기도 했지만 또 그만큼 선량한 마음도 보여주곤 했다. 브뤼노는 클로에 때문에 한 재산 말아먹었지만 그건 어리석은 짓이었다. 클로에는 돈에 매수되는 여자는 아니었으니까. 그녀는 남자들과 놀기 좋아했고, 누가 자기에게 돈을 쓴다고 해서 그 대가로 뭘 주는 여자는 아니었다. 내가 클로에를 처음 알았을 때만 해도 그녀는 세브르 거리의 옷 가게 점원이었다. 하지만 금세 그 일자리를 잃고 클럽을 전전하며 대책없이 이 사람 저 사람 집에 빌붙어 살았다. 그러다가 모델 일을 시작했는데 처음에는 잘될 것 같았지만 오래 못 갔다. 패션계 남자들만 몇 명 '약혼자'로 거느리다가 어떤 젊은 미국인 화가를 따라 캘리포니아로 떠났고, 그 후 소식을 못 들었다.

그리하여, 하루는 평소처럼 오후 네 시쯤 사무실로 돌아왔는데 파비안이 어떤 여자 손님이 개인적으로 할 말이 있어서 기다리고 있다고 해서 누굴까 했다. 문을 연 순간, 클로에를 바로 알아보지는 못했다. 그녀가 해를 등지고 앉아 있었기 때문이다. 갑자기 김이 팍 샜다. 나는 아주 퉁명스러운 말투로 그녀를 대했지만 그녀는 기분이 상하지 않은 듯했다. 아주 오래전이니 내가 기억을 못하는 것도 정상이라나! 게다가 그녀는 아주 잠깐밖에 머물지 않았고, 내가 당장 만나야 할 손님과의 약속을 전화로 확인하는 것을 보고는 바로 떠날 채비를 했다.

나는 그녀를 붙잡고 지금은 시간이 없다고, 어떻게 내가 일하는 곳을 알았느냐고 묻는다. 클로에는 우연히 브뤼노의 친구를 만나서 알게 됐다고 대답한다. 이 근처에 쇼핑 온 김에, 잠시 들러서 인사나 하려고 했는데 날을 잘못 잡은 것 같다나. 클로에가 순박하고 상냥하게 하는 말을 듣고 있자니 내가 너무 푸대접을 한 것 같아 부끄럽다. 그녀에게 무슨 일을 하는지 묻는다. 그녀는 생제르맹데프레에서 술집 여급으로 일하면서 더 좋은 자리를 찾고 있다고 한다. 오후가 그녀의 유일한 자유 시간이다. 내가 그녀를 문까지 배웅하는데 파비안이 손님이 도착했다고 알린다. "그래, 나도 오후에는 좀 한가할 때가 있어. 전화해, 한잔하자." 나는 클로에가 내 말을 액면 그대로 받아들일 거라 생각 못 한다.

그러나 그다음 주에 클로에는 내가 없을 때 전화를 했다. 나보고 다시 전화하라고 번호도 남겼다. 나는 전화하지 않았다. 하지만 그녀가 또 전화했을 때는 내가 받았다. 클로에는 아주 중요한 일이라고, 나를 당장 만나고 싶다고 한다. 나는 그럴 수 없다고, 다음 날 두 시에 오라고 한다.

그녀는 일찍 도착했다. 내가 편지 작성을 막 마친 때였다. 클로에는 단도직입적으로 말한다. 일자리를 구하는 중이라고, 비서 자리를 찾아줄 수 있느냐고 한다.
"우리 사무소는 이미 비서가 다 있어. 그리고 어차피 경력자밖에 안 뽑아."
"나도 경력 있어!" 클로에가 타자기 쪽으로 다가가면서 말한다. "나 미국에서 1년 타자수로 일했어."
"회계는 알아?"
"아니, 하지만 배울 수 있어."
그녀가 깔깔대고 웃는다. 나의 질겁한 표정이 웃겼나 보다. 내가 자기를 고용하고 싶어 하지 않는 건 말하지 않아도 안다. 그녀는 서두르지 않는다.
"안심해, 나 혼자서도 알아서 할 수 있어. 너한테 들러붙지는 않아."
그녀는 일어날 채비를 하면서 무슨 일이 생기든 나는 좋게 기억할 거라고 말한다. 그녀는 항상 나를 정말 좋은 친구로 생각했었다나. 내가 그 우정을 잊었다면 안타깝지만 자기는 잊지 않았다고 한다. 나는 그녀에게 내가 무슨 우애를 표했느냐고,

오히려 브뤼노 옆에서 그녀를 안 좋게 말한 적이 많다고 털어놓는다.

"네가 잘한 거야. 나는 마땅한 여자가 아니었으니까. 그리고 나쁜 놈인 척하려고 하지 마. 너한테 안 어울려."

교묘하게 비꼬는 것 같기도 한 이 칭찬이 내 마음을 열었다. 나는 당장 대화를 중단하려던 생각을 고쳐먹고 클로에에게 카페에 가서 좀 더 이야기하자고 했다.

우리는 작은 식당에 들어갔고 클로에는 자기 사정을 좀 더 상세히 이야기했다. 지금은 그녀가 일하는 클럽 아가멤논의 사장 동업자인 세르주라는 남자 집에서 지낸다. 그 남자가 애인이다. 그 남자가 싫지만 참고 산다. 언젠가는 클럽과 세르주를 반드시 떠나고 말 작정이다. 그녀는 내가 어떻게 사는지 묻는다. 나는 별 망설임 없이 내 생활, 둘째 출산을 기다리는 아내 이야기를 했다. 나는 밀레나와 결혼하지 않았다고 그녀를 안심시킨다. 부르주아식으로 살고 저녁 외출을 거의 하지 않는다고, 밤마다 싸돌아다니던 시절이 언제 있었나 싶다고 말한다. 그녀는 내가 잘살고 있는 거라면서 부러워한다. 그녀는 지금 생활이 힘겹다. 피곤한 일, 너절한 클럽. 물론 점원이나 전화 교환수 일을 하면 돈을 조금 더 벌 수 있다. 하지만 어차피 오래 못 할 일이라는 것을 안다.

평소에 없던 일이 일어났다. 배가 제법 나온 엘렌과 백화점에서 만나 쇼핑을 했다. 아리안도 엄마와 함께 나왔다. 아기 때 쓰던 침대가 작아져서 새 침대를 사줬다. 우리는 나오다가 클로에를 만났다. 그녀는 내가 당황하지 않도록 자신을 나와 브뤼노의 오랜 친구로 소개했다. 엘렌도 브뤼노를 안다. 클로에는 우리에게 결혼을 축하한다고 말하고 아이에게 웃어 보인 후 자리를 비켜주었다.

"당신 친구 브뤼노랑 약혼했던 여자야? 그렇게 위험한 여자 같지는 않은데?" 엘렌은 그 말만 했다.

여섯 시에 사무실로 클로에가 전화를 해서는 잠시 들르겠다고 한다. 잠시 후, 그녀가 꾸러미를 안고 들어온다. 태어날 아기를 위한 조끼와 아리안의 덧옷이다. 나는 좀 당황스럽다고 말한다. 클로에는 신경 쓰지 않는다고, 자기가 아이들을 좋아해서 선물하는 거라고 한다.

"그리고 좋은 여자랑 결혼한 거 축하해주고 싶었어. 더할 나위 없이 좋아 보이더라. 너 절대 바람피우면 안 돼!"

난 그럴 마음은 꿈에도 없다고 말한다. 클로에는 사랑에 빠진 남편치고는 지나가는 여자들, 여자 종업원들, 여비서들까지 너무 많이 바라보는 것 같다고 놀리듯 말한다. 그녀는 내 허를 찌를 줄 안다.

"응, 맞아, 밀레나와 사귈 때는 눈에 안대를 차고 노예처럼 살았지. 지금은 서로를 믿으니까 주위 사람들을 바라볼 수가 있어. 나는 아내에게 나의 생각, 말, 고민을 시시콜콜 다 털어놓아야 한다고 생각하지 않아. 엘렌도 자기가 그래야 한다고 생각하지 않고."

하지만 클로에는 나의 변증법에 말려들지 않고 거기서 습관의 파괴적 효과만을 보았다.

"난 네가 빠져나갈 구멍을 잘 마련해놓은 것 같아. 당장이 아니라 언젠가 세상에서 가장 예쁜 여자도 지겨워질 그날을 위해서."

나는 기분이 상했다. 주섬주섬 물건을 챙기고 계산기를 끄고 문을 닫으면서 대화를 끝내려고 했다. 나는 내 자유를 소중히 하고 자유를 위해서 더 좋은 경력도 마다했다고 그녀에게 설명했다. 나도 아직 완전히 자리를 잡은 것은 아니었다. 엘렌도 마찬가지였다. 나는 그녀가 박사논문을 준비 중이고 출산휴가를 이용해 논문 진도를 뺄 작정이라고 했다. 클로에가 계단에서 큰 소리로 웃는다.

"아기가 안경 쓰고 태어나는 거 아니니!"

집에 돌아와서 엘렌에게 선물을 전달한다. 놀랍게도 그녀는 좋아한다. 심지어 클로에를 저녁에 초대해야겠다고 한다. 나는 클로에는 밤에 일하기 때문에 그럴 수 없다고, 그녀에게 예의 차릴 필요는 없다고 말한다. 클로에와 나의 예전 관계가 아무것도 아니라고 안심시키기 위해서, 그리고 나 스스로 그녀를 적대시할 구실을 대고 싶어서, 나는 브뤼노의 옛 애인을 경멸하고 동정하는 어조를 취한다.

며칠 동안 클로에는 모습을 보이지 않았다. 나에 대한 호기심을 다 채웠으니 다른 관심 대상을 찾았나 보다 했다. 나는 안도감과 약간 분한 마음을 동시에 느꼈다.

하지만 어느 날 클로에는 아침부터 내 사무실에 들어와 앉고는 여행가방을 내려놓았다. 밤새 잠을 못 잔 눈치였다. 세르주가 잠자는 동안 집을 나왔다고 한다.

"잠을 이룰 수가 없었어. 내가 그 남자 침대에서 뭘 하나 생각했어. 그는 나에게 완전히 낯선 사람 같았지. 그래서 나왔어. 내가 미쳤다고 생각해?"

"어차피 해야 할 일이면 빨리 하는 게 낫지."

그녀는 묵을 곳이 없다. 잠시만이라도 신세를 질 수 있는지 묻는다. 나는 우리 집에는 방이 없다고 말한다.

"애가 태어나면 어디 재울 건데?"

"첫째랑 같은 방을 쓸 거야. 혹시 가정부를 들인다면 지금 이것저것 쌓아둔 방을 치워줘야 해."

"나 혼자 그 방을 다시 꾸밀게. 아님, 친구들한테 도와달라고 할게. 아이가 태어나면 내가 가정부를 할게. 난 아이들을 좋아해. 급료 없이 오페어[17]로 일할게. 너도 돈 아끼고 좋잖아!"

그녀는 내가 기막혀하는 표정을 보고 웃는다. 그러면서 정말 어디로 가야 할지 모르겠다고 말한다. 몽마르트르에서 방을 빌릴 수 있다는 말을 들었다고는 한다.

"일은 좀 더 기다릴 수 있어." 클로에가 아직 은행에 넣지 않은 돈다발을 가방에서 꺼낸다.

그녀는 나에게 방을 보러 같이 가달라고 한다. 임대인이 다시 임대를 주는 방이기 때문에 증인이 필요하다는 것이다. 나는 바로 가자고 한다. 하지만 나가기 전에 몇 가지 일을 처리하고 비서들에게 지시를 내리고 제라르하고도 잠깐 의논을 해야 한다. 나는 제라르에게 클로에를 소개한다.

계단에서, 거리에서, 택시 정류장에서, 클로에는 관료들은 쓸모없고 작위적인 종자들이라고 욕을 해댄다.

"사무실에 들어가면 뭔가 진짜가 아닌 것처럼 느껴져. 사람들이 부산을 떠는데 왜 그러지? 아무것도 아닌 일로 그러는 거야. 사무실이 없어도 모든 것이 잘만 돌아갈 거야. 사무직들은 쓸데없는 말과 서류만 늘리지."

---

17 숙식을 제공받는 조건으로 아이를 돌보거나 집안일을 하는 가정 내 도우미.

"너는 술 시중을 들면서 뭔가 창조하는 일을 한다고 생각해?" 나는 기분이 상했다.

"나는 즐거움을 주잖아."

우리는 주소를 찾아간다. 방은 좁고 어둡다. 방을 빌려주는 여자가 처음에 우리를 커플인 줄 알고 깜짝 놀라며 싱글 침대인데 어떡할 거냐고 묻는다. 클로에는 그 오해에 배를 잡고 웃는다.

나는 클로에가 위안을 좀 필요로 하는 것 같아서 대로의 한 식당에서 점심을 사겠다고 한다. 그녀는 아직 우울감을 털어내지 못했다. 계속 속내 이야기를 한다. 최근에는 자살 생각도 했단다.

"나 정말 죽고 싶어. 하지만 나 자신을 신체적으로 죽일 용기가 나지 않아. 손가락 하나 까딱해서 죽을 수 있으면 다들 죽을걸. 살아서 뭐 해? 자기 삶에 만족하지 않는다면 당연히 살지를 말아야지. 다들 비겁하니까 그냥 사는 거야……. 세르주의 집에는 고통 없이 죽을 방법이 있었어. 그냥 가스만 틀어놓으면 죽을 수 있었지. 그 유혹이 너무 컸어. 그 집을 나온 이유 중 하나였을 만큼……. 나는 인생에 아무 기대가 없어. 이제 사랑도 믿지 않아. 전에도 과연 믿었나 싶지만. 나를 세르주에게 묶어놓은 유일한 감정은 연민이었어. 그는 낙오자야. 나 역시 낙오자였고. 그 점이 우릴 이어줬지."

클로에가 옆 테이블에서 수다를 떠는 두 여자를 가리킨다.

"다른 사람들이 사는 모습을 보면 난 살기가 싫어져. 언젠가 저런 부인네가 되기 위해 산다고 생각하면 몸서리가 쳐져."

"너는 저렇게 되지 않을 거야."

"나야 거지가 되겠지."

"난 오히려 다른 사람들이 사는 모습을 보면 위안이 돼. 조금 더 행복하거나 덜 행복할 수는 있지만 어떤 삶도 추하지는 않아. 만약 삶이 다 거기서 거기라면, 그래, 만약 그렇다면 나도 자살할 거야. 삶의 다양성이 내겐 위안이 돼."

"인간은 다 추하고 다들 추하게 살아가. 아이들이 살아가는 모습에만 바라보는 기쁨이 있지. 나중에 그 애들도 추해지겠지만 할 수 없지. 그들에게는 어린 시절이 있었을 거야. 나를 살게 하는 단 하나는 아이를 낳을 수 있다는 희망이야. 하지만 나는 혼자 아이를 기를 거야. 애 아빠는 그 애를 볼 수도 없을 거야."

클로에는 다시는 남자랑 살지 않기로 했다. 남자를 사귀어도 한 집에 살지는 않겠단다. 자기 침대에 늘 들어올 권리를 누구에게도 주지 않겠단다.

"나 미쳤어. 내 연애사에 넌더리가 나! 하지만 내가 널 너무 귀찮게 하는 게 아니라면 가끔 너 같은 사람에게 허심탄회하게 얘기하고 싶어. 네 생각은 다르겠지만 그래도 속을 털어놓으면 마음이 풀려."

그녀의 신뢰에 마음이 움직였다. 나는 그녀의 손을 힘주어 잡고 관자놀이에 가볍게 입을 맞추었다. 그녀가 내 어깨에 뺨을 비볐다.

"나도 너랑 있으면 좋아. 너의 현실적인 고민에 귀를 기울이면 나의 상상뿐인 불안에서 벗어날 수 있거든. 언젠가 설명해줄게."

그녀는 언제 시간이 되면 세르주의 집에 두고 온 자기 짐을 옮기는 것을 도와달라고 한다. 나는 약간 싫은 티를 냈지만 결국 그러겠다고 했다.

클로에는 자칫 분위기가 험해질 수 있다고 생각했기 때문에 세르주가 여행을 떠나 집을 비울 때까지 기다렸다. 그녀는 나에게 클럽으로 전화를 걸어 확인을 해달라고 했다.

"내 집이나 마찬가지야. 열쇠도 가지고 있어." 그녀는 나를 설득하기 위해서 그렇게 말했다.

주인 없는 집에 들어가기가 찜찜했지만 기이한 모험을 하는 기분도 들었다. 마치 추리소설의 주인공이 된 것 같은 기분. 하지만 문 앞에서 자물쇠가 바뀐 것을 확인하면서 일이 꼬였다. 클로에는 노발대발해서 온 건물 사람을 깨울 듯 소리를 지르고 발길질을 해댔다. 나는 스캔들이 두려운 나머지 극단적인 방법을 취했다. 자물쇠 고리가 제대로 붙어 있지 않은 데가 있어서 뜯어낼 수가 있었다. 우리는 안으로 들어갔고 클로에는 여행가방에 자기 것을 전부 쓸어 담았다. 벽에 붙어 있던 그녀의 사진들까지 나와 함께 떼어내어 챙겨왔다.

택시에서 그녀는 내 목을 껴안고 세르주가 돌아오면 어떤 얼굴을 할까 상상하며 좋아한다.

"네가 너무 좋아. 너는 정말로 나의 은인이야." 클로에가 나를 꼭 껴안는다.

하지만 혼자 있게 되자 행복감은 곤두박질친다. 클로에가 악의는 없지만 나의 배려를 남용하게 될 거라는 두려움이 살아났다. 나는 철저하게 만남의 기회를 줄이기로 작정한다. 이제 클로에는 일도 안 하겠다, 오후마다 내 사무실로 들이닥칠지도 모르는 일이었다. 그런데 상황은 그 반대가 되었다. 클로에는 일주일 동안 코빼기도 보이지 않았고 나의 두려움은 폐기되었다. 그녀의 방문이나 메시지를 받지 못하자 실은 내 쪽에서 초조함을 다스리거나 실망을 감추기가 힘들어졌다.

그러나 어느 날 오후 네 시쯤 예고도 없이 클로에가 찾아왔다. 나는 안도감을 감추느라 일부러 말투에 날을 세웠다. 그녀는 연락 못 해서 미안하다고, 구직 활동 때문에 바빴고 자기 하소연으로 나를 귀찮게 할까 봐 방문을 삼갔다고 한다. 이제 그녀는 고개를 들고 다시 찾아올 수 있었다. 식당 종업원 자리를 구했으니까. 어제부터 근무하기 시작했는데 아가멤논보다 마음에 든다고 한다. 그녀의 유일한 불만은 이제 자유 시간이 오후 네 시부터 일곱 시까지만이라는 것이다. 내가 그녀의 새 일터를 그리 탐탁하게 여기지 않는다고 느꼈는지 클로에는 요즘 유행에 맞는 '비스트로'라고 강조하고 전에 다녔던 클럽과 달리 격식에 맞게 서비스하고 정당한 팁을 받는다고 부연 설명한다.

"유쾌하고 점잖은 사람들을 상대하게 될 거야. 썩 괜찮고 지위도 있는 사람들. 썩어 빠진 부랑배들 말고……."

서로 시간이 잘 안 맞게 되자 만남이 더욱 소중해졌다. 식당의 점심 손님이 늦게까지 있을 때도 있어서 클로에는 약속 시간을 지키기가 어려웠다. 나 역시 오후 늦게까지 점심을 미루고 계속 일하는 습관을 고칠 수가 없었다.

그러다 보니 클로에와 만나는 시간이 내가 걱정했던 대로 부담이 되기는커녕 기력을 되찾는 쉬는 시간처럼 느껴졌다. 클로에와 함께 있으면 이상하게 마음이 편했다. 마음속 깊은 곳의 생각, 거의 표현 불가능하다 믿었던 생각도 부끄러움 없이 털어놓을 수 있었다. 그리하여 나는 혼자만의 환상을 곱씹지 않고 토로하는 법을 배웠다.

그때까지는 누군가를 그처럼 솔직하고 자연스럽게 대한 적이 없었다. 특히 내가 사랑했던 여자들에게 좋게 평가받고 싶어서 나라는 인물을 만들어낼 수밖에 없었다. 엘렌은 진중하고 지적인 여자였기 때문에 나도 모르게 나는 더 개구쟁이 아이처럼 굴고 있었다. 엘렌이 나의 그런 면을 좋아하기 때문에, 일종의 수줍음이 마음 상태를 솔직하게 드러내는 것을 방해했다. 어쩌면 그게 더 나았다. 내가 어떤 역할을 연기했다면 밀레나와 사귈 때보다 더 쾌활하고 덜 부자연스러운 사내 역을 하고 있었을 것이다. 나는 사람과 사람이 같이 살아가려면 약간의 신비감은 유지해야 한다고 생각했다.

나는 내 아내를 존중하는 의미에서 클로에 앞에서 그녀에 대한 말을 삼갔고 어쩌다 말을 하게 되면 좋은 점만을 언급했다. 내가 너무 찬사로만 일관하니 클로에도 좀 짜증을 냈다.

"너 웃긴다. 엄청 웃기네. 네가 아내를 사랑한다는 사실이 입증되기만을 바라는 사람 같아. 아내를 사랑하지 않더라도, 가령 신혼 때만큼 사랑하지 않더라도 그게 뭐 재앙이라도 돼? 사실 그게 정상이지. 어떻게 늘 한 사람에게만 매여 살 수 있어. 오늘날 결혼은 아무 의미도 없어."

"나는 그녀가 내 아내라서 사랑하는 게 아니야. 그녀니까 사랑하는 거라고. 결혼하지 않았어도 그녀를 사랑했을 거야."

"아니, 너는 그녀를 '사랑해야 한다'고 생각하기 때문에 사랑하는 거야. 나는 누군가에게 그런 방식으로 사랑받는 거 참을 수 없어. 그래, 사실 내가 별종이긴 하지. 나는 타협을 할 줄 몰라. 너는 부르주아니까 선량한 부르주아처럼 살아. 부르주아들은 한 여자랑 끝까지 살긴 하지만 몰래 바람을 피우지. 그게 일종의 안전벨트야. 적절히 사용하면 너한테도 좋을 거야. 훌륭하잖아?"

우리의 만남은 잦아졌지만 둘 다 사정이 생겼기 때문에 다시 뜸해졌다. 꼬박 일주일을 못 보고 그냥 보냈고 그다음 주도 내 일정이 여의치 않았다. 설상가상으로, 그녀가 일하는 식당이 쉬는 수요일에 나는 공식 업무가 잡혀 있었다.

"오후에 시간이 안 나면 저녁에 보자. 집에는 야근을 해야 한다고 해. 가끔 그럴 때 있잖아."

나는 아내에게 거짓말을 하는 것도 부끄럽고 순수한 우정을 괜히 부끄럽게 만들고 싶지도 않다고 했다. 클로에는 킬킬대다가 내가 더 완강하게 나올까 봐 걱정됐는지 은근히 우는 소리를 했다.

"실은 너에게 도움을 청하려고 했어. 내가 아는 남자가 기성복 회사를 경영하는 사람을 소개해준댔거든. 그 사람이 운영하는 클럽에 일자리를 마련해주겠다나 봐. 그런데 그 남자가 정말 사심 없이 하는 일인지 잘 모르겠어. 너하고 같이 나가면 그 남자도 내가 넘어갈 생각이 없다는 걸 알겠지. 그리고 네가 그 남자를 어떻게 볼지 알고 싶어. 뭐, 네 마음에 들지는 모르겠다만."

"도대체 누군데?"

"식당에서 알게 된 남자야."

"그런 말 한 적 없잖아."

"오! 대단찮은 일이어서 말 안 했지! 나는 매일 새로운 사람들을 만나. 이 남자는 인물이 반반해서 웬만한 여자는 다 자기에게 넘어오는 줄 알아. 나도 아마 그럴 거라 생각하겠지."

"그렇게…… 될 거야?"

"당연히 아니지. 헛고생하는 거야. 왜? 질투해?"

"내가? 무슨 자격으로? 네가 확신이 있어 보이지 않아서 그래. 철없는 여자애처럼 말하고 있잖아."

"음, 난 어엿한 성인 여성이야! 가망 없는 남자라도 제대로 공략해오면 흔들릴 수 있지. 그래서 더욱더 너보고 같이 가자는 거야. 내가 너랑 나타날 때 잔 카를로가 어떻게 반응할지 너무너무 궁금하거든……."

저녁에 엘렌이 일을 하는 동안 나는 책을 읽는다. 그녀는 꼼꼼하게 파일을 참고하고, 메모하고, 숙고하고, 그러다 가끔 허공을 멍하니 바라보기도 하지만 결코 나에게 시선을 주지는 않는다.

"음, 이제 그만. 상식적으로 생각할래. 저녁까지 잠시도 쉬지 않고 일하는 거 건강한 삶이 아니야. 당신만 괜찮다면 나 그냥 일찍 침대에 들어가 책이나 읽을래."

"나 수요일에 저녁 식사 겸 회의를 함께 하기로 했어. 당신도 갈래?"

"왜 그런 소릴 해? 당신에게 중요한 약속이면 당신이나 가. 나는 그럴 시간 있으면 잠이나 더 잘래. 나 수면 부족이야."

수요일 여섯 시에 나는 제라르와 함께 법원에서 나왔다. 우리는 택시를 타고 사무실로 돌아왔다. 비서들은 이미 퇴근하고 없었다. 내 앞으로 메시지가 있었다. '클로에의 전화. 못 와서 미안하다고 전해달래요.' 나는 제라르 앞에서 동요하는 기색을 겨우 감추었다. 내 사무실에 들어와 문을 닫고 클로에에게 방을 빌려준 여자에게 전화를 했다.

"지금 없는데요. 여기서 안 잔 지 적어도 사흘은 됐어요."

집에 돌아가니 엘렌은 이미 침대에 누워 있었다. 나는 잘 생각해보니 내가 꼭 참석해야 하는 자리는 아닌 것 같아서 그냥 왔다고 말했다.

"왜 전화 안 했어? 저녁도 준비 안 했잖아."

"당신이 안 먹고 기다릴까 봐. 내가 알아서 만들어 먹을게. 요리하는 거, 재미있어……."

저녁을 먹고 나서 잠자리에 들기는 아직 일렀으므로 거실에서 책을 읽기로 했다. 그러나 도통 집중이 되지 않았다. 밤늦도록 잠이 오지 않다가 침대에 들어갈 겨를도 없이 갑자기 곯아떨어졌다. 다음 날 아침, 의자에 앉은 채로 잠든 나를 엘렌이 발견했다.

"당신 무슨 일 있어?"

나는 책을 계속 읽다가 그만 잠이 들었다고 말했다.

그다음 날에도 나는 열차 안에서, 사무실에서, 평정심을 찾기가 힘들었다. 아무나 걸려라, 구실만 생기면 한바탕하자, 라는 기분이었다. 나의 사심 없는 호의를 클로에가 이렇게 취급했다는 사실이 제일 화가 났다. 그녀가 애인을 우롱하듯 나를 우롱했기 때문에 나도 질투하는 남자처럼 굴게 된 것 아닌가.

며칠 후, 이탈리아에서 엽서가 한 장 왔다. '3월 10일 소렌토에서. 휴가 여행 중이야. 곧 보자. 클로에.'

2부

둘째 아이가 3월 17일에 태어났다. 사내아이다. 제 누나만큼 기질이 순한 아기는 아니다 싶더니 슬슬 떼를 쓰기 시작했다. 엘렌이 몹시 힘들어했다. 나는 부활절 방학까지로 잡혀 있는 휴가로는 부족하니 좀 더 쉬라고 했지만 그녀는 출근을 하고 싶어 했다. 그래서 나는 약간의 금전적 희생이 따르긴 하지만 입주 가정부를 두자고 했다.

물론 가정부는 엘렌이 정했다. 나는 못생긴 여자가 들어올 줄 알았다. 웬걸, 새파랗게 젊고 호리호리한 영국 아가씨가 왔다. 다른 때 같으면 내가 흔들리지 않을까 두려웠겠지만 엘렌의 존재와 클로에의 부재가 나를 지키는 이중의 방벽처럼 느껴졌다. 그녀에 대한 기억 때문에라도 또 다른 여자를 아주 가볍게라도, 어떤 식으로라도 생각하는 것은 모욕 같았다. 지난 몇 달간 클로에는 나에게 정신적으로나 신체적으로나 여성의 신비를 깨주었다. 나는 우리 집에서 함께 살게 된 그 금발의 아가씨에게 조금도 호기심을 느끼지 않았다. 그녀는 목욕을 하다가도 아기가 조금만 우는 소리를 내면 아무렇지도 않게 벌거벗은 몸으로 뛰어나왔지만 나 역시 아무렇지도 않았다.

부활절에서 며칠이 지난 후, 드디어 클로에가 다시 찾아왔다. 나는 냉정하고 차분하게 유감을 표하지 못했다.

"네가 왜 뭐라 하는지 모르겠어. 내가 잔 카를로랑 떠난다고 말해주길 바랐어? 난 네가 웬만큼 예상한 일인 줄 알았는데? 내가 너에게 그 사람에 대해서 말했잖아."

그녀는 아주 만족한다. 살면서 그런 유의 남자들이 자기를 등쳐먹은 때가 많았다. 언젠가는 복수를 해야 했다. 복수는 눈부셨다. 그녀는 그 이탈리아 남자를 자기에게 완전히 미치게 만들어놓고 다른 영국인 꽃미남 대학생과 도망쳤다. 하지만 그 대학생은 아직 철없는 애라서 며칠 만에 나가떨어지게 손을 썼다.

"그렇게 휴가는 끝났어. 하지만 난 일자리를 때려치웠고 그 너절한 방도 뺐어. 지금은 날 차로 파리까지 데려다준 사람들 집에서 신세 지고 있어. 아직 은행에 돈이 좀 있어. 버틸 수 있어."

살짝 탄 피부에 편안한 표정을 짓고 있던 클로에는 늘 입던 낡은 데님 한 벌 차림이었는데도 그날 유독 빛이 났다. 경직된 면이 있고 출산한 지 얼마 안 된 엘렌 같은 여자와는 비교가 안 될 만큼. 나는 클로에와 함께 있는 것이 - 그녀가 여행을 떠나기 전보다 더 - 자연스럽게 느껴졌다.

반면, 집에서 보내는 시간은 작위적인 기분이 들었다. 아기가 태어나고 가정부가 입주하면서 내 아내가 마음 쓰는 모습은 나의 가장 역할을 더욱 확고히 했다. 나는 그 역할을 연기하는 나를 바라보고 있었다. 아이들을 달래려고, 혹은 엘렌의 근심을 덜어주려고 나는 즉흥적으로 별의별 웃긴 짓을 하곤 했다.

가령 스웨터 목 부분을 후드처럼 머리에 쓰고 눈알을 뒤룩거린 다든가.

　나는 관객이지만 클로에와 이야기할 때는 화자다. 그녀는 새로 태어난 아기와 아버지로서 내가 느끼는 기분에 대해서 물어보곤 했다. 나는 그 시절을 행복한 추억으로 간직한다. 삶에서 느끼는 행복에 삶을 이야기하는 행복이 겹쳐 있었다. 그 중첩성을 완벽하게 의식한다. 솔직히 고백하건대, 클로에는 아무것도 꺼리지 않고 나에게 수다를 떨었다. 그렇지만 문득 카페 벽면 거울에서 그녀와 내가 커플처럼 앉아 있는 광경을 발견할 때면 흠칫 놀랐다. 나는 놀란 눈을 했고, 엘렌이 우리 둘을 우연히 발견했으면 아마 그런 눈을 했을 것이다. 클로에와 함께 옷가게에 들어가 어느 치마가 어울리니 어느 바지가 더 낫니 거드는 나를 엘렌이 본다면 어떤 표정을 지을까. 정작 클로에는 자기 옷차림에 대해서 나에게 의견을 구한 적도 없건만.

　클로에는 차차 울적해졌다. 돈이 바닥나기 일보 직전이었다. 일자리는 여전히 구하지 못했다. 하루는 함께 거리를 걷다가 인파와 소음에 짜증이 난 클로에가 자기 시간만 낭비하는 게 아니라 내 시간까지 잡아먹고 있다고 자책했다. 나는 술이나 한잔하자고 했다. 그녀는 거절했다. 집에 돌아가겠다면서 택시를 부르며 차도로 뛰어갔다. 나는 차도에 뛰어들어 그녀를 붙잡았다. 차들이 바로 옆으로 스쳐 지나갈 만큼 아슬아슬했다. 결국 클로에는 울음을 터뜨리면서 내가 이끄는 대로 인근 공원으로 고분고분 따라왔다.

공원 벤치에서 클로에는 나에게 안기다시피 몸을 기댔다. 그녀의 눈이 아직 젖어 있었다. 한참 아무 말이 없던 그녀가 드디어 입을 열었다.

"있잖아, 너는 내가 삶을 견딜 수 있는 유일한 이유, 하나뿐인 이유야. 네가 없었으면 진즉에 자살했겠지."

"그런 말 하지 마!"

"사실인데 어떡해! 왜 사람들이 다 너 같지 않을까? 다 썩을 놈들이야."

"내가 너에게 친절한 건 우리 관계에 아무 사심이 없기 때문이야. 일할 때는 나도 독한 놈이야."

그녀가 나를 향해 고개를 들더니 깔깔대고 웃는다. 두 손으로 내 머리칼을 움켜잡고 얼굴에 뽀뽀를 퍼붓는다. 그러고는 조금 물러나 내 목을 두 팔로 감고 입술을 내민다. 나는 내 입술을 살짝, 그렇지만 오랫동안 갖다 대고는 물러난다. 그녀의 머리칼을 쓰다듬는다.

"이봐, 클로에……."

하지만 내가 입을 열자마자 그녀는 벌떡 일어나 손을 내민다.
"걷자. 부디 아무 말 하지 말자."

사무실에서 파비안이 전화를 하는 동안 내 머릿속에 날아와 박힌 말이 있었다. 어느 의류 매장에서 점원을 구한다는 말.
"통화 내용을 듣게 되어서 미안한데 그 일, 클로에가 할 수 있을까요?"

클로에는 그다음 날 바로 채용되었다. 매장은 우리 사무실에서 5분밖에 안 걸리는 마들렌 거리에 있었다. 여사장은 자주 매장을 비웠고 여점원 둘이 판매를 도맡았다. 클로에의 근무시간은 정오부터 저녁 여덟 시까지다. 다른 여점원은 더 일찍 나오는 대신 저녁 여섯 시에 퇴근했다. 두 여자 다 점심시간 없이 인근 제과점에서 타르트나 모카 케이크 따위를 사 와서 끼니를 때웠다.

우리는 더욱더 만나기가 힘들어졌다. 매장이 쉬는 월요일 아니면 약속을 잡을 수 없었다. 하지만 클로에가 하도 자기를 보러 오라고 성화를 해서 오후 두 시에 매장으로 찾아간 적이 있다. 다른 여점원은 그나마 한적한 시간을 틈타 제과점에 먹을 것을 사러 갔고 우리 둘만 남았다. 클로에는 날아갈 듯 기분이 좋았다. 여사장은 자기 손바닥 위에 있고, 일도 재미있고, 매장이 위치한 그 건물에 방도 한 칸 얻었다. 그래서 곧 이사를 온다나.

손님이 들어오는 바람에 대화는 중단되었다. 나는 방해가 될까 봐 나가려고 했는데 손님이 클로에에게 뭘 물어보자 그녀는 자기 말고 다른 점원이 잘 안다면서 잠시만 기다리라고 했다. 클로에는 다른 점원을 찾으러 나가면서 나에게 가지 말라고 신호를 보냈다. 나는 작은 책상에 앉아 잡지 더미를 뒤졌고 손님은 옷걸이에 걸린 옷들을 구경했다. 손님이 나를 매니저로 착각했는지 어떤 원피스를 입어봐도 되느냐고 물었다. 나는 정중하게 탈의실을 가리켰다. 클로에가 이 모습을 보면 어떤 표정을 지을까 상상하니 웃음이 났다.

일요일에 엘렌이 딸을 안고 있는 모습을 사진으로 남겼다.
"아주 좋아, 둘 다 완벽해. 특히 당신 아주 잘 나왔어. 자, 이제 독사진이야."
"이미 백 장은 찍었잖아!"
"응, 그래도 더 잘 찍으려고 그러지. 내 기술이 느는 건지 당신이 예뻐지는 건지 모르지만 결혼 초 사진을 보면 어떻게 내가 당신하고 결혼할 생각을 했나 싶어."
"나도 그렇거든?"
나는 웃었고 그녀도 웃었다. 나는 셔터를 눌렀다.

월요일은 매장 휴무일이다. 하지만 클로에는 매장 정리를 하러 나왔고 나한테 와달라고 했다. 그녀는 굉장히 열심히 일하면서 자기가 그러는 이유를 이내 밝혔다.

"여기 사장이 생장드뤼즈에 갈 거야. 거기에도 가게가 하나 있대. 그러니까 유능한 모습을 보이면 자기가 여기를 비우는 동안 나에게 더 중요한 일을 맡기겠지. 두고 봐, 나 금방 매니저 될 거야."

그녀는 새로 들어온 원피스 뭉치를 풀었다.

"이거 예쁘다. 나 입어봐야지."

그녀는 그 자리에서 옷을 훌훌 벗어 던지고 '보디스타킹' 차림으로 다른 원피스를 입어보았다.

"괜찮지 않아? 어때?"

"그게, 난 이런 유의 옷은 봐도 잘 모르겠더라. 옷 자체가 예쁘고 말고의 문제가 아닌 것 같아. 어쨌든 네 몸매가 잘 부각되는 것 같긴 하다. 옷이 아니라 네 몸이 예쁘다고 감탄하겠지."

그녀는 별말 없이 옷을 다시 벗어서 휙 던졌다. 그러고는 거울 앞에서 무용수처럼 한쪽 다리를 구부리고 상체를 젖히면서 두 팔을 벌렸다. 이어서 두 팔을 어깨높이에서 쭉 내밀었다. 나는 그 두 팔 사이로 다가갔다. 그녀의 허리를 두 손으로 잡고 그 완벽한 곡선미를 가늠하듯 더듬어 내려갔다.

"그래, 넌 몸매가 참 좋아." 내가 말했다.

그녀는 사랑스럽게 나를 향해 고개를 들었다. 나는 작정한 것도 아니면서 몸을 기울이고 입을 맞추었다. 시간이 흐르자 마법이 깨졌다. 그녀의 얼굴이 굳어졌고 미소가 얼어붙었다. 나는 설명을 하려고 했다.

"내 말 들어봐, 클로에!"

"아니! 듣기 싫어!" 그녀는 나를 뿌리치고 원래 자기 옷을 입으러 갔다. "네가 무슨 말을 할지 너무 잘 알거든. 네 아내 얘기를 하겠지."

"아냐, 정확히 그런 건 아니라고. 나는 아내가 아니라 너와의 우정을 생각했어. 우리가 그 우정을 망치는 중이라고."

클로에가 킬킬거렸다.

"나는 우정을 믿지 않아. 네 쪽에서든, 내 쪽에서든 우정은 무슨……."

그녀는 잠시 사이를 두었다가 다시 이렇게 말했다.

"얼마 전부터 내가 깨달은 바가 있거든. 난 널 좋아해. 그냥 좋아하는 게 아니라 사랑한다고. 난 사랑에 빠졌어."

나는 어깨를 으쓱했다.

"그러지 않으면 좋겠다. 네가 날 사랑하면 난 널 피하게 될 걸. 내가 아내와 헤어지고 너만의 사람이 되길 바랄 거 아냐!"

"꼭 그렇지는 않아. 나는 지금 이대로도 좋아. 내가 널 사랑한다는 걸 깨닫고 너에게 말했으니까 이걸로 됐어. 있지, 난 상상력이 풍부해. 네가 다른 여자와 사랑을 나누는 순간에도 나는 그 여자가 나라고 상상할 수 있어."

"미쳤구나!"

"아니, 함께 사는 사람을 사랑한다고 주장하는 게 더 미친 짓이지. 나는 늘 나와 한 침대를 쓰고 자기에게 그럴 권리가 있다고 착각하는 남자를 도저히 사랑할 수 없더라. 내 아이의 아빠라고 해도, 아니 그러니까 더욱더……. 너 내가 아이를 낳고 싶어 하는 것 알지?"

"응, 네가 말했잖아."

"그래, 애 아빠를 찾았다는 것도 알아둬."

"응?"

"그래, 너."

그녀는 내 눈을 바라보면서 다가왔다.

"웃지 마, 나 굉장히 진지해. 네 아이를 꼭 낳고 말 작정이야. 알지, 나는 한다면 해. 곰곰이 생각해봤어. 너 말고는 애 아빠로 삼고 싶은 남자가 없어. 게다가 너는 조건도 완벽해. 이미 아내가 있고, 잘생겼고, 키도 크고, 너무 바보 같지 않고, 파란색 눈이야. 나는 파란색 눈의 아이를 낳고 싶었거든. 이유는 완벽하게 갖춰졌어. 넌 뭐라고 할래?"

"내 아내가 이 얘길 들으면 뭐라고 할까?"

"네 아내는 알 필요 없어. 너도 알 필요 없어. 네가 애 아빠인 줄도 모르게 할지도 몰라."

"나한테 좋을 게 뭐야?"

"그런 건 없지. 나는 나 좋은 것만 생각해. 내가 농담하는 것 같아? 천만의 말씀. 나는 아주 논리적으로 생각하고 있어. 이성적이지 않은 사람은 너야!"

집에 친구들을 초대했다. 그중에는 M 부부도 있었다. 식사를 하기 전에 먼저 아기를 보여주었다. 가정부가 방금 이유식을 먹인 참이었다. 다들 방긋방긋 웃었다. 아기가 아빠를 닮았네, 엄마를 닮았네 하는 이야기가 오갔다. 새로 산 원피스를 입은 엘렌은 아주 예뻐 보였다. 여자 손님 한 명은 엘렌이 애를 낳더니 더 젊어졌다고 했다. 그녀는 오늘 몹시 쾌활했고 M 씨와 죽이 잘 맞았다……. 전반적으로 수다스러운 분위기였기 때문에 나는 말을 많이 하지 않았다. 엘렌은 내가 눈빛이 멍하니 정신이 딴 데 가 있는 것 같다면서 잠시 어두운 얼굴을 했다.

다음 월요일, 클로에는 그 건물 꼭대기 층으로 이사했다. 옛날에 하녀 방으로 쓰던 쪽방 세 칸을 합쳐놓은 공간이었다. 벽 하나를 허물고 다른 쪽 벽에는 문을 내서 넓어진 한 칸은 방으로 쓰고 작은 칸은 욕실과 주방을 넣었다. 그래도 다 합치면 꽤 넉넉한 공간이었다. 클로에는 매장에서 안 쓰는 판자, 공간 박스, 간이의자 따위로 제법 독창적인 세간을 꾸몄다.

그녀는 커피를 만들면서 마침내 독립적인 공간을 마련한 만족감을 표했다.

"여기는 아무도 안 들일 거야. 남자랑 잘 일이 생기면 상대방 집에 가거나 호텔을 이용하려고. 낮에도 남자든 여자든 들이지 않을 거야. 너 한 명만 빼고. 이제 거리나 카페를 돌아다니는 것도 지겨워. 이제 여기로 날 만나러 와. 그게 백 배 천 배 낫지."

클로에가 잔을 내왔다. 나는 침대 가장자리에 앉았다. 그녀는 바닥에 앉아 내 무릎에 얼굴을 기댔다.

"이렇게 있으니 좋지 않아?"

내가 커피를 다 마시자 그녀는 잔을 양탄자 위에 내려놓고 내 무릎 사이에서 반쯤 몸을 일으켰다. 그녀는 두 팔로 내 허리를 안고 품에 얼굴을 묻었다. 나도 그녀를 껴안고 블라우스 자락 안으로 손을 집어넣어 맨살을 어루만졌다. 고요하다 못해 불안했다. 작은 창 사이로 마당의 소음이 올라왔다. 비둘기 울음소리, 그릇 정리하는 소리, 익숙한 레퍼토리를 읊는 에스파냐인 가정부들의 걸걸한 목소리.

"클로에, 나는 지금으로서는 내 아내를 (나는 특히 힘주어 말한다) 사랑해." 나는 포옹을 풀지도 않고 그렇게 말한다.

"그래, 나도 알아. 그렇게 아내를 사랑한다면 여기 오지 마." 그녀가 포옹을 뿌리치고 벌떡 일어난다.

"내 말 끝까지 들어." 내가 목소리를 높인다. "'지금으로서는'이라고 말한 이유는 아내를 사랑하면서도 너를 향한 욕망이 너무 강렬해서 내가 과연 저항할 수 있을지 모르겠기 때문이야. 나의 의지가 흔들린다고. 나도 가끔은 너랑 같이 자는 게 더 낫지 않을까 생각해. 그게 차라리 건강한 것 같아. 두 여자를 동시에 사랑할 수 있다고 생각해? 이게 정상일까?"

"네가 '사랑'이라고 부르는 것이 무엇이냐에 달렸지. 정념으로 하는 사랑이라면 정상 아니지. 정념은 지속되지 않아. 네가 두 여자, 아니 여러 여자와 자면서 그들 모두에게 다정하게 군다면 그건 대수로운 일도 아니지. 정도의 차이가 있을 뿐, 다들 대놓고 그래. 자연스러운 건 폴리아모리(여러 사람과 동시에 하는 연애)일걸."

"그건 야만이야. 여자를 노예 삼는 거잖아!"

"여자도 정말로 여러 남자를 동시에 사랑한다면 꼭 그렇지만도 않아. 네가 정상이라면 원하는 모든 여자와 자고 네 아내가 다른 남자들과 자는 것도 용인할 거야. 나는 내 말이 맞다는 걸 알아. 널 기어이 설득할 자신도 있어. 분명히 말하는데 너도 언젠가는 바람을 피우게 될걸. 하지만 그 상대가 꼭 나라고 말하고 싶진 않아. 밑밥은 내가 뿌렸지만 다른 여자가 상대가 될지도 모르지."

"내가 일부다처제 사회에서 사는 사람이라면 그 사회의 관습

대로 살아도 괜찮겠지. 하지만 우리 사회에서 사는 이상, 기만을 토대로 가정생활을 할 수는 없어. 이미 아내에게 말하지 않은 게 너무 많다고 생각해."

그러자 클로에가 피식하고 웃었다.

"아내는 너에게 숨기는 게 없을까? 얼마 전에 네 아내가 어떤 남자랑 같이 가는 것 봤어."

"어디서?"

"생라자르 역. 한 달 좀 더 됐지, 내가 일자리 구하기 전이니까."

"그래서?"

"떨려? 아니, 아무것도 아니야. 그냥 둘이 나란히 걸으면서 얘기를 나누더라고. 네 아내는 날 못 봤지만 나는 바로 알아봤지."

"그게 뭐 어쨌다는 거야? 엘렌은 자주 파리에 나오고 사람들을 만나. 아마 직장 동료겠지. 어떤 사람이었어?"

"신경 안 썼어. 못생긴 편이었던 것 같아. 교사였겠지. 몸가짐이 아주 반듯하더라. 하지만 우리 둘이 같이 다닐 때 너는 아내를 만날까 봐 엄청 겁내잖아. 만약 역으로 네 아내가 연애하는 모습을 우연히 발견한다면 그거야말로 코미디겠지!"

나는 웃으면서 엘렌의 동료 M을 의심하긴 했다고 털어놓는다. M이 웬만큼 엘렌에게 빠져 있다는 바로 그 이유 때문에

……. M은 재기가 넘치는 남자이고 엘렌도 대화를 즐기는 듯했지만 그의 외모에 끌릴 가능성은 없어 보였다. 그래서 나는 M을 문제 삼지 않았고 앞으로도 문제 삼지 않을 작정이었다.

"우리 다음번에는 이러자." 나는 그 집을 나오면서 말했다. "여긴 참 좋아. 지나치게 좋아. 다음 월요일에는 내가 오후 시간을 비워둘게. 어디 좋은 데 가서 점심 먹자. 숲도 좋고, 부둣가도 좋고, 네 마음대로 해. 시간 많을 때 찬찬히 얘기하자. 괜찮지?"

여드레 후, 나는 오후 한 시 반에 클로에의 집으로 통하는 외부인 출입 계단을 올라가고 있었다. 클로에는 샤워 중이었기 때문에 나는 문을 여러 번 두드려야 했다.

"너구나! 문이 닫혀 있어! 자, 이쪽으로 와." 그녀가 외쳤다.

나는 그녀가 복도로 나 있는 욕실 문 빗장을 여는 소리를 들었다. 들어가면서 샤워커튼이 다시 내려가는 광경을 보았다. 나는 문을 잘 닫고 방으로 건너갔다.

"잠시만, 나 목욕 타월 좀 줄래?"

그녀의 손이 샤워커튼 사이로 나오더니 타월을 채갔다.

"양탄자 좀 이쪽으로 당겨줄래?"

내가 시키는 대로 하는 동안 그녀가 타월을 몸에 감고 나왔다. 그녀는 한 손으로는 타월을 잡고 다른 손으로는 나를 껴안으면서 내 뺨에 뽀뽀를 했다.

"겁내지 마, 이거 물이야. 마르면 표도 안 나……. 자, 거기 있는 김에 나 몸 좀 닦아줘."

나는 그녀의 몸에 두른 타월을 걷지 않으려고 물기를 톡톡 훔치거나 살짝 비비는 정도로 그쳤다. 클로에가 짜증을 냈다.

"똑바로 해! 잘 좀 닦아봐!" 나는 결국 타월을 풀어서 두 손으로 쥐고 클로에의 몸을 머리부터 발끝까지 닦아주었다. 그녀는 내 웃옷 아랫단을 잡고 타월을 빼앗아가더니 배와 다리의 물기를 닦은 후 휙 던졌다. 그러면서 살짝 균형을 잃었고, 내 어깨를 잡으면서 몸을 붙였다. 나는 그녀의 허리를 잡고 차가운 목덜미에 키스했다.

"네 재킷 너무 까슬거린다." 그녀는 나에게서 떨어지면서 재킷을 벗으라는 손짓을 했다. 나는 시키는 대로 했다.

그녀는 이후에 일어날 일을 확신했는지 나를 내버려둔 채 방으로 걸어가 침대에 들어갔다. 나는 그날 입고 간 폴로 셔츠 단추를 풀면서 옷을 다 벗으려 했다. 하지만 머리를 목둘레에서 빼려다 말고 동작을 멈추었다. 나는 열려 있는 중간 문으로 다가갔다. 이미 눈까지 올라와 있던 셔츠 목둘레 사이로 침대를 흘끗 보았다. 클로에는 뒤로 돌아누운 자세에서 팔꿈치로 몸을 약간 일으키고 침대 시트의 주름과 긴 베개를 매만지느라 정신이 쏙 팔려 있었다. 그녀가 살짝 뒤를 돌아보고는 코믹한 내 몰

골을 보고 웃었다. 나는 한 걸음 옆으로 걸어가 그녀의 시야에서 벗어났다. 그 상태에서 돌아서서 욕실 세면대 거울 앞으로 돌아갔다. 내 모습을 보았다. 셔츠를 잡은 손을 놓아버리자 얼굴이 두건에 들어간 것처럼 다 가려졌다. 나는 미소를 지었다. 미소는 분노 어린 표정으로 변했고, 내가 머리를 쑥 빼자 셔츠는 다시 내 어깨로 내려갔다.

방에서 클로에는 꼼짝하지 않았다. 위압적인 침묵이 몇 초간 흘렀다. 나는 수돗물을 콸콸 흐르게 틀었다. 물소리를 틈타 복도 쪽 문으로 걸어갔고, 재킷을 집어 든 후 그 문을 활짝 열고 나갔다.

나는 몰래 나오느라 조심했지만 클로에가 내가 도망치는 소리를 듣고 큰 소리로 이름을 부를까 봐 겁이 났다. 나는 한달음에 계단까지 달려가 헉헉대면서 정신없이 내려왔다. 내가 얼마나 다급했는지 거리에 내려와서도 계속 달리느라 행인 한두 명과 부딪히기까지 했다.

사무실에 가보니 파비안은 전화 통화 중이었다. 그녀는 내가 들이닥치자 휙 돌아서면서 깜짝 놀랐다. 내가 예상치 않게 나타나서 그녀의 계획에 뭔가 차질이 생긴 것 같았다.

나는 내 사무실로 들어가 창가에 잠시 서서 숨을 골랐다. 그러고 나서 미처 제대로 못 닫은 문을 닫았다. 전화기를 들고 집 전화번호를 눌렀다.

엘렌이 전화를 받았다.

"무슨 일 있어?"

"아무것도 아니야. 그냥 당신이 집에 있는지 확인하려고. 나 지금 들어갈 거라서. 약속이 있었는데 취소됐어. 할 일도 없으니 집에나 가야지. 미리 말하려고 전화한 거야."

"그냥 들어와도 되잖아! 왜 굳이 전화를?"

"왜냐하면…… 음…… 그냥 전화가 손 닿는 데 있어서. 곧 들어갈게."

집에 도착했더니 엘렌이 약간 걱정스러운 표정으로 나를 빤히 보았다.

"당신 무섭게 왜 그래. 아까 전화할 때 말투가 너무 이상했어. 어디 아픈 건 아니지?"

"아프긴! 그냥 오늘 하루가 뒤죽박죽이어서 그래. 할 일 없는데 사무실에 처박혀 있으니 빨리 들어오자 했지. 하지만 당신을 방해하긴 싫었어."

"나도 할 일 없었는데, 뭐. 그리고 당신은 나에게 방해되지 않아. 일에 지장 없어. 당신이 있으면 오히려 더 일이 잘돼. 하지만 오늘은 나도 게으름을 좀 부렸지……. 음, 아무것도 안 했어. 심지어 쇼핑을 해야 했는데 그것도 안 했어."

"파리에서?"

"아니, 이 근처에서. 하지만 중요한 일은 아니야."

"지금이라도 쇼핑하러 가. 나 때문에 일정 바꾸지 마."

"아니야. 설마 내가 집에 있기를 바라지 않는 거야?"

"미쳤어? 나야 당신 보고 싶어서 일찍 들어왔지.

당신에게 별말 안 했지만 그냥 당신이 너무 보고 싶었어. 오늘 오후에는 꼭 당신을 봐야겠더라고. 일요일 빼면, 우리는 오후 시간을 함께 보내지 못하잖아."

엘렌은 소파에 앉아 있었다. 나는 그 옆에 가서 앉았다. 나는 그녀의 드러난 어깨에 팔을 둘렀다. 그녀는 소매 없는 여름 원피스를 입고 있었다. 나는 이어서 이렇게 말했다.

"나는 오후를 별로 좋아하지 않아. 뭔가 불안한 기분이 들고 혼자 있기가 싫어. 당신은 어때?"

"음, 오후에 수업이 없고 요즘처럼 아가씨가 아이들을 데리고 산책을 나가면 묘하게 공허감이 들기도 해. 뭐, 그냥 예전 습관이 아직 안 고쳐져서 그런 거지. 이 시각에 집에서 당신을 보니까 이상하다."

내가 일어나려고 했더니 엘렌이 나를 잡았다.

"아냐, 그냥 있어. 나 행복해. 내가 얼마나 행복한지 당신은 모를 거야!" 그녀는 가볍게, 거의 속으로 웃으면서 덧붙였다.

"그냥, 내가 좀 바보처럼 보일 것 같아."

나는 그녀를 으스러져라 껴안고 잠시 그대로 있었다. 내가 먼저 침묵을 깼다.

"엘렌?"

"응."

"당신에게 할 말이 있어."

"아!"

"왜 '아!'라고 하는 거야?"

"당신이 특별히 할 말은 없을 줄 알았지."

"지금 막 떠오른 말이야. 게다가 정말 머저리 같은 말이지. 그래서 말하지 않으려고 했어. 당신 옆에 앉아 있으면 나는 주눅이 들어. 당신이 아름답기 때문에 주눅이 드는 거야. 당신이 이렇게 아름다웠던 적은 없었어. 하지만 내가 당신을 사랑하기 때문에 기가 죽는 거야. 이 말은 더 이해가 안 가지? 정말 머저리 같은 말을 하고 있지, 내가?"

"아니, 전혀. 완전히 이해돼."

"나의 소극적이고 수줍은 태도가 냉정함이라고 오해할까 봐 이 말을 하는 거야."

"냉정한 사람은 오히려 나잖아! 당신보다 내가 더 차가워! 당신은 잘하고 있어, 완벽해. 남자가 아무리 좋은 뜻에서라도 나를 너무 익숙하게 대하거나 내 생각을 꼬치꼬치 캐묻는 건 별로야."

"응, 하지만 난 당신과 대화를 많이 나누고 허심탄회하게 속내를 털어놓지 못한 게 아쉬워. 나한테 아무것도 아닌 사람들하고는 몇 시간씩 얘기를 나누면서 정작 당신하고는……. 그들은 형식적이거나 일시적인 관계일 뿐인데."

그녀는 대답하지 않는다. 그냥 고개를 숙인다.

"엘렌?"

내가 가까이 다가가자 그녀는 얼굴을 얼른 숨긴다.

"당신 울어?"

"아냐, 웃는 거야. 봐!" 그녀가 고개를 들고 촉촉한 눈으로 나를 바라본다.

그녀는 내 어깨에 얼굴을 묻고 발작적으로 까르르 웃다가 끝내 오열한다.

나는 엘렌의 어깨 맨살을 어루만지며 목덜미에 키스를 퍼붓는다. 차츰 그녀가 마음을 추스른다. 나는 그녀의 원피스 후크를 풀고 손을 집어넣어 등을 애무한다. 그녀의 귀에 대고 속삭인다.

"아무도 없지?"

"없어, 다섯 시까지는. 그래도 방으로 들어가자."

〈옮긴이의 말〉

"나는 사람들의 행동이 아니라 어떤 행동을 하면서 무엇을 생각하는지에 관심이 있다."

♦ 에릭 로메르

오래전 – 이제는 전생처럼 느껴지는 시절에 – 영화를 보기 위해 온갖 예술영화관과 종로구 사간동에 있었던 프랑스문화원을 열심히 드나들었다. 내가 평생 가장 열심히 보았던 잡지는 영화 월간지였는데, 10대 후반에서 20대 중반까지는 『스크린』과 『로드쇼』와 『키노』를 마르고 닳도록 읽었던 것 같다(주간지가 영화 저널의 대세가 된 것은 그 후의 일이다). 당시에는 독립영화 제작도 하고 예술영화관 모니터링도 하던 시네필이었으므로 당연히 「모드 집에서의 하룻밤」, 「녹색 광선」, 「여름 이야기」 같은 에릭 로메르의 대표작도 제법 챙겨보았다. 비디오테이프를 구해서 보기도 했고 어디서 회고전이라도 한다고 하면 열심히 눈도장을 찍으러 갔다.

어쨌든 그 당시 영화 월간지들을 탐독한 덕분에, 에릭 로메르가 장뤽 고다르나 프랑수아 트뤼포 등보다는 열 살 이상 윗세대이고 프랑스 영화계에서도 아주 확실한 자기 스타일이 있는 시네아스트라는 것 정도는 알고 있었다. 그렇지만 이제 와 돌이켜 생각해보면 영화 그 자체에서, 요컨대 타인의 평론이나 기사를 통해서 얻게 되는 배경지식을 떠나서, 과연 내가 뭘 보았는가 싶기도 하다. 가령 「모드 집에서의 하룻밤」을 처음 보던 때 나는 내가 장차 프랑스어를 공부하게 될 줄도 몰랐고 - 심지어 그 공부로 먹고살게 될 줄은 상상도 못했고! - 프랑스 문화에 대해서도 대체로 무지했다. 단지 그 흑백 영상의 느낌이 좋았고 내가 아는 어떤 영화와도 비슷하지 않다는 인상을 받았다. 하지만 그때도 내가 인물들이 주고받는 대사나 화자의 내레이션에서 많은 부분을 놓치고 있음은 이미 감지했다. 그 후에도 「모드 집에서의 하룻밤」을 볼 기회가 한두 번 더 있었지만 장세니슴과 파스칼과의 관계, 파스칼의 내기와 기댓값, 부르주아적인 삶과 보헤미안적인 삶에 대한 앎이 부족했기 때문에 그 영화의 철학적이고 지적인 매력을 온전히 이해하지는 못했던 것 같다.

에릭 로메르는 영화감독이기 이전에 문학 교사이자 작가이자 편집자였다. 그에게 글쓰기는 아주 자연스러운 작업이었고 이 책에 실린 여섯 편 역시 사실 처음부터 '콩트^{conte}'라는 문학 형식을 취했다. 그리고 프랑스어에서 'moral'이라는 형용사는 '도덕적인'이라는 뜻이지만 더 넓게는 물리적인 것과 대립되는, 정신에 관한 것을 뜻한다. 로메르 자신도 서문에서 이 영화들을 '도덕' 연작으로 부르는 이유가 '구체적인, 물리적인' 사건 없이 모든 일이 화자의 머릿속에서 일어나기 때문이라고 설명하고 있다. 독자들도 우리말에서 '도덕'이라는 단어가 지니는 어감보다는 좀 더 광범위하게, 정신의 경험과 상상과 추이를 다루는 작품들로 이해해주면 좋을 것 같다.

『여섯 개의 도덕 이야기』는 마음에 둔 여자가 있는 남자가 다른 여자에게 매력을 느끼지만 결국 원래 여자에게 돌아간다는 주제를 여섯 가지로 변주한다. 그렇지만 남녀 간에 어떤 행위가 일어났고 남자가 결국 둘 중 어느 여자를 택했느냐보다 이 과정에서 남자의 머릿속에서 오가는 생각들이 더 중요하다. 러닝타임이 30분이 채 되지 않는 「몽소 빵집 아가씨」는 그중 가장 기본적인 첫 번째 변주에 해당한다. 그 후 10여 년에 걸쳐 로메르는 이 동일한 주제에 의한 변주를 익숙하면서도 새로운 영화들로 선보였다. 화자의 내레이션이 사라진다든가, 주인공이 다른 인물에게 털어놓는 고백이 내레이션 역할을 한다든가, 주인공의 친구가 비중이 거의 없다가 삼각관계 수준으로 비중이 커진다든가. 그렇지만 결국 남자 주인공은 늘 두 여자 사이에서 선택을 하고, 그 선택은 딜레마 상황에서의 내기를 닮았다. 그는 언제나 자신의 삶과 행동을 정당화하는 유일한 가설을 선택해야 하기에 자기 마음이 강렬하게 끌리는 쪽으로 가지 못한다.

이 책의 번역을 웬만큼 마치고 정말 오랜만에 한국영상자료원에 가서 영화 여섯 편을 모두 보았다. 새삼 영화에서 대화의 비중이 엄청나고 자막으로 파악하기에 어려운 뉘앙스와 지적으로 자극을 주는 요소가 참 많다는 것을 알았다. 이제야 비로소 그 영화들을 즐기면서 관객으로서 나 나름의 감상과 비판의 여지도 생긴 것 같다. 그리고 여전히 빛나는 여성들, 영화의 안과 밖에서 끊임없이 대상화되는 중에도 가식 없는 자유사상가로서, 혹은 보헤미안적인 삶의 영위자로서 눈부신 매력을 발휘하는 쉬잔, 모드, 아이데, 클로에가 마음에 깊이 남았다.

2025년 12월
✦ *이세진*

여섯 개의 도덕 이야기

개정판 1쇄 ✦ 2025년 12월 24일

지은이 ✦ 에릭 로메르
옮긴이 ✦ 이세진

펴낸이 | 이나영
펴낸곳 | 북포레스트
등록 | 제406-2018-000143호
전화 | (031) 948-5640
메일 | bookforest_@naver.com
인스타그램 | @_bookforest_
디자인 | 김정연

ISBN 979-11-92025-27-8 03860